MISTER SANDMAN

Barbara Gowdy

MISTER SANDMAN

Tradução de
LÉA VIVEIROS DE CASTRO

Rocco

Rio de Janeiro – 2001

Título original
MISTER SANDMAN

EDITORA ROCCO LTDA.
Rua Rodrigo Silva, 26 – 5º andar
20011-040 – Rio de Janeiro – RJ
Tel.: 2507-2000 – Fax: 2507-2244
e-mail: rocco@rocco.com.br
www.rocco.com.br

Printed in Brazil/Impresso no Brasil

preparação de originais
ELISABETH LISSOVSKY

CIP-Brasil. Catalogação-na-fonte.
Sindicato Nacional dos Editores de Livros, RJ.

G744m Gowdy, Barbara
Mister Sandman / Barbara Gowdy; tradução de Léa Viveiros de Castro. – Rio de Janeiro: Rocco, 2001

Tradução de: Mister Sandman
ISBN 85-325-1306-9

1. Romance americano. I. Castro, Léa Viveiros de. II. Título.

CDD – 813
01-1005 CDU – 820(73)-3

Para Christopher Dewdney

AGRADECIMENTOS

Por sua orientação e generosidade, eu agradeço às seguintes pessoas: Susan Cole, Dr. Rick Davis, Clark Deller, Christopher Dewdney, Irene Dewdney, Brian Fawcett, Robert e Claire Gowdy, Susan Swan e Tim Wilson. Um agradecimento especial a Jan Whitford, por sua fé e lealdade, e a Patrick Crean, por sua genialidade e seu tato.

Agradeço também pela autorização para utilizar material já publicado:

Trecho de "Jeepers Creepers", de Harry Warren e Johnny Mercer. ©1938, WARNER BROS. INC. (Renovada). Todos os direitos reservados. Usado mediante autorização.

Trecho de "God Bless The Child", de Billie Holiday e Arthur Herzog Jr. ©1941, Edward B. Marks Music Company. Direitos autorais renovados. Usado mediante autorização. Todos os direitos reservados.

Trechos de "Mister Sandman", letra e música de Pat Ballard. ©1954 (Renovada) EDWIN H. MORRIS & COMPANY, uma subsidiária da MPL Comunicações, Inc. Todos os direitos reservados.

Trecho de "The Trolley Song", música de Ralph Blane, letra de Hugh Martin. ©1943, 1944 (Renovada em 1971, 1972) METRO-GOLDWYN-MAYER INC. Todos os direitos administrados por EMI FEIST CATALOG INC. (Publicação) e WARNER BROS. PUBLICATIONS INC. (Impressão). Todos os direitos

Eu também sou grata ao Canada Council e ao Ontario Arts Council pelo apoio financeiro durante o período em que este livro foi escrito.

UM

JOAN CANARY foi o Bebê da Reencarnação. Notícia de primeira página na época, pelo menos nos jornais de Vancouver. Isso foi há tempos, em 1956. Joan foi aquele recém-nascido que supostamente gritou "Oh, não, de novo não!" com uma voz tão estridente que uma das velhas que estavam ajudando o parto arrancou o aparelho de surdez que usava. A outra velha desmaiou. Foi ela que agarrou o cordão umbilical e fez com que Joan caísse de cabeça no chão.

A mãe de Joan, Doris Canary, atribuía tudo à lesão cerebral. A incapacidade de Joan falar, é claro, mas também seu enclausuramento, sua sensibilidade à luz, seu tamanho, seu colorido... seja lá o que fosse. A verdadeira mãe de Joan, Sonja Canary, atribuía tudo às experiências de Joan em vidas passadas. Sonja estava *lá* quando Joan deu o seu famoso grito, e é verdade que ela pensou tratar-se de uma das velhas gritando: "Flo! Flo! Ela é maluca!"* Mas isso não fazia sentido, porque a mulher que poderia ter gritado sofria de câncer na garganta. Se as opções eram que Joan tivesse lesão cerebral ou tivesse reencarnado, Sonja preferia a segunda. Isso é compreensível, sendo ela a verdadeira mãe.

Para ser justa, havia algo de sobrenatural com relação a Joan. Ela nasceu com aqueles olhos verdes-claros, e seu cabelo, quando finalmente cresceu, era como tufos de serralha. Tão

---

* Em inglês, as frases têm sons parecidos, podendo dar margem a confusão: *Flo! Flo! She's insane!* e *Oh! No! Not again.* (N. da T.)

finos e brancos quanto. E como ela era pequenininha! Ninguém na família era pequeno. Ninguém na família se parecia com ela nem de longe, seus verdadeiros pais menos que todos. Sonja era gorda e tinha cabelos crespos castanho-escuro e olhos castanhos. O pai verdadeiro era um gigante de cabelos cor de laranja e olhos de um azul cremoso como plástico de cobrir cadeira. Ele tinha uma pele extraordinariamente branca, e Joan também, mas sem as sardas, espinhas e pêlos. Perfeita. Joan era perfeita. Outra maneira de dizer que não se parecia nada com eles. Sonja, é claro, ia mais longe, ela dizia que Joan não era deste mundo, e isso deixava Doris Canary furiosa. Baboseira! Doris dizia. Lesão cerebral, lesão cerebral, lesão cerebral! Ela dizia. Encare isso. Pergunte aos neurologistas.

Doris dizia até aos estranhos que Joan tinha lesão cerebral. Seu marido, Gordon, nunca a contradisse publicamente, mas ele estremecia e suspirava. "É verdade", Doris dizia então, como se normalmente ela não fosse uma mentirosa deslavada. Como se Gordon algum dia tivesse concordado com o diagnóstico de lesão cerebral, quanto mais com o fato de você poder apontar para alguma coisa e dizer que se tratava da verdade. "A verdade é apenas a versão", era uma de suas máximas.

(O que Sonja ouvia como sendo "A verdade é apenas aversão", e embora não soubesse o que isso significava, repetia automaticamente toda vez que se abordava o assunto verdade.)

DOIS

GORDON E DORIS ERAM OS PAIS de Sonja. Eles tinham mais uma filha — Marcy —, que tinha saído para o jardim-de-infância naquela primeira manhã de junho, em 1956, em que Sonja vomitou dentro da sua tigela de cereal.

— Nós vamos dizer que *eu* é que *estou* esperando — Doris anunciou assim que as cartas foram postas na mesa, ou seja, que a menstruação de Sonja estava três meses atrasada, que ela já vinha vomitando no banheiro há várias semanas, que o rapaz com quem ela transara era alguém que ela só conhecera por uma hora, que o referido rapaz tinha dito a ela para chamá-lo de Seu, e que "Por que não tenta pôr a porta abaixo?" foi a sugestão do zelador quando ela esteve no apartamento dele, uma semana antes, na esperança de encontrá-lo.

— Vamos dizer que é meu e do papai — Doris disse. — Quando se tem um bebê na nossa idade, ele é chamado de uma reflexão tardia.

Nesta altura Sonja estava chupando os dedos, sentada no colo de Doris, e Doris estava passando a mão na barriga de Sonja e se sentindo a boneca Babushka maior num conjunto de bonecas dentro de bonecas, embora ela e Sonja tivessem a mesma altura — um metro e cinqüenta e oito —, e no dia seguinte, no médico, fossem descobrir que agora pesavam a mesma coisa também — setenta e seis quilos.

(O médico ia ser escolhido ao acaso no catálogo por causa do sigilo. Ele ia viver confundindo Sonja e Doris, de tanto que as duas se pareciam. Baixas, feições achatadas como rostos pintados em bolas de encher. Cabelo escuro e cacheado. Para a consulta, elas iam se esconder atrás de óculos escuros, e já que apenas Sonja ia tirar os dela, o médico ia presumir erradamente que sua expressão de estupidez era herdada. Ele ia presumir que ambas o estavam enganando — Sonja fingindo ser mais burra e mais inocente do que era, Doris fingindo estar radiante — e estaria enganado de novo. Elas o estavam enganando sim. Sonja tinha quinze anos e não dezenove, e não havia nenhum marido viajando. Mas Sonja *era* mesmo inocente. Em todos os seus quinze anos, talvez quinze minutos haviam sido dedicados a pensar em sexo e mais um em praticá-lo. E, não, Doris não estava radiante, mas ela sempre soava como se estivesse. Animada, cheia de novidades que iriam deixá-lo embasbacado.)

Mesmo naquela manhã, na mesa do café, se você não conhecesse Doris ia achar que ter uma filha solteira grávida era a realização de um sonho. Com sua voz excitada de garotinha, ela disse que assim que Sonja terminasse as aulas, no fim do mês, elas iriam ficar com Tia Mildred em Vancouver até o bebê nascer.

— Ela está começando a caducar — Doris disse a respeito de Tia Mildred. — Nem vai saber direito que estamos lá. Nós vamos dizer a todo mundo aqui que ela está nas últimas e precisa de nós, seus únicos parentes vivos, para tomar conta dela, e vamos ficar esticando esse tempo. — Ela bateu palmas. — Vamos improvisar!

— OK — Sonja disse sonhadoramente.

Gordon também concordou. Por ter ficado perplexo por não ter escolha. Ele estava parado na porta da cozinha (estava prestes a sair para o trabalho, já estava de paletó e de chapéu) e toda hora erguia o braço e tocava no teto para provar para si mesmo que ainda era capaz, embora o fato de ser um varapau não era algo que normalmente o deixasse feliz. Na hora em que Doris disse que eles iam dizer às pessoas que o bebê era deles, ele exclamou "Espera um pouco", e Doris esperou, mas ele era um bandido fingindo que o dedo no bolso do sobretudo era um revólver. Aborto, adoção... ele não ia nem *dizer* essas palavras.

Aquela era a filha deles.

A outra filha, eles iam manter no escuro. Doris observou que não se podia esperar que uma criança de seis anos guardasse um segredo tão grande quanto aquele. Marcy ia ficar em Toronto com Gordon, e Doris ia contratar alguém para tomar conta dela depois da aula.

— Nós temos dinheiro para tudo isso? — Gordon perguntou quando Sonja saiu da cozinha. Era Doris quem administrava o salário dele e pagava as contas.

— Benzinho, deixe tudo por minha conta — ela disse, com o tom de voz ainda mais excitado e sussurrante do que normalmente, de tal modo que ele se permitiu imaginar uma poupança secreta, enquanto tudo o que tinham era um bruto de um palpite, algo como uma chance em quinhentos de que ela iria ser coroada rainha.

Qualquer dia desses ela ia saber. Ela tinha visto o anúncio por pura sorte. Estava desembrulhando fígados de galinha congelados e vira no jornal que os embrulhava as seguintes palavras: "Para todas as damas que passam por necessidades".

"Você está passando por grandes necessidades financeiras?", o anúncio continuava. "Cuidando de entes queridos doentes? Enviuvou recentemente? Está fazendo tudo o que pode para melhorar mas, ainda assim, não está conseguindo sair do buraco?" E então dizia que se este era o seu caso, você poderia candidatar-se a ganhar milhares de dólares em prêmios fantásticos, aparecendo no programa *Rainha por um dia*, da TV ABC, que estava realizando entrevistas no Royal York Hotel — naquela mesma tarde, aliás.

Assim que Gordon e as meninas saíram pela porta, Doris telefonou para uma vizinha e pediu que ela fosse lá ao meio-dia para preparar o almoço de Marcy, depois colocou o seu vestido de andar em casa mais desmazelado e pegou no baú de roupas velhas que Marcy usava para se fantasiar uma bolsa, um par de sapatos de salto alto rachados, aquela estola de pele falsa e o turbante roxo rasgado, que planejava levar dentro de uma sacola e vesti-los no banheiro de um restaurante perto do hotel. No metrô, ela arquitetou sua triste história. Ela nunca tinha assistido ao *Rainha por um dia*, mas sabia do que se tratava. Donas-de-casa candidatas descreviam, uma de cada vez, suas vidas miseráveis, e em seguida a platéia que estava no estúdio decidia qual era a mais infeliz e esta era a vencedora. Era uma idéia de tanto mau gosto que Doris sempre achara que as candidatas fossem atrizes. Ou foi o que disse a si mesma até chegar no Royal York e percorrer a fila de mulheres sarnentas, e das duas uma, ou elas eram impostoras de primeira, cada uma delas, ou então ela é que não deveria estar lá.

Mesmo assim, ela entrou na fila. Uma longa espera na calçada quente durante a qual ela pensou nos homens do *Titanic* que tinham usado turbantes e estolas falsas e sapatos de salto alto pequenos demais para os pés, e o que ela queria saber era quantos deles tinham sido cidadãos responsáveis com outro bebê a caminho. Era *isso* que queria saber. Em sua cabeça, o refrão alegre da canção-tema do *Titanic* gritava — *Era triste, tão triste, oh, era triste, tão triste...*

Para absolutamente todas as ocasiões, Doris conhecia uma canção que combinava, ou sabia pelo menos a primeira estrofe, e a cantava para si mesma — involuntariamente, interminavelmente — até a ocasião mudar, quando então aquela canção era substituída por outra. Tratava-se apenas de um pano de fundo, como um rádio tocando ou os seus próprios passos soando, mas aquele dia era como se ela tivesse cruzado a linha com Ethel Merman. No metrô, *Clang, clang, clang fazia o carrinho, ding, ding, ding fazia o sino* tinha tocado o tempo todo. Agora que seus pés estavam mesmo começando a doer, *Era triste, tão triste* estava se misturando a um altíssimo "Seus pés são grandes demais". *Oh, era triste, tão triste que seus pés fossem grandes demais*. E, minha nossa, seus pés *estavam* mesmo matando-a. Quando ela foi finalmente levada para a sala onde estavam fazendo as entrevistas, entrou mancando de verdade.

Um homem em mangas de camisa, de fala rápida e coberto de suor, ficou andando de um lado para outro na frente da cadeira onde mandaram que ela se sentasse.

— Você trabalha, Belle? — o homem perguntou. (Doris tinha dado seu nome como sendo Belle Ladovsky.)

— Turnos de doze horas num botequim. — Doris disse, adotando o sotaque vagamente Leste Europeu que ela tinha cultivado anos antes para se candidatar ao papel da sobrinha judia numa peça. — Eu não como nada além de feijão. — Isto para sugerir que sua figura redonda era decorrente de inchação e não de três boas refeições por dia. — O médico...

— Como foi que o seu marido morreu? — o homem interrompeu.

Doris nem tinha mencionado um marido ainda. Um infarto, ela quase disse, já que por causa do sopro que Gordon tinha no coração ela sempre imaginara que era assim que ele morreria. Mas teve uma idéia melhor.

— Na Coréia — ela disse. — Morto em combate. — Ela pensou na coisa mais triste que pôde, que já fazia sete anos desde a última vez que Gordon tinha feito amor com ela, e seus olhos encheram-se de lágrimas.

— Quantos filhos?

— Oito.

— Algum deles doente, deformado?

— Meus gêmeos, eles são aleijados. Quando o meu marido morreu...

O homem parou de andar de um lado para outro.

— A senhora quer dizer, com muletas?

— Oh, sim. Muletas, sim.

— Então a senhora está dizendo que essas crianças gostariam de um par de cadeiras de rodas, último tipo?

— Sim, é claro — Doris disse, pegando imediatamente a deixa dele. — Mas quem é que tem dinheiro para...

— O que é que pode melhorar a sua vida, Belle?

— Talvez um conjunto de panelas — sugeriu Doris. Pelo que ela tinha percebido, a rainha sempre ganhava uma versão estupendamente ampliada da coisa modesta que tinha pedido, e mais, quanto mais modesta fosse esta coisa, mais casacos de pele e utensílios eram atirados sobre ela.

— Umas míseras panelas — disse o homem.

— Então, um dia, se Deus quiser, eu abro o meu próprio botequim.

O telegrama chegou no dia quatro de junho, na segunda-feira seguinte ao dia em que eles souberam que Sonja estava grávida. Dizia que Belle Ladovsky era uma das três felizes vencedoras da área de Toronto-Buffalo e que seria levada de avião para a cidade de Nova York no dia doze de junho para uma gravação no dia treze.

Doris passou o dia inteiro inventando uma história para contar para Gordon, mas vendo que as únicas vezes, em dezoito anos, que havia dormido fora de casa tinham sido as noites que passara no hospital tendo filho, tudo o que inventava dava a impressão de que ela estava tendo um caso. No fim, ela resolveu recorrer à verdade. Ela esperou até a noite, até depois de as meninas terem ido para a cama, e então se fantasiou — com a estola, o turbante, o vestido e os sapatos, mais um par de óculos velhos de Gordon como um disfarce extra — e entrou na sala onde Gordon estava sentado no sofá, lendo um manuscrito. Ela estava com o anúncio da entrevista e com o telegrama, além da caixa de charutos Dutch Masters onde guardava as contas atrasadas. Sem uma palavra, ela entregou o anúncio para ele e, depois que ele tinha lido o anúncio, deu-lhe o telegrama.

— Deduzo que você seja Belle Ladovsky — ele disse.

Ela esvaziou a caixa sobre a mesinha.

— Eu tinha esperança de poder poupá-lo disto — disse a respeito das contas.

Ele estudou cada uma, alisando-as primeiro sob suas mãos enormes, desfazendo pontas dobradas. Como ela estava usando os velhos óculos dele, não conseguia saber que contas ele estava examinando, mas algumas delas, como os agasalhos para as mãos de pele de coelho cor-de-rosa para Marcy e Sonja, eram extravagâncias, ela sabia disso. *O vendedor de porcelana, ele tinha uma esposa que o fazia tão infeliz*, a canção em sua cabeça dizia. Por que Gordon não dizia alguma coisa? "Diga alguma coisa", ela disse para o borrão curvado que era ele, sentindo como se estivesse falando com um homem em sonhos ou através de um vidro embaçado. Ou através do tempo... o escriturário sem glórias. O redator de livros encurvado, míope, genial, apreciado apenas por ela e por uns poucos ex-escritores alcoólatras cujas pilhas de manuscritos não publicados serviam de banquinho e de mesinha-de-cabeceira para ela.

Ele não disse nada. Segurou uma conta mais perto da luz.

— Ninguém vai me reconhecer com este disfarce — disse, com seu sotaque pseudo-ídiche, sentando-se ao lado dele.

Ele sacudiu a cabeça, ela não soube dizer se para ela ou para a conta.

— Eu garanto para você.

Quando terminou, ele arrumou as contas direitinho e tornou a guardá-las na caixa de charutos.

— Eu não tinha idéia — disse com a cabeça entre as mãos.

— Ora, não é tão ruim assim — disse ela. — Em onze dos doze meses do ano eu me viro muito bem.

— Agora este bebê...

— Tudo bem, nós precisamos de um milagre, e aleluia!

Gordon olhou para ela. Então olhou-a de cima a baixo, como se tivesse acabado de registrar o que ela estava vestindo.

— Jesus, Doris — murmurou.

— Escuta. — Ela segurou a mão dele. Beijou seus nós dos dedos que mais pareciam montanhas. — Benzinho — disse ela, sua voz tremendo com um fervor justificado. — Eu já estou eleita.

E estava. Ela foi a terceira candidata, um golpe de sorte, porque permitiu que ela sobrepujasse a desgraça das outras duas. A primeira candidata era uma faxineira que sofria de artrite, com nove filhos e um marido inválido. Depois veio uma descascadora de ervilhas vesga cujo marido a havia trocado por uma garota de vida fácil. Nenhuma delas sabia construir uma história e muito menos representar para uma platéia. Mas vocês deviam ter visto Doris. Quando ela soluçou "Estou tão envergonhada de estar mendigando", duas gorduchas na primeira fila soluçaram junto com ela. Antes mesmo do medidor de aplausos confirmar, ela já sabia que tinha ganhado a coroa. Seus ganhos incluíram dois casacos de pele (um de zibelina, outro de mink), duas cadeiras de rodas, uma televisão em cores, um conjunto de panelas de vinte peças, um fogão elétrico e um ano de estoque de feijão. De volta em Toronto, sua explicação para os vizinhos foi que tinha ganhado uma rifa.

Ela vendeu os casacos de pele para o comerciante que os havia vendido para o programa. Só o dinheiro deles deu para pagar as dívidas e sobrou o bastante para colocar persianas de fibra de vidro na sala — verdes, salpicadas com o que Doris disse às meninas que era prata de verdade — *e* (aqui está a razão pela qual Gordon não conseguiu sentir contrariedade suficiente nem para sacudir a cabeça ao ouvir esta mentira) um conversível. Azul bebê, novo em folha, o primeiro carro novo deles e um carro que ele jamais teria sonhado em comprar se eles não tivessem tirado a sorte grande e se ela não tivesse conseguido baixar o preço negociando os feijões e as cadeiras de rodas.

Na manhã chuvosa em que ela e Sonja partiram para Vancouver, Gordon apanhou o carro na loja, e portanto o primeiro passeio da família foi até a estação de trem. Para decepção de todos, o tempo obrigou-os a deixar a capota levantada.

— Nós não iríamos querer estragar *o altamente luxuoso e elegante estofamento* — disse Doris com seu tom alegre e confidencial. Ela estava lendo o folheto de propaganda.

— Você vê a rua, mas não a sente — leu, virando-se para as garotas no banco de trás. — Este carro tem glamour extra. — Ela bateu rapidamente com os cílios maquiados.

Ela não era de "se embonecar" toda, como dizia, mas para a viagem de trem estava usando batom vermelho-locomotiva, sombra verde-musgo, máscara nos cílios e uma rodela de rouge em cada lado do rosto. Para as meninas, o rosto dela parecia o de uma estrela de cinema. Para Gordon, parecia o de um palhaço, não que ele deixasse transparecer. Ele a amava um bocado, de um modo protetor e tímido. "O que você acha do meu novo chapéu?", ela tinha perguntado àquela manhã, e ele tinha dito "Muito elegante", embora o chapéu fosse ridiculamente pequeno, como o de um chimpanzé, e o cabelo dela, saindo de baixo do chapéu, fizesse a cabeça parecer detonada.

Ela tinha costurado um elástico de prender no queixo para evitar que o chapéu voasse. Enquanto ela lia a propaganda do carro, o elástico deu às meninas a estranha impressão de que o queixo dela estava preso por uma dobradiça, como o de uma marionete. Elas riram dela disfarçadamente. "É uma alegria suprema, uma aventura e uma bênção", Doris leu, e as meninas riram para dentro das luvas de algodão branco que estavam usando.

"E", Doris leu, "ele é todo seu!"

Como Seu era o nome do pai do bebê, Sonja engoliu em seco antes de rir. Ela ainda não estava totalmente livre dele ainda, mas estaria assim que entrasse no trem. Algumas semanas mais tarde ela iria receber um cartão-postal assinado, "Seu, Papai". E só lamentaria que ele não tivesse assinado "Amor".

(O cartão não poderia ser assinado amor porque Gordon estaria se sentindo indigno de usar essa palavra. Ele ainda estaria um trapo pelo fato de ter recebido, na véspera, um cartão de condolências. Enviado por um homem chamado Al Yothers. O desenho na frente do cartão seria de um esquilo, e, dentro, ele diria: "Espero que todos os seus problemas em breve estejam resolvidos." Não haveria nenhuma mensagem, só "A.Y." dentro de um coração. Marcy iria vê-lo — ela entraria na cozinha enquanto ele ainda estava olhando para o cartão — e perguntaria se era da mãe e da irmã. Como o rostinho ansioso de menina abandonada o estaria deixando de coração partido, ele responderia sim. Ele diria "É para você", e então teria de explicar o A.Y. "All Yours" [Todo seu] ele inventaria. "A.Y. quer dizer *All Yours*", ele diria, e ela pensaria um pouco e diria "como o conversível!" O que primeiro o deixaria intrigado e em seguida triste, já que nessa altura o carro já seria um monte de metal retorcido.)

Naquele dia, no dia em que Sonja e Doris partiram para Vancouver, o carro não tinha um arranhão e trafegou macia e silenciosamente, como um carro lançando velas de um rochedo.

Doris tinha reservado ostentosamente uma cabine. Havia uma pia, um vaso e o que era para ser uma cama de casal, mas que parecia mais uma cama larga de solteiro.

— Vamos ver se as molas estão em bom estado — disse ela, e na frente do velho cabineiro negro, subiu na cama e começou a pular em cima dela de salto alto, depois se atirou de costas e achou divertidíssimo quando o seu vestido subiu e o cabineiro viu suas ligas.

Este foi o primeiro sinal da sua nova personalidade. Até então ela tinha sido uma mulher que ficava vermelha quando o médico encostava o estetoscópio em seu peito e que, uma vez sentada, preferia não se levantar mais. Tente dizer isso para as pessoas que estavam no trem. Naquele trem ela não conseguiu ficar sentada nem durante as refeições. Ela se levantou dez vezes para esticar as pernas, para ir ao banheiro, para embalar algum bebê que estava chorando, arrancando o bebê dos braços da mãe e andando com ele de um lado para outro, quase correndo, como uma sentinela louca. De noite, na cama, ela ainda estava tão agitada que Sonja tinha que abraçá-la para evitar que ela rolasse para o chão.

Sonja estava o oposto — tão relaxada durante a viagem que não conseguia sentir o próprio pulso. Todas as manhãs ela se instalava numa espreguiçadeira no vagão de observação e ficava ali largada, cochilando, comendo Animal Crackers e Tootsie Roll Pops comprados no bar, lendo seu livro de Nancy Drew, olhando pela janela. De vez em quando ela encostava a mão no coração para tentar sentir seus batimentos cardíacos, enquanto sob seu novo vestido Miss Chubette, com seu colarinho Peter Pan e seus botões em forma de margaridas, as células do seu bebê se multiplicavam.

Agora que seu enjôo matinal tinha passado e ninguém parecia notar que sua barriga estava crescendo, ela não pensava demais no bebê, pensava nele apenas como sendo algo precioso pelo qual era temporariamente responsável, como quando você é que está com as entradas ou o dinheiro. Na maior parte do tempo, ela só se sentia confortável e gorda. Ela se sentia como um papo-de-anjo. Sua única preocupação, e era muito ligeira, surgia ao pensar em duas coisas: que Marcy ia esquecer de dar comida ao seu hamster, Sniffy, e que, pelo fato de ela já ter perdido tantas aulas que nunca mais ia poder voltar para o curso de sapateado da Srta. Gore, seus dias de dança tinham terminado. Sua conclusão final com relação às duas coisas era: que se há de fazer.

Às vezes Doris sentava na beira da cadeira ao lado dela para ver como ela estava passando, e Sonja se enroscava com os dedos na boca e a cabeça no colo da mãe e se deixava embalar pelo ritmo da tagarelice inconseqüente da mãe, que acompanhava agradavelmente o ritmo do trem. Para falar francamente, ela não ouvia muito do que Doris dizia.

Uma manhã, no entanto, a terceira manhã, ela estava com a cabeça no colo de Doris, e Doris disse:

— Eu não sei o que foi que deu em mim — e Sonja escutou.

— O quê, mamãe? — Sonja perguntou.

— Benzinho, se você me disser, nós duas ficaremos sabendo. — Ela bateu com os dois punhos no crânio de Sonja, distraidamente e com força demais, mas como Sonja normalmente tinha de ver sangue antes de perceber que estava machucada, ela não se importou.

— Você ainda está animada por ter ganhado o concurso — sugeriu Sonja.

— Bem, isso é verdade — disse Doris.

— A verdade é apenas aversão — Sonja lembrou a ela.

— Eu sinto como se tivesse comido feijões mexicanos — disse Doris. Ela riu, sua nova gargalhada acelerada de hiena. — Cara, olha só para mim.

Ela estava ofegante.

TRÊS

JOAN NASCEU NUMA SEXTA-FEIRA, dia trinta de novembro de 1956, por volta de uma e meia da tarde. Hora calma no quarto de hóspedes do porão do Lar de Velhos Dearness. O mesmo quarto em que, dois anos antes, uma mulher de setenta anos chamada Alice Gunn tinha escrito de trás para a frente na sujeira da janela APODREÇA NO INFERNO e depois tinha estrangulado a si mesma com seu cinto de contenção de borracha.

"Insensível Alice", o jornal a havia chamado no noticiário a respeito de Joan, porque essa velha tragédia foi desencavada e associada à história de reencarnação. Uma semana depois do nascimento de Joan, quando Doris e Sonja acharam que não teria problema deixá-la sozinha por alguns minutos, um repórter esgueirou-se para dentro do quarto e tirou um retrato dela e depois foi até White Rock e mostrou o retrato para a mãe de Alice, de noventa e sete anos, que depois da morte de Alice tinha se mudado para outro asilo de velhos.

— É a Ali, sim — disseram que a mãe de Alice tinha dito. — Eu reconheceria esses olhos de besouro em qualquer lugar.

Ela disse:

— Digam à nova mãe dela que eu ainda estou pagando as prestações do túmulo, caso ela esteja interessada.

Não apenas Doris e Sonja, mas todo mundo em Dearness ficou revoltado com aquela história de olhos de besouro. Todo mundo em Dearness estava encantado com a beleza de Joan, até mesmo os velhinhos. Homens que achavam as colheres de sopa pesadas demais pediam para carregá-la. Um deles achou que Joan era a reencarnação da sua primeira mulher, Lila, que numa sessão espírita recente tinha falado em voltar à Terra para "uma outra rodada". Quando Joan começou a fazer aquele barulhinho esquisito que às vezes fazia, ele disse:

— Estão ouvindo só? São os dentes dela, são os dentes de cima novos — para provar seu ponto de vista. — Bem, Lila! — ele disse, deitando Joan nos joelhos ossudos. — Eu tive um colapso nervoso, não sei se você soube.

Até a Tia Mildred estava enfeitiçada por Joan, e era ela quem tinha dito que Joan ia ser um pigmeu ou um anão, "algo deformado e corcunda" por causa da postura encolhida e dos ombros caídos de Sonja durante a gravidez.

Tia Mildred estava bem pior do que Doris tinha pensado. Quando tinham se falado por telefone em junho, ela tinha dito para elas irem, mas não tinha mencionado que estava com câncer na garganta nem que tinha perdido a casa para os credores e estava se mudando para um asilo de velhos na semana anterior à data marcada para a chegada de Doris e Sonja.

— Mas, pelo amor de Deus, por que a senhora não nos contou? — disse Doris quando elas finalmente a localizaram depois de passar a manhã inteira andando de táxi por Vancouver.

— Como é mesmo o seu nome? — Tia Mildred perguntou com a voz rouca.

— Doris! Mulher do Gordon!

Tia Mildred sacudiu a cabeça.

— Não me diz nada, meu bem.

Doris decidiu que elas iam ficar em Dearness assim mesmo, que podiam muito bem ficar no apartamento de hóspedes do porão, que era incrivelmente barato e incluía refeições. Ela o reservou pelo prazo máximo permitido de duas semanas, registrando a si e a Sonja com sobrenomes falsos (e quando a história de reencarnação chegou nos jornais, ela deu graças a Deus por ter feito isso!). No mesmo dia ela encontrou um chalé para as duas se mudarem quando terminasse o período de duas semanas, mas quatro dias antes do dia marcado para irem embora ela se apaixonou por uma enfermeira chamada Harmony La Londe. Enlouquecida por esta paixão e pela idéia de passar mais do que algumas horas sem pôr os olhos em Harmony, ela representou um pequeno drama na sala da administração do asilo. Ela fingiu telefonar para Gordon, depois fingiu estar ouvindo que ele tinha sido demitido do emprego e que não haveria dinheiro nos próximos meses para comprar as passagens de trem para ela e Sonja. Ela desligou devagar. Ficou ali sentada, piscando os olhos, cobrindo a boca com uma das mãos. Ela deixou que a proprietária do asilo arrancasse dela a notícia e disse, com dignidade:

— Estou muito grata — quando a mulher disse:

— Você e sua filha podem ficar aqui pelo tempo que for necessário.

— Você é uma mentirosa — Harmony La Londe disse ao ouvir a história. Ela pareceu encantada. Ela achava Doris exótica, dá para acreditar? Quando tudo o que ela sabia sobre Doris era que ela era uma dona de casa de Toronto que tinha tentado se pendurar nos canos de água quente, ela disse: — Você é exótica ou o quê? — Isto vindo de uma profissional negra, lésbica, que usava *negligées* transparentes e que tinha pintado o seu apartamento para combinar com o seu papagaio.

No teto do corredor do porão os canos de água estavam pendurados como barras de ginástica, e uma manhã bem cedinho, quando Doris estava indo para o salão tomar café, ela viu que tinham deixado uma escada encostada na parede, perto da escada. Cheia de energia, e sem raciocinar, ela subiu na escada e estendeu a mão para o cano mais próximo. Harmony ouviu o grito.

— Você está bem? — ela gritou da porta.

— Eu tive um pequeno acidente! — Doris disse, descendo a escada rapidamente.

Harmony correu para ela. Ela estava usando um *negligée* de gaze vermelha e parecia estar pegando fogo. Doris estendeu a mão e mostrou duas marcas cor-de-rosa — uma atravessada nos dedos e outra na palma da mão.

— É melhor botar isso debaixo da água fria — disse Harmony.

Como enfermeira-chefe do Dearness, Harmony morava de graça no que antes fora o segundo apartamento de hóspedes. Doris seguiu-a pelo corredor. "Ui, ui", disse, mudando para "Uau" quando entrou no apartamento de Harmony. A disposição era a mesma do apartamento de Doris e Sonja, mas as paredes estavam pintadas de um verde brilhante, e em vez de persianas, havia cortinas cor de laranja com desenhos pretos. No meio da sala, numa gaiola pendurada no teto como se fosse um lustre, um papagaio gritava e esvoaçava.

— Essa é Giselle — Harmony disse. — Ela é do tipo ciumento.

O banheiro era amarelo luminoso. Harmony abriu a torneira e segurou o pulso de Doris para colocar a mão dela sob a água. Como se Doris fosse uma criança. Não, como se ela fosse uma velhinha, Doris percebeu. Mas Harmony era a mais velha das duas. Seu cabelo curto e liso (Doris supôs que ela o esticava) era todo entremeado de fios brancos. Seu rosto não tinha uma só ruga, mas seus olhos eram velhos e suas mãos eram ossudas e peludas, fazendo com que as mãos gorduchas de Doris dessem a impressão de pertencer a uma dama ociosa.

— Está melhor? — Harmony perguntou.

— Está sim. Escuta, eu espero não ter acordado você.

— Oh, não, não, este é o meu dia de folga. Eu só estava descansando. — Ela fechou a torneira, depois secou a mão de Doris com o canto de uma toalha cor de laranja. — Mas, afinal, o que é que você estava fazendo?

Doris contou a ela.

Harmony riu.

— Você é doida?

— Às vezes eu acho que sou.

— Você queria mesmo se pendurar nos canos? — Ela tinha saído para o hall e estava abrindo um armário. Doris viu prateleiras cheias de frascos e tubos e remédios e ataduras.

— Ainda bem que eu não me pendurei, hein? — disse Doris. — Eu teria derrubado todo o sistema hidráulico.

Harmony apanhou um tubo de pomada no fundo de uma prateleira.

— Senhora. .

— Ah, me chama de Doris.

— Doris. — Ela se virou e pôs a mão na cintura. — Você é exótica por acaso?

— *Eu?*

Doris não tinha se dado conta de que estava evitando olhar para o *negligée* até olhar para ele. Ela só queria lançar um olhar bem exagerado para ele, como que para dizer "Você é a exótica por aqui!" Mas a luz que vinha da sala tinha deixado a gaze transparente, então o que Doris realmente contemplou foi a primeira mulher nua de sua vida. Os seios altos e cônicos, os bicos escuros, a sombra escura da vagina e as coxas longas derramando-se. Ela ficou mesmo olhando. Por quanto tempo? ("Tempo suficiente", Harmony disse mais tarde.) Digamos, quinze segundos. Segundos vazios, tão despojados de tudo, exceto o corpo de Harmony que pareceu natural a Doris ficar olhando, um ato serenamente clínico, até mesmo educado, até o pássaro começar a gritar.

— Giselle! Giselle!

— É, você — Harmony disse então. Calmamente. Ela voltou para o banheiro e tornou a segurar o pulso de Doris para colocar a pomada.

"Deus, Deus, Deus", pensou Doris. Ela ficou tonta de vergonha. Sua visão ficou embaçada. E agora? Não era possível que ela fosse chorar!

— Prontinho — disse Harmony.

Doris murmurou:

— Obrigada. — OK, estava acabado.

Não, não estava. Harmony ainda estava segurando o seu pulso. Doris olhou para ambas as mãos, a dela a coisa mais inútil que ela já tinha visto. Observou Harmony erguê-la até a boca como se fosse comida.

— Um beijo para melhorar — disse Harmony antes que seus lábios tocassem nela.

Cinco meses depois, com dez dias de atraso, a bolsa d'água de Sonja arrebentou. Era sexta-feira, início da tarde, e as Jolly Kitchenaires — a pequena banda de senhoras em cadeiras de rodas que se reunia na sala de jantar depois do almoço para cantar canções de musicais, usando como instrumentos garfos, facas, colheres, frigideiras e panelas — estavam ensaiando "I'm Just a Girl Who Can't Say No". Dava para ouvi-las lá do porão, de tão alto que estavam tocando. Alegremente, languidamente, Sonja desenhava elipses num caderno, chupando bala de alcaçuz e tentando equilibrar o livro de gramática na cabeça, enquanto, sentada ao lado dela na mesa de jogar baralho, sua pequena professora particular de olhos sonhadores, Srta. Florence Butson, encorajava-a com ternura. (A questão é que uma professora aposentada de caligrafia e etiqueta não é exatamente a mesma coisa que uma professora aposentada de inglês, mas numa casa de saúde você aceita o que tiver em matéria de professor particular, era assim que Doris e Sonja estavam encarando as coisas.)

Doris não estava no apartamento aquela tarde. Ela nunca estava lá, estava com gás demais para ficar ali sem fazer nada, ela dizia, e quando aparecia, normalmente Sonja já estava dormindo. Mas Sonja muitas vezes era acordada pelas mãos de Doris em sua barriga. A primeira coisa que Doris fazia de manhã era procurar a barriga de Sonja outra vez, tentando sentir as mãos e os pés, escutando os batimentos cardíacos através do umbigo de Sonja. Ela às vezes gemia dormindo "bebê... bebê", e Sonja colocava a mão da mãe em sua barriga e dizia: "Está aqui, mamãe. Sente só."

Ninguém tinha preparado Sonja para a perda das águas, então, quando ela sentiu a súbita pressão, pensou que estava morta de vontade de ir ao banheiro. Ela se levantou, esquecendo-se do livro, que escorregou de sua cabeça para o chão, bem debaixo do aguaceiro.

— Minha nossa — a Srta. Butson disse e empurrou sua cadeira para trás.

Sonja foi andando de pernas abertas na direção do banheiro. No meio do caminho, uma dor aguda a atirou para trás e ela caiu sentada com toda a força, derrubando junto uma mesinha e um abajur.

— Quando alguém tenta beijar uma garota! — berraram as Jolly Kitchenaires.

Outra pontada. Outra. Totalmente desacostumada a sentir dor, Sonja não era boa de berro e só conseguiu soltar alguns gemidos.

— Vou buscar uma enfermeira — a Srta. Butson disse, correndo para a porta na hora em que esta foi aberta e —, eu não posso ser afetada e esquisita! — entrou junto com a Tia Mildred.

— Que barulheira é essa? — Tia Mildred rouquejou.

— Ela caiu no chão! — A Srta. Butson disse com uma voz histérica.

— Eu quero a minha mãe — Sonja choramingou.

— Ela está tendo o bebê? — Tia Mildred ajoelhou no chão, suas juntas estalando como pipoca. — Vamos dar uma olhada — ela disse, levantando o vestido encharcado de Sonja e espiando para dentro. — Uhm — ela disse.

— O que foi? — disse a Srta. Butson.

— Levante-se — Tia Mildred disse a Sonja.

Outra dor. Durante sua longa trajetória, Tia Mildred foi por trás dela e agarrou-a por baixo dos braços.

— Não fique aí parada como uma imbecil — ela rouquejou para a Srta. Butson.

A Srta. Butson agarrou as mãos de Sonja e puxou, seus olhos doces e leitosos olhando com ternura para Sonja com uma expressão de confiança apavorada. Sonja estava entregue. Entre uma contração e outra ela se sentia dormente do pescoço para baixo. Ela se sentia como a cabeça pequena e derretida de um homem de neve.

— O que você faz quando um cara dá em cima de você? — berraram as Kitchenaires. Finalmente, Tia Mildred mandou a

Srta. Butson sair da frente, e, com uma força surpreendente, conseguiu levar Sonja até a cama.

— Bem — ela disse, ofegante.

— É o bebê? — A Srta. Butson perguntou com a voz trêmula.

Com a mão tremendo, Tia Mildred procurou alguma coisa no bolso do casaco, enquanto olhava para Sonja com os olhos semicerrados, coriáceos. Ela tirou do bolso um cigarro e uma caixa de fósforos. Depois que acendeu o cigarro, deu uma boa tragada nele, com os lábios franzidos como uma bolsa com fecho de cordel.

— Vou dizer o que você pode fazer com a sobra do purê de batata — ela disse para a Srta. Butson.

A Srta. Butson soluçou.

— O que você pode fazer é... — Ela franziu a testa para a Srta. Butson. — Mas o que é?

A contração seguinte produziu dezenas de pequenas dores, que voaram como centelhas.

— É melhor tirar as ceroulas dela — Tia Mildred disse. Sonja sentiu mãos mexendo em sua barriga, e depois sua calcinha sendo arriada por suas pernas. As espirais delicadas de veias e os ossinhos formando um berço, o aconchegante espaço rosa e branco que ela tinha imaginado como sendo o lugar em que o seu bebê morava dentro dela estava sendo destruído pela rotação lenta de algo que parecia ser um bloco de cimento. — Abra caminho — sua tia disse, e Sonja sentiu sua boca se abrindo cada vez mais como que obedecendo ou então imitando sua outra extremidade, mas o grito ficou preso em sua garganta.

— Saiu.

— Meu Deus.

— Eu nunca vi nada assim, simplesmente pulou para fora.

— Meu Deus.

— Você está segurando aí, Flo?

— Sim, sim, acho que estou...

— Deixa eu ver — Sonja murmurou.

— É uma menina.
— Você ganhou uma menina, meu bem.
— Deixa eu ver — Sonja disse.
— Ela não está respirando!
— Você tem de dar uma palmada nela.
— Por favor — Sonja disse.
— Anda, Flo, dá uma palmada nela com força.
— Eu não posso...
— Me dá ela aqui.
— Cuidado com o cigarro.
Um tapa alto, um gemido fraco...
Então...
— FLO! FLO! ELA É MALUCA!
Ou será que foi "OH! NÃO! DE NOVO NÃO!"
Seja como for, este grito famoso e controvertido foi alto. Até as Jolly Kitchenaires ouviram algo que disseram que soou como uma má notícia nos canos de água quente, provavelmente um rompimento.

Considere esse grito lancinante como algo mecânico ou como uma alucinação histérica, múltipla, e ainda assim restará o mistério do motivo pelo qual uma queda de cabeça no chão não a matou, nem rachou ou fez uma mossa em seu crânio. O único machucado visível foi um hematoma do lado esquerdo da moleira, um círculo arroxeado do qual irradiava uma explosão ondulada de veias finas como fios de cabelo, fazendo você imaginar (pelo menos Sonja o fez) se o hematoma não estaria transmitindo boletins urgentes da outra vida.

Havia o mistério da escolha que Doris fez do nome, Joan, tendo tido a inspiração de dar-lhe este nome da primeira vez que a pegou no colo, embora Anne fosse o nome que ela, Gordon e Sonja tinham escolhido caso fosse uma menina. Foi só quase três anos depois, quando Gordon ergueu os olhos de suas palavras cruzadas e disse "*Sonja* é um anagrama de *Joan's*", que se percebeu que Doris a tinha, sem querer, marcado com sua verdadeira maternidade.

Sua beleza era uma espécie de mistério, não só porque era geneticamente inexplicável, mas porque era tão atraente. As pessoas sempre diziam "Que bebê lindo!", mas aquele era um bebê que inspirava adoração mesmo a um cego. Em Dearness, os cegos passavam as mãos pelo rosto e pelos membros dela e, como todos, achavam-na mais bonita que os outros bebês, inclusive os deles próprios. O retrato que o fotógrafo tirou dela para mostrar para a mãe da Insensível Alice também apareceu em três jornais de Vancouver e provocou centenas de declarações de que ela era a reencarnação de algum ente querido, súplicas e ordens para que ela lhes fosse entregue.

Os jornais foram informados por Tia Mildred, outra curiosidade quando se considera que ela quebrou o quadril ao desmaiar e teve de subir dois lances de escada para chegar até o telefone. Felizmente, quando os dois primeiros repórteres apareceram, Doris já estava com as coisas mais ou menos sob controle. Nada de fotos, ela disse, ninguém ia perturbar a mãe nem o bebê, mas como não podia pôr uma rolha em Tia Mildred, e muito menos nos outros residentes, que estavam todos declarando ter ouvido algo extremamente misterioso, ela deixou para eles a incumbência de responder as perguntas dos repórteres. Não havia nada com que se preocupar. Graças a ela, todo mundo no asilo pensava que o sobrenome de Sonja era Gorman, que ela tinha dezenove anos e que era mulher de um médico que tinha sido mandado para as Honduras Britânicas junto com uma força de paz das Nações Unidas.

Até que as coisas se acalmassem, Sonja e o bebê iam ficar fechados no apartamento de hóspedes, Doris decidiu. Ela levava comida para elas e não ocorreu a Sonja sentir nada além de um certo mal-estar. A dor que ela às vezes sentia vendo a mãe dar mamadeira para Joan ela achava que era causada pelo útero se contraindo. "Lá vai ele de novo", ela pensava, e sentia uma afeição respeitosa pelos complicados mecanismos do seu corpo.

Quando o choro de Joan fazia o seu peito vazar, ela ia para o banheiro e espremia o leite dentro da pia. Mamadeira era melhor para os bebês, sua mãe dizia, o que na opinião de Sonja estava ótimo. Ela não podia imaginar seus seios sendo sugados por um bebê inocente, especialmente um bebê que era, supostamente, sua irmã. Que, aliás, ainda podia ser a Insensível Alice, embora a maioria dos velhos que havia acreditado nisso já tivesse mudado de opinião. Com poucas exceções, eles agora a chamavam de Joan Joan.

Todo mundo levou presentes. Um monte de roupinhas de tricô e mantas, uma manta vermelha e laranja feita à mão da enfermeira negra, que Sonja achou um tanto berrante para um bebê, mas que Doris adorou. Alguns dos residentes levaram dinheiro. Um casal idoso, velhos amigos de Alice, apareceu com uma caixa de chocolates Black Velvet contendo vinte e cinco dólares de prata. Este casal foi uma das poucas exceções.

— Dinheiro vivo, Ali! — o homem disse, piscando o olho para Joan, e em seguida começou a enchê-la de perguntas sobre o além. — Pisque uma vez para sim — ele disse.

— São os olhos enormes dela — Doris disse uma noite, depois que as visitas tinham ido embora. *Jeepers, creepers, where'd you get those peepers?*, ela cantou, revelando a canção que estava em sua mente. Ela pigarreou (e Joan fez um som semelhante, você podia jurar que era imitando Doris) e disse: — Eles parecem enxergar até o fundo da sua alma.

— Talvez enxerguem mesmo — Sonja disse. Inclinando-se sobre o braço da mãe, ela tocou de leve com o dedo no hematoma de Joan, uma coisa que fazia de vez em quando como que para tentar captar alguma mensagem. — Ali? — ela chamou baixinho.

— Pára com isso! — Doris disse, e então falou carinhosamente: — Desculpe — porque Joan tinha estremecido. Virando-se de novo para Sonja, ela murmurou: — Eu já estou cheia dessa conversa fiada.

E estava falando sério, apesar de ter também a sensação de que havia alguma coisa diferente com relação àquela criança.

Algum curto-circuito decorrente da queda. Ela tinha tido dois bebês, e entendia do assunto. Um recém-nascido não era capaz de olhar fixamente para você, do jeito que Joan fazia, do outro lado do quarto, não era capaz de seguir você com os olhos daquele jeito. E havia também sua extrema sensibilidade à luz e ao barulho, e todos aqueles sons esquisitos que ela emitia. O pigarrear, o zumbido, o estalido e o assovio.

Quer saber a verdade? Por algum tempo, Doris também costumava olhar para Joan e perguntar: "Ali?" Não tão alto, mas perguntava assim mesmo. Mais tarde, ela iria recordar isso e pensar que não era de espantar. Em primeiro lugar, ela não sabia, então, que Joan tinha sofrido uma lesão cerebral; além disso, ela própria estava completamente fora de si na época do nascimento de Joan. Doris estava frenética... uma ninfomaníaca descontrolada, loucamente apaixonada, mas agindo como se não estivesse, como um assassino que você descobre que trabalhava como palhaço em festas infantis. Ou ela estava ligadona ou então tão distraída que tinha a impressão de ter entrado em transe. Como a noite em que estava com Joan no colo para ela arrotar e Sonja chamou sua atenção para o fato de que o rosto de Joan estava ficando vermelho. "Ela parece que está envergonhada", Sonja riu. E só então Doris percebeu que não estava apenas *segurando* Joan, mas estava sacudindo a pobre criança como se ela fosse uma garrafa de ketchup.

Isto quando Joan estava com cinco semanas de idade.

Quando Doris e Sonja tiveram o mesmo sonho.

Aconteceu no trem, na viagem de volta para casa. Quando Doris tornou a gastar um dinheirão, desta vez do dinheiro do pessoal de Dearness, com uma cabine, desta vez uma cabine com uma cama de casal decente. Era a segunda tarde e Doris tinha colocado Joan em sua cestinha, e então ela e Sonja resolveram tirar uma soneca junto com ela. Após alguns minutos, como Joan estava bem acordada, emitindo ruídos estranhos com a boca, elas a colocaram na cama junto com elas, e isso a acalmou.

Todas elas dormiram — até Joan, que nunca dormia, até Doris, que nunca mais tinha dormido um sono profundo. Quando Doris abriu os olhos uma hora depois, Sonja também estava acordando. Na extremidade da cama, sobre a pia, havia um espelho grande, e por alguns minutos, na claridade acinzentada, as duas ficaram ali deitadas, olhando uma para a outra... seus rostos de prato de torta (idênticos, só que o de Sonja nessa época estava mais gordo), seus cabelos de saca-rolha espetados para cima e o trem embalando-as. E um pouco mais abaixo, no espaço onde cada uma tinha levantado um braço para dar lugar, a cabeça de Joan, redonda e careca, como um planeta.

Doris, para variar, estava bem, apesar de ter tido um pesadelo com Harmony. Ela sorriu, e como se uma conexão invisível tivesse sido acionada, a boca de Sonja também se abriu num sorriso.

— Eu tive um sonho doido — Sonja sussurrou, dirigindo-se a Doris pelo espelho.

— Entre para o clube, Benzinho.

— Sabe aquela enfermeira negra?

Doris esperou.

— Melody — disse Sonja. — Você sabe...

— Harmony! — Doris disse depressa demais, alto demais. — Harmony!

— O quê?

Doris começou a puxar um fio da manga do seu casaco.

— O nome dela — disse, tentando controlar o tom de voz — é Harmony.

— Ah, é mesmo, Harmony. Bem, eu sonhei que ela estava naquela peça em que você trabalhou quando era atriz. Julius... não, *Romeu e Julieta.* Ela era uma velha e dizia "eu estou caindo aos pedaços" e aí caía mesmo. O braço dela caía, depois o pé, depois o outro braço. E, por fim, a cabeça.

Pelo espelho, Doris viu que estava empalidecendo.

— E então... E então ela se transformou num peixe grande, um daqueles... ora, como é mesmo...?

— Um golfinho! — Doris exclamou.

— O quê?

— Ela se transformou num golfinho! — Doris ouviu a si mesma exclamar num tom desvairado.

— Como você sabe disto? — Sonja perguntou, virando-se para olhar para Doris em carne e osso.

Doris prendeu a respiração.

— Mamãe, como você sabe que ela se transformou num golfinho?

Doris estava desmanchando toda a manga do casaco.

— Um palpite — deixou escapar junto com o ar.

— Ora, minha nossa, bom palpite. — Ela voltou a olhar para a Doris do espelho. — Bom, ela era um golfinho, mas com pernas, pernas pretas, e então... então eu acordei.

Nessa altura Joan acordou e virou a cabeça para olhar para Doris enquanto fazia ruídos com a boca, como se estivesse ralhando com ela, e Doris pensou, "É *ela*", e com isso ela queria dizer que o fato de Joan estar entre as duas é que tinha feito com que o sonho passasse dela para Sonja ou de Sonja para ela. Joan o havia conduzido! E então ocorreu-lhe uma possibilidade ainda mais inquietante, de que Joan tivesse inventado aquele sonho! Um sonho sobre Harmony! "Ela *sabe*", Doris pensou, totalmente assombrada, enquanto Sonja, sem perceber nada, tocava no hematoma de Joan e dizia "Coelhinha, coelhinha", mas Joan olhava fixamente para Doris, seus olhos como dois lagos.

QUATRO

UM ANO ANTES DE TUDO ISSO ACONTECER, numa quinta-feira à tarde no início de novembro, enquanto Gordon está comendo um sanduíche de presunto, sentado na sua mesa, um gigante de cabelos cor de laranja entra no seu escritório com um passo insolente. Gordon se apaixona à primeira vista, de tal modo o rapaz é estonteante, mas qualquer um pararia de mastigar. O escritório de repente parece mínimo, e o rapaz está lá dentro com um ar perdido, olhando em volta, limpando a garganta. Sua garganta é montanhosa. Seus braços são bastões forrados de cor de laranja. Pêlos cor de laranja pulam para fora do "v" da sua camiseta branca e escorrem como um rio laranja por sobre sua cabeça.

— Toque-toque — diz o rapaz, batendo na estante de Gordon.

Gordon engole a comida.

— A secretária disse que eu podia entrar — diz o rapaz, pachorrentamente.

Algumas horas antes, um cara com uma voz pachorrenta telefonou querendo financiamento para escrever um relato em primeira mão da vida de um estivador — "o verdadeiro *Sindicato de ladrões*". Gordon disse ao cara para aparecer por volta do meio-dia.

— Sim, olá — diz, ficando em pé. — Gordon Canary. — Ele estica o braço por cima da mesa para cumprimentá-lo. Não é comum ele ter de levantar a cabeça para olhar nos olhos de outro homem.

— Al Yothers — o rapaz diz, apertando a mão de Gordon. — Já acabou aqui? — Solta a mão de Gordon e pega a xícara de café pela metade que estava sobre a escrivaninha.

Gordon faz um gesto.

— Ahn...

Al vai até a janela e toma um gole.

— Já deve estar gelado — Gordon diz.

Al chuta o aquecedor.

— O ar está bloqueando o fluxo.

— Como?

— Bolsas de ar. — Ele vira a maçaneta da janela e empurra, os músculos de seu braço saltando aliviados.

— Está emperrada por causa da tinta — Gordon diz. Com um som de madeira arrebentada, ela abre. Al joga fora o café.

— Ei...

Al olha para ele. Agora ele está tentando soltar o parafuso da ponta do aquecedor.

— Assim não dá — diz. Ele põe a xícara no parapeito da janela e tira uma chave de fenda do bolso de trás da calça.

Gordon finalmente compreende. Ele se deixa cair na cadeira.

— Eu pedi que mandassem alguém para ver isso há duas semanas.

— Sabe como é que falam "duas semanas" na Inglaterra? — Al diz. Algumas voltas no pino e o ar começa a sair. — Quinzena — responde antes que Gordon compreenda a pergunta.

Gordon espera, mas aparentemente isso é tudo que Al tem a dizer a respeito do assunto.

Al se agacha, tornando a apanhar a xícara. Suas coxas são como sacos de areia, mas suas nádegas são pequenas como as de um menino. Um pedaço da coluna vertebral no espaço em que a camiseta sobe um pouco.

— Está mesmo preso — diz.

Gordon está agachado ao lado dele, dizendo alguma coisa. Dizendo "Mas como é que o ar entra aí?" ou algo semelhante, enquanto passa a mão pela cintura de Al. Não, ele está em pé, ambos estão em pé. Gordon está atrás dele. Ele estende a mão e desabotoa o cinto de Al, abre o fecho da sua braguilha. Al agarra os dois lados do parapeito da janela. Dois puxões e ele está duro e se virando. Seus olhos estão fechados, sua boca está aberta. A porta está fechada. Trancada. Antes de se aproximar dele, Gordon fechou e trancou a porta e disse a Margô para não interrompê-lo. Não, ele a mandou comprar outro café e outro sanduíche, e a mandou ir ao banco...

— Quando foi a última vez que o senhor mandou drenar isto? — Al pergunta, olhando para ele.

Gordon olha para cima um milésimo de segundo atrasado. Al aperta os olhos. O que surpreende Gordon não é só o fato de ter deixado sua imaginação ir tão longe, é a sensação de nostalgia que está tomando conta dele, como se em alguma vida, e não foi nesta, ele tivesse realmente dançado esta dança. Quando Al torna a se virar para o aquecedor, as pernas de Gordon estão tremendo tanto que as moedas estão tilintando em seu bolso.

— No inverno passado — ele diz.

Al não fala nada por cerca de um minuto. Então diz:

— Vou dizer uma coisa para o senhor, Sr. Canary. — Um jato de água preta cai na xícara e ele rapidamente aperta o pino. — Que tal se eu deixar isto aqui frouxo o bastante para o senhor mesmo poder drená-lo de vez em quando? — Ele fica em pé. Guarda a chave de fenda no bolso de trás.

— Está bem — Gordon diz, ansioso. — Boa idéia.

Al se aproxima e torna a colocar a xícara sobre a mesa. Tem uma moeda no pratinho de clipes e ele a apanha.

— Isto aqui vai servir de chave de fenda — ele diz, jogando-a para cima com um movimento do polegar.

Gordon não consegue agarrá-la. Risadas.

— Certo — ele diz, cobrindo-a com a mão no lugar em que ela caiu, sobre um manuscrito. — Boa idéia. Sim, com certeza, eu mesmo vou fazer isso da próxima vez.

— Então está combinado — Al diz.

Seu sorriso vai direto ao coração de Gordon.

Gordon fica sentado que nem uma estátua de sal. Passam-se uns bons cinco minutos e então ele coloca as duas mãos abertas sobre a escrivaninha e olha em volta do seu escritório. Tudo diante dos seus olhos lhe dá saudade. O telefone toca e ele espera que Margô atenda do outro lado, mas ele continua tocando e a cada toque é como se diminuíssem as chances de ele se salvar. Ele estende a mão para o café. Leva a xícara até a boca antes de lembrar que aquela coisa preta não é café. No mesmo segundo ele se dá conta de que não é tarde demais! Aquilo que o está deixando tão abalado ainda não aconteceu!

Ele fica em pé, vai até a janela e a fecha. Estala os dedos e anda de um lado para o outro. Torna a se sentar à escrivaninha e liga para casa.

— Alô? — Marcy diz com sua vozinha infantil, fina e esperançosa.

— É o papai, querida. Mamãe está aí?

— Ah, olá, papai. A mamãe está lá fora estendendo roupa. Vou chamá-la.

— Não, não, não precisa. Diga que eu telefonei, não é nada importante. — Ele consulta o relógio. Meio-dia e meia. — Você está almoçando?

— Acabei agora mesmo. — Ela respira ruidosamente. — Sabe de uma coisa?

— O quê? — Ele aperta o fone de encontro ao ouvido. Ele quer ouvir o sangue dela circulando.

— Eu esqueci de rezar — ela está sussurrando —, e o meu sanduíche ficou mofado.

— Querida, ele já devia estar mofado antes e você não notou. — Que diabo eles estavam ensinando a ela na escola dominical?

— Não, ele *não estava* mofado antes! — ela grita.

— Está bem, está bem. Mamãe fez outro sanduíche para você?

— Eu comi o mofado mesmo — ela diz contritamente.

Aquela noite, na hora do jantar, ele se sente como alguém que soube que o avião que decidiu não tomar explodiu no ar. Doris e as meninas parecem fantasmas, o rosto redondo de Doris infinitamente vivo e bondoso, uma lua da guarda. Na cama, ele se agarra ao corpo dela de barriga para baixo, e, como se Al Yothers fosse apenas o instrumento para levá-lo de volta, finalmente, àquele limiar santificado, ele consegue ter uma ereção.

— Doris — ele geme.

Mas ela está dormindo.

E lá se vai a ereção dele.

Mas não suas esperanças. Não sua sensação de que vai ficar tudo bem, de que isto é só o começo etc. Uma ereção, mesmo uma de tão curta duração, é alguma coisa naquela cama.

No dia seguinte, no escritório, sempre que ele sai para o corredor, fica atento para ver se enxerga Al Yothers. Para evitá-lo, ele pensa. Tem um revisor chamado Tom Hooks, um garoto rabugento, de quadris insolentes e irrequietos olhos azuis, que ele evita encarar. Hoje, no entanto, entrando atrás dele na fila da máquina Gestetner, ele encara o rapaz para assegurar a si mesmo que o seu desejo não está amarrado a um único homem, e sim espalhado, devolvido à sua antiga e inofensiva inconseqüência. De volta ao escritório, ele se senta na escrivaninha e imagina Al Yothers parado perto do aquecedor, e se sente, bem, não mais excitado do que já estava antes. Ele se pergunta se alguma vez ficou assim tão excitado com Doris. Ele duvida, embora se lembre dos primeiros anos do casamento deles como um tempo de perfeita felicidade. Talvez a coisa funcione assim: se você for muito feliz uma vez, isto o deixa vacinado contra a possibilidade de ser tão feliz de novo. Ele fica ali sentado esfregando as coxas, e a parte dele que está sentindo o quanto elas são compridas e ossudas, sentindo-as como se fossem as mãos de outro homem e pensando, preocupado, que elas são como um par de corrimões, essa parte parece que está no fim. Como um restinho de queimada que se apaga sozinho.

Passa um pouco das quatro horas quando o estivador telefona e diz:

— Ei. — E Gordon sente um vazio no estômago. Ele pensa que é Al.

— Al — ele diz, e vê foguetes explodindo.

— Não, Frank — o estivador diz. — Frank Amis. Olha, sobre ontem...

Na véspera ele tinha ficado preso. Um carregamento de carne de porco. Ele sugere um encontro à noite, cinco e meia na Taberna Lakeview, acrescentando que se trata de algo realmente importante.

Gordon diz:

— Apareça aqui no escritório amanhã.

— Eu posso não estar vivo amanhã — Frank diz, o que não deixa Gordon nem um pouco sensibilizado, mas ele está com a cabeça apoiada na mão e seu coração ainda está disparado, e o que acontece é que Frank está usando um tipo de linguagem que ele entende muito bem. — Está bem, cinco e meia — ele diz. Então ele liga para Doris e diz que vai chegar tarde.

Às cinco e vinte, quando está vestindo o paletó, Frank torna a ligar e grita no telefone por cima de um barulho que parece ser de uma buzina de nevoeiro que vai ter de adiar o encontro. Gordon liga para Doris para dizer que vai chegar na hora de sempre, mas o telefone está ocupado. Ele espera cinco minutos e tenta de novo. Ainda está ocupado. Ele desiste e sai do escritório.

Alguns minutos depois ele está parado no sinal defronte do estacionamento. O estacionamento fica ao lado do cemitério onde, preenchendo o último espaço existente no túmulo da família Canary, o nome dele, a data de nascimento e um travessão estão gravados. Foi sua mãe quem fez isso, num esforço final, do seu leito de morte, para imortalizar a recusa em aceitar que ele se casasse com Doris e produzisse mais Canarys. "Você não vai poder negar isto à sua mãe", Doris disse, rindo, no enterro da mãe dele, enquanto ele estremecia ao ver o travessão. Ele nunca visita o túmulo, nem mesmo atravessa os jardins bem cuidados do cemitério, embora esta noite o lugar o atraia. O céu sobre ele está arroxeado e liso, recortado pelos galhos nus das árvores, a lua parece um lugar em que o céu esgarçou, ou como uma lua há muito desaparecida, um fóssil de lua. Ele brinca com a idéia de dar um passeio. Consulta o relógio, depois olha para trás por algum motivo, e lá, curvado sob o toldo de uma taberna, está um gigante.

Al Yothers.

É ele, sim. O cabelo cor de laranja. Ele está usando uma jaqueta de couro preta. Ele tem um ar furtivo e ameaçador, até avistar Gordon, e então seu rosto se abre como o de uma criança.

— Ei — ele chama.

Gordon finge que não ouve. Ele vira de costas.

— Ei! Sr. Canary!

Gordon respira fundo e torna a se virar. O rapaz está andando rapidamente na direção dele.

— Oh, olá — Gordon diz.

— Al Yothers. — Ele estende a mão.

Gordon aperta a mão dele.

— Sim, eu me lembro.

— Eu queria perguntar se o seu aquecedor está funcionando direito.

Entre o polegar e o indicador da mão esquerda ele está segurando um charuto barato. Gordon olha para o charuto e diz:

— Sim, agora eu estou bem confortável, obrigado.

— Fico contente em ouvir isso. — Al solta uma última baforada e atira o charuto no chão, apagando-o com o salto de sua bota preta. — Hoje de manhã eu recebi algumas reclamações de que os fodinhas ainda estão gelados.

— O meu está funcionando bem.

Al balança a cabeça. Ele sorri e olha para baixo, não com timidez, mas como se Gordon não tivesse entendido a piada.

— Bem, boa-noite — Gordon diz porque sabe que Al vai perguntar se ele quer tomar um drinque naquela taberna atrás deles. Porque a vida que ele levou até agora exige alguma demonstração de resistência, mesmo que falsa.

A taberna é na verdade um novo restaurante chinês que não trocou a antiga placa, mas eles entram assim mesmo. Al dizendo que não come "Chink chow" há anos. Depois que se sentam, ele tira a jaqueta de couro e pendura-a nas costas da cadeira. Hoje ele está usando uma camisa azul com "Al" bordado no bolso, que contém outro charuto. Ele boceja e se espreguiça. Para Gordon, ele parece ser incrivelmente jovem e exótico, suas mãos grandes e brancas parecendo conchas.

— Restaurante Familiar Hoo Wah — ele diz com sua voz arrastada, lendo as palavras escritas em papel de alumínio, penduradas num barbante atrás do bar. Ele olha para Gordon. — Você é um homem de família?

— Sou sim — Gordon diz em voz baixa.

— O homem de família é o pilar da civilização. Estou certo, Charlie? — Isto dirigido ao garçom, que trouxe os cardápios.

— Homem de família — o garçom diz animadamente. — Muito bom.

— Homem de família — Al imita o garçom antes de ele estar suficientemente longe para não ouvir. Ele pega o outro charuto e o acende. Solta a fumaça pelas narinas. Suas narinas são enormes, como as de um gorila. Ele olha para o teto, e Gordon olha para a coluna do pescoço dele, sabendo que é isto que está sendo convidado a fazer. Gordon está, de algum modo, contando os segundos entre o relâmpago e o trovão. Está fora de controle, é iminente. Um sonho recorrente que ele deveria saber como percorrer, só que em seu sonho ele é um trouxa. Este é o sonho em que ele abre a porta em pleno ar e sai.

— O que foi? — Ele diz. Al está olhando para ele agora, apertando os olhos.

— Sabe — Al diz — que você é a cara daquele sujeito da TV, quem é mesmo ele?

Gordon tira o chapéu e coloca-o na cadeira a seu lado.

— Você é do Sul — ele diz, mudando de assunto.

— De Greenville, Carolina do Sul. População de 58.161 em 1953. — Ele faz um sinal para a esquerda de Gordon. — Seu paletó caiu.

O paletó tinha escorregado da cadeira. Quando Gordon o apanha, ele sente algo melado na lapela. Era o paletó do pai dele, do melhor pêlo de camelo, uma herança, e normalmente Gordon ficaria ansioso para limpá-lo imediatamente, mas ele simplesmente o pendura num gancho na parede atrás de si, depois torna a sentar-se com a sensação de ter ultrapassado um ponto sem retorno.

— Você sabe — o rapaz está dizendo —, aquele cara magro de cabelo crespo — ainda tentando lembrar com quem Gordon se parece, e como Gordon só pode imaginar que vai se sentir envergonhado com a comparação, ele diz: — Seus pais ainda moram em Greenville?

— Eles morreram num acidente de carro quando eu tinha dois meses e dois dias.

— Meu Deus. Sinto muito.

— As freiras me criaram. Eu era Al de Alan, mas as irmãs me batizaram Albert, em homenagem a Albert, o Grande, 1193 a 1280. — Ele apanha o cardápio e pisca os olhos com força, e Gordon teme ter reaberto uma ferida, mas aquilo não é tristeza, é memorização. Alguns minutos depois, Al ergue os olhos e começa a recitar: — Moo goo guy pan, frango fatiado com cogumelos e legumes chineses variados. Tai dop voy, frango, camarão, porco grelhado com legumes chineses variados. Soo guy, peito de frango amanteigado com amêndoas e molho. Ma po dow fu, queijo-de-soja com carne de porco moída e molho apimentado.

Gordon ri, espantado.

Al faz um sinal para o garçom. Palavra por palavra, na mesma voz monótona e olhando por cima do cardápio para um ponto fixo na parede, ele repete o recital, acrescentando mais três pratos enquanto o garçom e Gordon fingem que não há nada de estranho em fazer o pedido dessa maneira. "Um bocado de comida", é a única reação do garçom, o que é verdade. Gordon agradece a Deus por Doris ter-lhe dado dez dólares aquela manhã. Nem precisa dizer que a despesa vai ser por conta dele, não apenas porque ele ganha mais, mas porque (isso também nem precisa dizer) ele é que vai se apaixonar.

Ele ainda não sabe que já está apaixonado. Ele fica ali sentado como um homem que ainda se interessa pela rotina da vida diária. Quando a sopa chega, ele finge saborear o aroma, e a fumaça embaça os seus óculos. O macarrão é fino como cabelo de milho. Ele o enrola na colher. Al corta o seu com garfo e faca. Al encanta a audiência discursando sobre "chinas", seus hábitos alimentares (comendo de forma barulhenta e atirando a comida dentro da boca), a comida que eles comem (cães labradores e gatos vadios), seus sentimentos (nenhum). Nem Gordon nem qualquer outra pessoa ainda estaria sentada ali, mas é como se ele tivesse de deixar o rapaz cavar aquele buraco, porque se forem juntos para algum lugar, é para dentro dele que irão.

Apesar de tudo, ele está contente por estarem sozinhos num canto e fica aliviado quando Al, depois de uma pausa, passa a falar de enciclopédias. Gordon tem alguma? Ele tem várias... não, não a *Enciclopédia Britânica*, embora haja duas coleções no escritório dele. Gordon já leu?

— Eu a consulto de vez em quando — Gordon diz. — É claro.

— Eu a li inteirinha duas vezes — Al diz. — Todos os vinte e quatro volumes, do começo até o fim. Estou na terceira rodada, já fui até o D.

— Você está brincando.

— Tudo o que você precisa saber está lá. Todos os fatos que existem e que existiram. É só nisso que eu estou interessado. Nos fatos. Na verdade. — Ele esvazia o copo de vinho de arroz.

— Bem — Gordon diz. — A verdade é apenas a versão...

Al põe o copo de volta na mesa com força.

— Faça um teste comigo com um fato com a letra D. Algo anterior a Dalila.

Gordon ri.

— Anda — Al diz, franzindo a testa.

Gordon abre as mãos.

— Dafne.

— Da mitologia grega — Al responde. — A ninfa que se transformou num lírio d'água.

Gordon fica estranhamente aliviado.

— Na verdade, num loureiro — ele diz. — Ela se transformou num loureiro.

Al pisca os olhos.

— Você tem certeza?

— Tenho sim. Certeza absoluta.

O rosto de Al fica pendurado.

— Dafne, loureiro — ele diz. — Dafne, loureiro.

— Você pegou o espírito da coisa — Gordon diz.

Al empurra a tigela de sopa, cruza os braços gigantescos e diz:

— Me dá alguns Cs. Eu estou com os Cs mais bem decorados.

Gordon não quer fazer isso. Ele não está ali para brincar de sabatina.

— Eu não estou conseguindo pensar em nada — ele diz.

— Anda — Al diz impacientemente.

Então Gordon diz "Lewis Carroll". Al responde certo. Gordon diz Rei Charles. E concerto. O resto da comida chega, e ele diz Cervantes, cubismo, Castro, maçarico — fatos e coisas, palavras que estariam numa enciclopédia, embora não pareçam ter importância. Al arrisca uma resposta para tudo e não fica frustrado quando erra, nem mesmo quando comete erros idiotas. Ele escuta de olhos vidrados a resposta certa e então a repete duas vezes. Toda vez que ele comete um erro idiota, a ternura que Gordon sente por ele aumenta um pouco.

Eles continuam assim — por insistência de Al, continuam com o C — até chegar a conta, quando Gordon já está sugerindo palavras do tipo chop suey e China.

— Cheque — ele diz, estendendo a mão para a conta.

— Um natural da Checoslováquia — Al diz.

Gordon não sabe se ele está brincando ou não.

Al pega um dos biscoitos da sorte que estão na bandeja e o abre.

— A pessoa deve ir com calma — ele lê. Ele fica em pé. — Puxa, eu estava torcendo para ir com tudo.

Gordon está se levantando para tirar a carteira do bolso do paletó. Quando Al diz isso, Gordon fica paralisado, e então Al também fica. Eles ficam parados ali, olhando um para o outro como um par de pistoleiros.

— Eu sei de um lugar onde podemos ir — Al diz. — Logo ali adiante. — Ele esfrega a própria cabeça. Esfrega-a devagar, do jeito que se faz festa num gato arredio.

CINCO

UMA NOITE, QUANDO SONJA e Doris estão em Vancouver, Marcy sonha que Sonja está sendo esfaqueada no estômago por um homem cuja cabeça está pegando fogo. Ela acorda chorando. Ela desce da cama e vai até a sala para dizer ao pai que ele precisa ligar para Vancouver imediatamente. A sala está escura, mas ela sabe que o pai está lá porque seu disco "Mister Sandman" está tocando.

Sim, ele está lá. No chão. "Deita aqui do meu lado", ele diz, interrompendo-a no meio do relato do sonho. Ele limpa com a mão as lágrimas do rosto dela e ela sente o cheiro familiar de lápis nos dedos dele. Ela puxa a mão dele até ele se levantar. Ele cambaleia. Apóia-se com tanta força no ombro dela que seus joelhos vergam. Achando que a perna dele ainda deve estar machucada por causa do acidente de carro, ela pega na mão dele e o conduz pelo corredor até a cozinha, onde está o telefone. Três vezes ele dá o número errado para a telefonista, embora Marcy o esteja soprando para ele. Através da fazenda fina do seu pijama, que tem o desenho de um regador vermelho e amarelo, ela belisca seus braçinhos finos.

Finalmente, o pai entrega o fone para ela, mas ela tem de falar com duas outras mulheres antes de a voz distante e cheia de estalidos de Sonja entrar na linha. Marcy não fica muito aliviada pelo fato de Sonja não saber do que ela está falando. Marcy diz: "Eu estou *avisando*." Ela diz: "Não, eu acho que ele é um bombeiro... ou algo assim...", sua fala acompanhando o desenrolar do sonho em sua mente.

"Diga até logo agora", seu pai diz, enrolando a língua.

Marcy tem dois sonhos recorrentes. Um sobre um bebê que fala e outro sobre uma garotinha tocando piano num quarto onde Marcy e um homem lutam em cima de uma cama. Há um cachorro neste sonho também, um poodle mordendo a guia. O homem diz: "Ah, o que é que tem, é como transar na frente do cachorro." "No sonho, Marcy compreende o que o homem quer dizer com 'transar'."

Seus sonhos a despertam. Se ela não tornar a dormir imediatamente, é capaz de começar a se preocupar em ler todas as páginas dos seus livros escolares que a professora ainda nem ensinou. Ela irá tocar nas bonecas que estão alinhadas como damas de honra de cada lado dela. De leve, para não acordá-las, ela irá passar a mão nos seus vestidos engomados e nos pêlos duros de seus cílios. No fim, ela descerá da cama e se dirigirá para a escrivaninha, debruçando-se sobre seus cadernos sob a faixa de luz que entra da rua pela fresta das cortinas. Não é impossível que ela fique ali sentada durante horas, apagando e reescrevendo páginas inteiras.

Ela tem cabelos lisos e grossos, cor de papelão. Ela tem medo que ele seja na verdade pêlo, porque ela só viu cabelo assim tão grosso e daquela cor em cachorros. Ela é dada a terçóis, que fazem suas pálpebras ficarem vermelhas e inchadas e que (como ela acabará descobrindo) dão aos vizinhos do outro lado da rua a impressão de que ela mora num ambiente familiar violento. Ela está estragando a vista, e vai usar óculos como o pai. Mas só dentro de quatro anos e meio. Enquanto isso, ela reza para ter uma visão perfeita, cabelo de gente e pela morte do tonel de banha. Ela reza de joelhos dentro do armário, onde acredita que faíscas de eletricidade estática indicam a presença de Jesus.

Jesus também está presente durante os banhos de espuma de sua babá, uma vez que o som da eletricidade estática e das bolhas arrebentando é o mesmo. E é o som de Jesus. Com toda a reverência, Marcy lava as costas de sua babá, que, como é cheia de sinais, parece um céu estrelado. Os círculos que Marcy desenha com o sabonete são nuvens. Às vezes, para assustar a si mesma, ela escreve AL ESTEVE AQUI no sabonete, acreditando que isto significa CUIDADO. A babá geme de prazer. Jeanie é o nome dela. Jeanie de cabelo cor de flocos de milho. Quando ela está deitada no chão defronte da TV, Marcy monta em suas costas e escova o seu cabelo. Para Marcy, a caspa de Jeanie é confete.

Jeanie contou a Marcy que a cicatriz que tem debaixo do olho é de quando a mãe bateu nela com a fivela do cinto. Jeanie chora não por causa da mãe, mas porque o namorado trocou-a por um tonel de banha que raspa os braços. Marcy acaricia o braço fino e não raspado de Jeanie e molha o dedo em Jell-O em pó para Jeanie lamber. Ela dá biscoitos Windmill com Cheez Whiz para ela comer. "Lá vai", ela diz tentando acalmá-la, e enfia um biscoito na boca de Jeanie. "Está gostoso? Mmm, bom."

Antes de Jeanie ser sua babá, Marcy ouviu dizer que se podia dar a ela um pote de minhocas e que ela comeria um monte de cada vez. Será que Jeanie comeria mesmo? "Isso é informação confidencial", é tudo que Marcy consegue tirar dela. No entanto, Jeanie admite ter sido uma *catadora* de minhocas. Catando e vendendo minhocas aos pescadores por vinte e cinco centavos a lata. Ela tem um método secreto. Primeiro você mistura três colheres de sopa de mostarda apimentada Keen num copo d'água. Enche um segundo copo só com água. Depois você engatinha em volta do gramado, tirando fora a parte de cima dos montinhos de terra que são na verdade esconderijos de minhocas. Depois de abrir uns vinte buracos, você derrama um pouco da mistura de mostarda em cada um.

— Agora fica esperando — Jeanie diz a Marcy no dia em que está demonstrando o método. — E não se mova, elas sentem as nossas vibrações.

Marcy abraça os joelhos. Talvez suas calcinhas Quinta-feira estejam aparecendo. Ela tem roupa de baixo dos "Dias da Semana" — segunda, terça, quarta e assim por diante bordado na parte de trás de sete pares. Usar um par que não combinasse com o dia era algo inimaginável para ela, o mesmo que tomar o café da manhã no meio da noite. Ela abraça os joelhos para se manter imóvel. Ela está preparada para ficar assim por longo tempo, mas em poucos segundos as minhocas começam a surgir em volta dela, por toda a parte. É uma fonte de minhocas. Longas, gordas, segmentadas, contorcendo-se pela grama. Marcy fica em pé de um salto.

"Grandes, gordas e suculentas, compridas, magras e nojentas", Jeanie canta, catando as minhocas e jogando-as dentro do copo de água pura.

Marcy está apavorada.

— Elas amam a gente? — ela grita, sabendo que é uma pergunta estúpida e infantil, sentindo-se humilhada, mas tornando a perguntar. — As minhocas amam a gente?

Jeanie resmunga.

— Você está doida? Nós acabamos de queimá-las. Elas nos odeiam.

Um pouco mais tarde, porque sua devoção não diminuiu nem um pouco, mas também para Jeanie não pensar em misturar mais mostarda Keen e água, Marcy leva para a cozinha os preciosos sapatos de sapateado de Sonja e insiste para que Jeanie os experimente.

— Eles estão quebrados — Jeanie diz quando não consegue fazê-los estalar. Marcy torna a guardar os sapatos na caixa que diz "Propriedade privada" e volta para a cozinha com seu porquinho cujo conteúdo soma cinco dólares e trinta e sete centavos, todas as suas economias. — É tudo para você — ela anuncia. — Estou dando de presente para você.

"Não conte ao seu pai, OK?", Jeanie diz, balançando as moedas.

Com o dinheiro, Jeanie compra esmalte de unha vermelho-tomate e um tabuleiro Ouija que zune as respostas mas não sabe soletrar.

Estamos em julho, quando Marcy ainda é a mesma pessoa que foi a vida toda. Ela é louca por Jeanie, mas ainda não está definhando por ela. Isto é antes de tudo. Antes de Marcy ficar grávida, embora ela esteja com gravidez na cabeça porque sua mãe está grávida. Em algum momento, antes do Natal, sua mãe e Sonja vão voltar de Vancouver com o que Marcy imagina ser mais ou menos uma boneca viva. Seu sonho! Ela sabe que os bebês vêm de uma semente que o pai dá para a mãe; então, enquanto sua mãe está fora e é seu pai quem prepara o café da manhã e o jantar, nada entra em sua boca que ela não tenha examinado para ver se tem alguma semente que não combine com as outras. Uma semente de aparência suspeita. Ela sabe que é uma vergonha ser mãe solteira, porque tem um lar para mães solteiras no fim da rua, e se você subir no muro de tijolos, às vezes consegue enxergá-las em seus vestidos brancos de gravidez, flutuando ao redor do gramado dos fundos como sementes de dente-de-leão.

É só no início de novembro que Marcy tem seu primeiro sonho com o bebê que fala. Quando ela acorda, seus ouvidos ainda estão vibrando, ela não consegue lembrar o que o bebê disse. Mas foi alto!

Na tarde seguinte, enquanto ela está ensaboando as costas de Jeanie, ela tem a inspiração de deixar a mão escorregar por baixo do braço de Jenie e tocar o seu seio. Ela sabe um hino, "As mães de Salém", em que Jesus diz "Pois eu os receberei e os apertarei de encontro ao peito", e recordar esse hino enquanto sua mão circula cada vez mais perto do seio esquerdo de Jeanie proporciona não só absolvição, não só permissão, mas encorajamento. Jeanie finge que não percebe nada, enquanto Marcy sente faixas de luz aveludada subindo e descendo por suas pernas.

Algumas noites mais tarde, ela sonha que está grávida. De manhã ela se dá conta de uma barriga inchada e da inchação do mundo negro e incompreensível. Ela desce da cama e usa seu espelho de mão para tentar ver através do umbigo. Ela engoliu uma semente, ela pensa. De alguma forma ela engoliu uma maldita semente! Ela aperta o estômago com os dedos e sente uma coisa que parece uma haste. Um braço! Em comum com Sonja, ela tem a idéia de que bebês no útero são como bebês pássaros, suas cabeças tombadas para trás e suas bocas abertas esperando pela comida. Com a sensação de que aquilo devia ser uma estratégia, ela resolve deixar o bebê esperar até morrer de fome.

Ela passa dois dias sem comer nada. Seu pai tenta comprá-la com promessas de dinheiro e Creamsicles, mas Marcy sacode a cabeça. Ela diz que é ela que come toda a comida que Jeanie põe para dentro. "Eu estou entupida", ela diz. "Olha só", ela diz, chamando a atenção do pai para a sua barriga inchada.

No terceiro dia, ela come um pedacinho de salsicha e duas migalhas de pão. Ela mastiga até a comida virar uma pasta, de modo que não sobra quase nada para o bebê. Da mesma forma que a mãe tinha desejo de comer fígado e cebola quando estava grávida, Marcy teve desejo de comer o pedacinho de salsicha. "Eu estou com desejos", ela pensa, um tanto perturbada por esta prova irrefutável do seu estado.

Ninguém sabe, nem mesmo Jeanie. Marcy está envergonhada demais. Quando ela acorda no meio da noite, o que a deixa mais ansiosa é pensar, e se o bebê não morrer? "Por favor, deixe que ele morra", ela reza. No seu fervor, ela arranca chumaços de cabelo da própria cabeça. Ela faz promessas para Deus. De ser boa. De ficar calada. Ela põe fita colante na boca para não poder falar. Ela sabe que é jovem demais para se casar, e mesmo assim, para não ser uma mãe solteira, ela se vê pensando em Dug, o garoto que o tabuleiro mágico de Jeanie disse que ia ser seu marido. Só que Marcy ainda não conhece nenhum Dug.

O sonho que invariavelmente a acorda, nessas noites, é o do bebê que fala. Não é o bebê dela, e também não é o de sua mãe. Se ao menos quando acordasse ela conseguisse lembrar o que o bebê tinha dito, ela saberia de quem ele era. Ela não tem certeza, mas acha que o bebê é uma menina. Na ida para a escola e na volta para casa, ela procura por ele nos arbustos ao longo do rio.

Ela tem medo de areia movediça e não pisa nos lugares onde a terra está molhada.

Enquanto isso, durante todo o mês de novembro, e apesar da preocupação com o seu bebê, ela fica obcecada em dar banho em Jeanie. Depois da escola, assim que Jeanie chega e elas entram em casa, Marcy pergunta: "Que tal um banho bem gostoso e relaxante?" De noite, na cama, ela descobriu que se pressionar a palma da mão entre as pernas consegue sentir "a sensação", simplesmente pensando em lavar os seios de Jeanie. Mas não sem culpa. A suspeita de que está fazendo algo errado entrou em cena e espreita durante o dia nas dobras das roupas e por entre as pás da persiana da sua sala de aula, e no entanto "a sensação" propriamente dita, quando toma conta dela, é branca e gloriosa, como o paraíso. As preces que se seguem a ela são contraditórias. "Obrigada, Jesus", ela diz, com sinceridade. "Obrigada, Senhor." E com a mesma sinceridade: "Por favor, perdoe-me, Jesus."

Na noite anterior ao nascimento do bebê da sua mãe, o bebê de Marcy morre. Uma câimbra forte a desperta no meio de um sonho em que o bebê está morrendo. Ela vai para o banheiro e se senta no vaso, porque no seu sonho foi assim que aconteceu. Ela estava no vaso e o bebê caiu de dentro dela, ainda vivo, um bebezinho mínimo, azul, que sabia nadar cachorrinho. No fim, ele acabou se afogando, mas não antes de erguer um dedinho, depois dois e finalmente — última chance — três dedinhos. Quando Marcy teve certeza de que ele estava afogado, pescou-o lá dentro e colocou-o numa caixinha de remédios para enterrá-lo.

Seu pai ainda está acordado, ouvindo o seu disco do "Mister Sandman". *"Please turn on your magic beam"*, Marcy canta baixinho junto com o disco para acalmar um medo inominável. *"Bring me a, bring me a, bring me a..."*, ela canta onde o disco sempre engasga. Ela fica meia hora sentada no vaso. Finalmente sai e acende a luz para ter certeza de que sua barriga não está mais inchada. Tem um fiapo azul no umbigo dela. Mesmo sabendo que é apenas um fiapo, ela o guarda para enterrar.

No dia seguinte, quando já não precisa mais, ela conhece um Dug. Ele a faz lembrar do poodle do seu sonho, com seu cabelo louro curto e crespo e seus olhos castanhos e marotos. *Ela* não debocha de sua bermuda larga. Quando a professora diz: "Este aqui é Doug Green, que veio lá de Londres, Inglaterra", se ele fosse um poodle, Marcy teria posto a mão debaixo do focinho dele e dito: "Bom menino." Ela gostaria de morder suas pernas gorduchas.

No recreio, para adulá-lo e consolá-lo, ela lhe diz que ele tem lábios vermelhos como rubi. Ele está sozinho ao lado do mastro de Elmer, o Elefante de Segurança. Ele diz "Não fala bobagem" e começa a dar uma série de cambalhotas, parecendo um caranguejo. O tipo de cambalhotas que dão na Inglaterra, ela pensa. Ela diz a ele que tem uma coroa em casa (a coroa de *Rainha por um dia*, embora Marcy tenha sido levada a acreditar que se trata da coroa de rainha do baile de formatura da mãe, só recentemente encontrada no sótão). Ela conta vantagem, dizendo que o pai uma vez enviou seis livros para a Rainha da Inglaterra e que a rainha ligou para ele para agradecer. (Isto é um sonho, não uma recordação, induzido pela crença de que as palavras "Mande-lhe vitórias" são na verdade "Mande-lhe seis livros de história".)

O menino diz "Veja isto" e fica de cabeça para baixo. O short dele sobe e isto a faz sentir que sua escolha de futuros maridos está ficando mais restrita.

Na volta da escola, ele corre atrás dela e diz "É melhor você tomar cuidado, senão eu vou beijá-la", e continua correndo. Ela fica parada enquanto flores brancas se abrem em sua cabeça. Meninos passam correndo por ela, todos usando chapéus de pêlo de guaxinim, tipo Davy Crockett, sendo que o primeiro desses chapéus não foi na TV que ela viu, montes de meninos com caudas na cabeça. Ela tem de ir ao banheiro. Ela se agacha atrás de uma cerca viva, e enquanto faz pipi, se lembra da caixinha de remédio no seu estojo de lápis. Perto de onde fez pipi, ela abre um buraco com uma pedra afiada e enterra o seu bebê, terminando com o hino "What Can Little Hands Do to Please the King of Heaven?".

Quando ela chega em casa, Jeanie já está lá, assistindo *Secret Storm*. Jeanie não aceita um banho, então Marcy escova o cabelo dela. Quase em transe, Marcy passa a escova e a mão pelo cabelo de Jeanie até ela gemer e deitar-se de costas. Marcy cai de cima dela, mas torna a subir, montando em seu estômago. Elas olham uma para a outra, Marcy refletida nos olhos de Jeanie. Ela ouviu o pai dizer que os olhos de Jeanie eram duas contas, e ela acredita que isto signifíca que eles sejam como jóias, brilhantes.

— Sabe de uma coisa? — Marcy diz. Sua garganta dói. Seu peito dói e parece que vai arrebentar.

— O quê? — Jeanie diz.

Marcy de repente fica inspirada.

— É melhor você tomar cuidado!

— Senão? — Jeanie pergunta com um tom debochado.

— Senão eu vou beijar você! — Marcy grita, sem acreditar no que disse.

Jeanie tenta soltar-se, mas Marcy cai para a frente e se agarra nela com braços e pernas.

— Jeanie! — ela grita, cheia de ansiedade, seu corpo inteiro vibrando de alegria. — Eu amo você *tanto*!

SEIS

PARA ELES QUATRO O BEBÊ JOAN era como o carro novo antes de Gordon destruí-lo numa árvore. Eles costumavam ficar parados, em grupo, simplesmente olhando para ela. Eles passavam a mão pelo corpo dela e buscavam palavras que estivessem à altura dela e a levavam para passear no quarteirão para exibi-la. Só de pensar nela eles riam. Eles tiravam retratos com ela.

Para eles quatro, o bebê Joan era o que os folhetos de propaganda tinham *dito* que o carro novo era. Cheio de glamour. Uma emoção incrível, uma alegria, uma bênção.

Agora que estavam em casa de volta, a apreensão que Doris sentia por ela tinha desaparecido. Agora que estavam longe daqueles velhos doidos e senis de Dearness, segundo ela. (*Assim como as nozes que caem, eu sou um tanto biruta, só isso!* era a sua canção para todos eles.) Ela se sentia estranhamente redimida quando estava segurando Joan, como se Joan fosse o fruto milagroso do seu amor ilícito.

Sonja se sentia redimida o tempo todo. Aqueles dias de vergonha quando ela soube que estava grávida não eram nem mais uma lembrança, muito menos uma lembrança desagradável, e sempre que Seu lhe vinha à cabeça, depois de ela ter estremecido ao se lembrar de suas narinas, ela pensava quase que com carinho: "Que figura!" Sem ele não existiria Joan, não havia como ignorar isto. E a forma como ele havia penetrado nela e terminado rapidinho, isso agora parecia-lhe um sinal de esperteza, como um médico que espeta uma agulha no seu braço quando você está de boca aberta esperando pelo termômetro. Ela nunca chegou a ver o pênis dele, então não tinha pesadelos com ele, embora tenha tido dois sonhos estranhos com martelos verdes — ela entrava na loja de charutos de Ted e só o que vendiam lá eram martelos verdes, e um sonho em que seu pai tinha martelos verdes no lugar dos braços.

Havia um martelo com cabo de madeira verde dentro da caixa de ferramentas que estava no parapeito da janela de Seu. Quando ela sentiu uma coisa sendo enfiada entre suas pernas, tudo aconteceu tão depressa e a coisa era tão sólida que ela achou que ele estava tentando enfiar o cabo do martelo dentro dela. Com a mão dele tapando-lhe a boca, ela não pôde gritar. O sangue nos dedos da outra mão dele, que ele mostrou para ela enquanto ela ainda estava imobilizada, era das farpas, ela pensou. E mais, ela pensou que o sangue fosse *dele*. *Ela* não estava machucada. Ela quase não sentiu nada. "É bem feito para você", ela disse assim que ele tirou a mão da sua boca. Ela estava envergonhada por ter sido tocada naquele lugar, estava apavorada porque ele era obviamente doido, mas mesmo quando ele fechou a braguilha ela não compreendeu. Ela teve de ver o martelo sem nenhum traço de sangue ainda dentro da caixa de ferramentas para pensar em outra possibilidade.

— Nós fomos até o fim? — ela perguntou.

Ele baixou a saia dela e tirou uma mecha de cabelo de cima de seus olhos.

— Se fomos — ele disse, sorrindo, como se estivesse recordando um momento incrivelmente romântico.

— Nós *fomos*?

Ele deu um olhar vago.

— Você dá sinal verde para um cara e espera o quê?

Foi como perder o último ônibus. Foi como perder a carteira. E ela soube, ela *soube* que estava grávida. Sim, lá estava — já! — um outro batimento cardíaco, mais rápido, por trás do dela. Seu se levantou, saiu do quarto e ela ficou lá sentada, escutando seus dois corações. Quando voltou, ele trazia uma toalha de rosto na mão. Para ela, ela pensou, mas ele a usou para limpar o sangue do sofá. Ele perguntou se ela sabia quais eram os quatro grupos sanguíneos.

Eles tinham se encontrado pela primeira e última vez menos de uma hora antes no Restaurante Swan, ao lado de onde o pai dela trabalhava. Ela tinha ido à cidade tomar vacina contra pólio e levar um manuscrito que o pai tinha esquecido em casa, já que o escritório dele ficava no mesmo edifício que o consultório médico. O título do manuscrito era "Gin Alley". No ônibus, ela abriu o manuscrito para ler as receitas, mas era a história de um homem chamado Cara de Rato.

— *Potboiler* significa *lixo* — seu pai disse quando ela perguntou por que ele estava sempre dizendo que sua companhia só publicava livros de culinária.* — Romances de detetives, uns valentões que só sabem atirar. — Ele falou delicadamente, mas olhou para ela como se não pudesse acreditar em tanta burrice, e de repente ela teve vontade de comer torta de maçã com creme. E então ela se lembrou de que estava ao lado do lugar que fazia a melhor torta de maçã que ela jamais comera! Seu pai sorriu e disse: — Ah, entendi, você estava me gozando. — Com o dedo, ele limpou a saliva do canto da boca dela.

Era uma quinta-feira de manhã. Física, matemática, química — todas as piores matérias estavam na quinta de manhã. Então ela não estava com a menor pressa. Pediu duas fatias de torta e um copo de leite batido com chocolate, gastando toda a sua mesada. Ela estava comendo quando um homem enorme, com narinas do tamanho de moedas de um quarto de dólar sentou-se ao lado dela no balcão e estendeu-lhe um maço de Lucky Strikes.

— Não, obrigada — ela disse —, eu não fumo. — E ele disse com um sotaque sulista:

— Concordo cem por cento com você, prejudica o crescimento.

---

* *Potboiler* significa livros de segunda categoria, mas *boil* é cozinhar e *pot* é panela. (N. da T.)

Ela olhou para ele. Ele piscou o olho. Ela olhou para baixo mas não pôde deixar de sorrir. Prejudica o crescimento, ela pensou. Essa foi boa.

Ele guardou os cigarros e tirou do bolso um charuto, virando-se para a mulher do outro lado para pedir fogo. Então tornou a se virar para Sonja e ficou olhando para ela. Após alguns minutos, ele disse:

— Sabe com quem você se parece? Com a Elizabeth Taylor. Aposto que dizem isso para você o tempo todo. Aposto que param você na rua para pedir autógrafo.

Ela riu.

— Todo dia, e duas vezes nos domingos. — Ela sabia que não se parecia nem um pouco com Elizabeth Taylor.

— Puxa — ele disse. — Elizabeth Taylor. — Ele ficou ali sentado olhando para ela até ela achar que ele estava mesmo pensando que ela *fosse* Elizabeth Taylor. Ela imaginou se ele não seria louco. Ela deu mais uma olhada rápida nele.

"Você é de origem grega, não é?", ele disse.

Ela sacudiu a cabeça.

— Se fosse, as pessoas iam achar que você era Afrodite. Sabe quem foi ela?

— Não. — Olhando firme para a torta.

— A deusa do amor, da beleza e da fertilidade. Filha de Zeus.

Nesta altura a garçonete se aproximou, mas ele a mandou embora, disse que não precisava de comida, que estava se banqueteando com os olhos. Sonja continuou comendo e tentou ignorá-lo e a fumaça do seu charuto. Ela tentou lembrar o que queria dizer fertilidade. Sabia que era algo grosseiro. Passaram-se mais alguns minutos e então ele tocou na capa do seu caderno de geografia e disse devagar:

— Soncha. — Acompanhou o traçado das letras com uma unha amarela e sulcada. — Soncha, ora, que nome de classe. Prazer em conhecê-la, Soncha.

— Sonja — ela não pôde deixar de corrigir.

— Sonja. — Ele balançou a cabeça. — Sonja. Como em *I wanya*, Sonja?*

Ela deu uma risada envergonhada.

— Não — ela murmurou.

— Sabe como você pode me chamar?

Ela começou a comer mais depressa, engolindo o resto da torta.

— Adivinha.

Ela suspirou, nervosa.

— Anda, adivinha.

— Vermelho? — ela tentou, com a boca cheia. Ele tinha cabelo vermelho.

— Tenta de novo.

Ela engoliu. Olhou para ele de esguelha.

— Comprido?

— Seu — ele disse. — Você pode me chamar de Seu. — Ele pôs o charuto no cinzeiro e tirou a mão dela do copo. Ela imaginou que ele fosse fazer uma mágica, aquela em que uma moeda aparece subitamente na palma da sua mão. — Aposto que isto é tão macio quanto cera — ele disse. Ele apertou a mão dela entre as dele. — Mmm, benzinho — ele disse.

Ela não sabia o que fazer. Não queria ser rude. Não queria aborrecê-lo e fazê-lo ficar zangado. As mãos dele eram do tamanho de luvas de beisebol, muito brancas. Em comparação, a mão dela era um pedaço de massa de pão marrom que ele estava amassando. Quando ele começou a puxar os dedos dela, ela tentou tirar a mão, e ele lhe lançou um olhar carregado e deprimido.

— Eu ainda não tenho permissão para namorar — ela disse. Era verdade, embora até então isso não tivesse feito nenhuma diferença. Ela tornou a puxar a mão, mas ele a segurou com as duas mãos dele e levou-a aos lábios.

— Bem, então que tal sermos apenas amigos íntimos? — ele disse.

---

* Eu quero você. (N. da T.)

Para livrar-se dele, ela concordou em ir com ele até a esquina. Ele disse "Combinado", batendo no balcão com as duas mãos e ficando em pé. Ele era ainda mais alto do que ela havia pensado, suas botas pretas compridas e pontudas, como as de um bobo da corte. Mas com chapinhas de metal. Lá fora na calçada, para cada passo arranhado dele, seus mocassins produziam três batidas leves, e tentar apressar o passo não fez a menor diferença, ele automaticamente ajustou o dele. Ele disse que ela era tão graciosa, que devia ser uma bailarina.

— Uma dançarina de sapateado — ela admitiu.

— Ei, mostre-me alguns passos — ele disse, mas ela disse que só funcionava com sapatos de sapateado. Eles continuaram andando. Ele continuava olhando para ela, dava para ela perceber. Ela ia olhando para a frente, com os livros de encontro ao peito, caminhando apressadamente ao lado do que pareciam ser vigas de aço.

Quando chegaram na esquina, ele insistiu para ela caminhar só mais três quarteirões junto com ele, e vendo que não ficava fora do seu caminho, ela cedeu. "Ah, está bem", foi a participação dela na conversa até chegarem onde ele morava. Era num prédio novo. Ele disse que ela ia ver um homem daquele tamanho chorar como um bebê se ela não desse um passeio no elevador dele.

— Ah, está bem — ela disse e seguiu-o através do saguão espalhafatoso. Parte por curiosidade, porque ela nunca tinha estado num arranha-céu. Parte por mera rendição.

O elevador era forrado de espelhos, até no teto, onde a cabeça dele quase encostava. Ele apertou o botão mais alto, nove, depois segurou-a pelos ombros e a fez girar. Ele disse:

— Não importa para que lado você olhe, benzinho, nós estaremos lá.

Era verdade. Ela tão baixinha e gorda e ele tão alto que ela pensou por um minuto que aqueles deviam ser espelhos de parque de diversão, só que ele já era assim tão alto lá fora.

— Você e eu — ele disse.

Ele tornou a se virar para ela.

— Indo para o infinito — ele disse.

SETE

— ELA NÃO SE PARECE COM nenhum de nós — Sonja dizia maravilhada pelo menos uma vez por dia à medida que as semanas e os meses se passavam e o rosto de Joan ficava cada vez mais perfeito, principalmente ao redor dos olhos, cuja expressão era tão atenta e concentrada que, combinada com sua incrível capacidade para imitar sons e cantarolar os dois primeiros compassos de "In the Mood" afinadamente, deixava óbvio que a família tinha um gênio nas mãos.

No entanto, quando ela tinha cerca de dezoito meses, Doris começou a ficar intrigada. Joan reproduzia sons incríveis, como molas rangendo, pneus cantando, estática de rádio, mas ainda não tinha pronunciado uma única palavra compreensível, nem mesmo "mamãe" ou "dadá", e quando você falava com ela, ela simplesmente continuava olhando para você com aquele ar vago até (caso você estivesse insistindo em obter alguma resposta) começar a arrulhar ou chilrear ou mugir ou gorgolejar ou a fazer qualquer outro som de animal. Há dois meses que ela estava andando e comendo sozinha. Mas se você jogasse uma bola para ela, ela nem mesmo fazia menção de tentar agarrá-la. Ou fosse você tentar fazê-la acenar ou bater palmas ou dar um beijo ou um abraço em você. Ou rir. Ou até mesmo sorrir! Já era uma sorte conseguir levá-la para fora de casa sem que ela cobrisse os olhos com as mãos. O pior era que ela não conseguia suportar olhar para ninguém que não fosse do círculo familiar mais próximo. Alguém tocava a campainha e primeiro ela reproduzia o som, depois se atirava no chão, e nem mesmo colocando Glenn Miller para tocar você conseguia convencê-la a se levantar.

Aos dois anos e meio ela ainda não tinha dito uma única palavra para nenhum deles, e passava a maior parte do dia ou na lavanderia, que não tinha janelas, ou dentro do *closet* dela e de Marcy. Principalmente no *closet*, que não era assim tão apertado porque antes havia sido um quarto de vestir. Ela tinha desencavado seu velho peniquinho, que estava debaixo de um monte de cobertores, e o estava usando de novo, provavelmente para não ter de ir até o banheiro. Num cantinho no fundo do armário, ela ouvia num volume quase inaudível as grandes orquestras de jazz no rádio transistor que Doris tinha ganhado no *Rainha por um dia*. Como ela sabia que a antena tinha de ficar virada para dentro do quarto para melhorar a recepção? O outro mistério era o que ela estava fazendo com os livros escolares que Sonja tinha estudado no segundo grau e com o *Dicionário Webster* e a *Pears Cyclopaedia* de Gordon. Lá estavam eles, em duas pilhas. Ninguém nunca a tinha visto abrindo-os. Ela tinha levado para lá também os catálogos da Eaton e da Simpson e uma caixa de exemplares antigos da revista *Life*, e estes ela estudava com a excessiva intensidade com que analisava a si mesma em superfícies refletoras — espelhos, janelas, a torradeira, colheres...

Você conseguia atraí-la para fora da lavanderia, mas não do *closet*. Uma vez que ela estivesse no *closet*, era como se você estivesse dirigindo-se a um gato, seus olhos verdes brilhantes e vigilantes. Acariciar seus cabelos, apertar seus pezinhos calçados com sapatos brancos de recém-nascido, o prazer era todo seu. Ela só saía de lá quando estava disposta. Depois que você tivesse ido embora. Você não a ouvia caminhar pelo corredor, ouvia apenas o cantarolar dela ou então você apagava uma luz e um segundo depois tornava a ouvir aquele clique seco, desta vez *atrás* de você.

Dr. Ackerman, o médico da família, um homem forte e elegante, com sobrancelhas pretas como estolas de pele, declarou-a "forte como..." e ele abriu as mãos num gesto teatral.

— Um cavalo? — Doris disse.

Ele sorriu. Perguntou a Doris se ela tinha se lembrado de Einstein.

— Um gênio — ele disse com sua voz grave — que não falou uma única palavra até... — Outra abertura de mãos.

— Ele agia desse jeito? — Doris disse, apontando para Joan. Numa cadeira, no canto mais afastado do consultório, Joan estava sentada com os olhos fechados, bem apertados, e as palmas das mãos apertadas de encontro aos ouvidos. Um fantasminha (só quando ela estava fora do *closet* é que Doris via o quanto a sua pele e o seu cabelo eram brancos), os lábios movendo-se rapidamente como que numa prece desesperada, mas Doris sabia que o que ela estava fazendo era murmurar baixinho um som repetitivo, talvez o tique-taque do relógio.

— Joan é muito sensível — o Dr. Ackerman disse, seu olhar de amante abandonado dirigindo-se para ela. — Só isso.

— Sensível? — Doris disse, passado um minuto.

— Não existe nada errado fisicamente com os olhos dela. Não existe nada errado fisicamente com os seus ouvidos. Então, onde isto nos deixa? — Seu sorriso flutuou de volta para Doris.

Doris esperou.

— Nervos? — ela disse finalmente, com ceticismo.

Ele fez um único sinal com a cabeça, concordando.

— Bem, como o senhor explica essa história de *closet* se são nervos? Eu estou dizendo para o senhor, ela fica sentada lá dentro horas e horas. Eu nunca ouvi falar de uma criança que ficasse tanto tempo sentada quieta.

— E vocês fazem alguma coisa a respeito? — Ele ainda estava sorrindo, mas como se fosse apesar de uma tragédia.

— Como assim?

— Eu tenho a impressão de que ela deixa a família inteira extremamente...

— Preocupada — Doris admitiu.

— A senhora já pensou em experimentar... — Ele bateu palmas. Perto do ouvido, como uma dançarina espanhola.

— O quê?

Mais três palmas. Um sugestivo levantar de sobrancelhas.

— Aplaudir?

— Esquentar seu bumbum. — O tom de voz dele era tão gentil que Doris levou mais um minuto para compreender.

— Bater nela? — ela disse.

Era como se ele tivesse perguntado se ela tinha tentado bater na cabeça dela com um pedaço de pau. Para Doris, era como se ele tivesse mandado amarrá-la.

Em vez disso, o que Gordon e ela fizeram foi tornar o *closet* mais confortável. Se ela tinha de se esconder, eles preferiam que ela ficasse lá em cima, onde era quente e seco e de onde ela não surgia segurando lacraias. Gordon tirou todas as caixas, cobertores e roupas e colocou no chão um tapete cor-de-rosa bem macio. Na parte de dentro da porta do *closet* ele pregou uma reprodução tirada da revista *Life* do *Jardim de Argenteuil* de Monet, e ao lado dela, na parede, ele pendurou um espelho de noventa centímetros de comprimento (e desde então ela passou a sentar-se de frente para ele, e conseqüentemente de frente para a porta). Ele pendurou uma lâmpada de vinte e cinco watts para projetar um círculo de luz, enquanto o resto do *closet* permanecia relativamente escuro, mas antes de fazer isso ele comprou para ela um par de óculos escuros com armação cor-de-rosa (por que ele não tinha pensado antes em óculos escuros? Ele perguntou a si mesmo, cheio de culpa) e depois que ela os colocou, pronto, ela se recusava a tirá-los para trocar de roupa, para ir para a cama, para lavar o rosto, aqueles óculos estavam colados nela. Os protetores de ouvido de cera que ele comprou para ela alguns dias depois não fizeram tanto sucesso. Ela os usou para consertar um buraco na parede do *closet*, de onde tinha caído um pouco do reboco.

Ela parecia bastante feliz, mas Doris não conseguia suportar a visão dela ali enfiada, apenas com material de leitura e um rádio, como uma estudante anã e cega escondendo-se dos nazistas, então ela pegou as bonecas e os bichinhos de pelúcia que estavam na prateleira juntando poeira, enfiou-os na cesta de vime de pôr roupa e colocou-a lá dentro, francamente surpresa pelo fato de ela não ter sido empurrada de volta para fora no mesmo dia, e em seguida compreendendo que ela não tinha sido posta para fora porque, agora que as caixas tinham sido retiradas, ela servia de barricada quando a porta do *closet* estava aberta.

O que só acontecia na hora de apanhar ou de pendurar roupas ou quando algum deles estava fazendo uma visita a ela. Para fazer justiça a Joan, é preciso dizer que ela permitia que a porta ficasse aberta durante as visitas da família.

E havia muitas visitas, uma verdadeira peregrinação o dia inteiro — Doris estava sempre entrando lá, Sonja aparecia sempre que queria descansar de contar e pregar grampos, Marcy ia lá antes e depois da escola, e Gordon ia direto para lá assim que chegava do trabalho. A meia hora antes do jantar que ele costumava passar lendo o jornal, ele agora passava deitado no chão.

A verdade é que a melhor parte daqueles dias melancólicos da vida dele era a que ele passava deitado com a cabeça no *closet* da filha. Sem sapatos e sem gravata, ouvindo o rádio tocando baixinho, tão relaxado que ele às vezes se via falando com ela como se ela fosse o cão da família. "Eu não sou homem de empresa", ele podia dizer. Ou até: "Cá entre nós, eu não fui feito para a vida de casado." Uma vez, para seu horror, ele percebeu que tinha perguntado se ela alguma vez tinha pensado em se suicidar. Ele era uma pessoa fechada, atormentada por quase tudo o que sentia. Mas lá estava ele despejando seus sentimentos para uma garotinha. Era fantástico, inconcebível. Às vezes as palavras que ele tinha acabado de dizer o atingiam de volta como um bumerangue e ele voltava a si como se acabasse de sair de um estado de coma. Horrorizado, mas também aliviado, tinha de admitir — e normalmente dizendo a si mesmo que só tinha *imaginado* que havia falado em voz alta —, ele erguia o corpo e olhava para ela, sentada ali atrás tão retinha, com as pernas esticadas e uma revista aberta no colo.

Ele não podia ver a expressão dos olhos dela, não com aqueles óculos escuros, mas seus lábios estavam sempre entreabertos, e isto, combinado com sua imobilidade, dava-lhe um ar de expectativa. Ele estendia a mão e fazia festa em sua cabeça cheia de pregadores. Que cabelo fino! Como teia de aranha, e as orelhas saltando no meio das mechas. Ele às vezes estalava a língua ou assobiava entre os dentes para ouvir a imitação dela. Para se sentir empolgado com ela.

Não era só Gordon que se confessava para Joan ou que a usava como uma caixa de ressonância. Todos faziam isso, embora talvez não tão involuntariamente. Sem o menor escrúpulo, Doris costumava mentir para ela. Quando a correspondência chegava e o som das cartas entrando pela abertura fazia com que Joan fosse voando para dentro do *closet* (se ela já não estivesse lá dentro), Doris ia atrás dela e sentava na porta do *closet* para abrir as cartas, nunca deixando de obter uma amostra da imitação perfeita que Joan fazia do barulho dos envelopes sendo rasgados. Se houvesse alguma conta atrasada ou fatura vencida, Doris anunciava o fato e perguntava como eles iam conseguir escapar do pagamento. Joan olhava para ela, aparentemente extasiada. Então Doris dizia algo do tipo: "Eu sei! Vou dizer que mudei a conta do banco e que eles não devem ter transferido o dinheiro ainda!" Se ela estalasse os dedos, Joan imediatamente estalava os dela.

Quando chegava uma carta de Harmony, Doris também lia partes dela. Harmony tinha uma mente tacanha e pitoresca. "Minha mulher", Harmony escrevia, "eu anseio pelos teus seios como gansos cevados. Em sonhos eu saboreio o seu mel de manga." Essas não eram as partes que Doris lia. Ela pulava para "A névoa cai como harpejos", coisas deste tipo. Os envelopes de Harmony tinham perfume de lilás e as iniciais dela gravadas em alto-relevo na aba. "Sente só", Doris dizia, estendendo o envelope para dentro do *closet*, e Joan tocava no HLL com as pontas dos seus dez dedos, como uma pessoa lendo braile. Depois Doris segurava o envelope debaixo do nariz de Joan e dizia "Cheira", e as narinas de Joan tremiam e se contraíam. Às vezes ela gorgolejava, um sinal de prazer.

Por seu lado, Sonja lia para Joan o *Guia de TV*, numa tentativa vã de atraí-la para a sala ou simplesmente porque o *Guia de TV* estava à mão. Deitada na cama de Joan, ela recitava as listas de programas infantis e, caso algo a fizesse lembrar de alguma coisa, as sinopses de filmes antigos e o "Notícias de Antigamente".

— O "Notícias de Antigamente" vai tratar de 1936 e da morte do Rei Jorge. Rei Jorge! Você se lembra dele, Coelhinha?

De dentro do *closet*, Joan estalou a língua.

— Lembra?

Joan mugiu.

— Não lembra?

Sonja via TV o dia inteiro. Depois de repetir de ano no segundo grau, ela tinha saído da escola e estava agora trabalhando em casa para a Companhia de Grampos Schropps. Seu trabalho era contar grampos e prendê-los em cartões, vinte e quatro em cada cartão, e ela fazia isso na mesa de armar defronte da TV, enquanto comia amendoins Planters e balas Allsorts, suas mãos gordas pulando da caixa de grampos para a caixa de cartões, para a comida, para a boca.

Depois que Joan nasceu, Sonja nunca perdeu o peso que tinha ganhado. Agora ela pesava cem quilos, mas quanto maior ficava, mais feliz e leve ela se sentia, como se estivesse sendo inflada até o ponto em que uma leve brisa a ergueria da cadeira e a faria voar pelo quarto. No entanto, talvez não fosse o peso extra que a estivesse deixando tão feliz. Ela tinha outra teoria, ousada, ela sabia, de que Schropps tinha colocado uma camada de algo parecido com um gás hilariante nos grampos para manter os prendedores de grampos de bom humor, porque ela podia acordar de ovo virado, mas assim que começava a trabalhar ela se acalmava, ficava inteiramente relaxada, exceto nas mãos. Suas mãos, quando ela trabalhava, pareciam que eram operadas mecanicamente, do jeito que seus pés se sentiam quando ela costumava dançar sapateado. Por ter enchido o maior número de cartões por vários meses, ela tinha ganhado o grampo de papelão de um metro e meio de altura que dizia "Eu sou o Topo no Schropps". Além disso, ela estava recebendo um pagamento semanal de vinte e cinco dólares. Por insistência de Doris, vinte iam direto para o banco, para uma "conta de enxoval", embora Sonja não pudesse imaginar-se casando.

— Eu sou uma profissional nata — ela confessou a Joan com muita satisfação.

As confissões de Marcy eram as mais íntimas, nesses anos pelo menos, e as mais picantes: "Nós tocamos a língua dela com a nossa língua." "Nós sentimos a 'sensação' hoje." Ela tinha pegado o hábito de Doris de usar o pronome no plural, com a diferença de que quando *ela* dizia "Hora do nosso banho, Joanie", ela entrava no banho também. Joan era ela. O ela que era pequenino, mágico, celestial... não inteiramente real. Se Joan choramingava, os olhos de Marcy enchiam-se de lágrimas. Marcy comunicou aos seus pais que ela podia se encarregar de falar quando ouviu-os externarem sua preocupação pela mudez de Joan. Ela escovava o cabelo fino de Joan com o pincel de barba de Gordon e sentia cócegas em seu próprio couro cabeludo. Ela enfeitava o cabelo de Joan com fitas e fivelas e se sentia toda elegante.

Quando Joan era menor e sentava na cadeirinha alta, Marcy dava comida para ela. Marcy ainda insistia em cortar a carne de Joan (enquanto Joan tapava os ouvidos por causa do barulho da faca raspando o prato). Normalmente, depois disso, Joan cortava a carne em pedacinhos ainda menores e conseguia fazer isso sem emitir nenhum ruído. Aos três anos e meio ela tinha a etiqueta à mesa de uma duquesa. Ela comia uma ervilha de cada vez. Ela mastigava silenciosa e infinitamente, com a boca fechada. Ela engolia como se estivesse com a garganta inflamada, tocando o pescoço com a ponta dos dedos. Doris nunca se deu ao trabalho de colocar guardanapos na mesa, mas Joan sempre tinha um lencinho de papel à mão para limpar os cantos da boca. Onde ela tinha aprendido esses modos? Não com eles, embora para tornar a vida dela mais fácil eles todos tenham se tornado convivas exigentes e silenciosos. Não havia cenoura nem aipo crus para mastigar, por exemplo, e eles falavam em voz baixa. Se Marcy quisesse dizer alguma coisa diretamente para Joan, para ser extra-silenciosa ela normalmente apenas pensava no que queria dizer.

Na cama, à noite, a comunicação de Marcy com Joan era inteiramente telepática. Doris costumava gritar "Vai dormir", se Marcy falasse, então, agora, assim que Doris saía do quarto, Marcy descia da cama dela e subia na cama de Joan e "pensava" com ela. Seu desafio era manter uma conversa telepática até Joan adormecer, mas ela nunca conseguiu fazer isso. A última coisa que ela via toda noite antes de dormir era a primeira coisa que via de manhã — Joan olhando para ela (as lentes de plástico verde dos óculos escuros de Joan não eram tão escuras que não se pudesse ver os olhos dela). Joan ali deitada, olhando para ela. E repetindo algum som calmante, como uma gota de água pingando ou o motor da geladeira.

OITO

NO OUTONO DE 1960, Doris levou Joan a outro médico, que recomendou um terceiro. Este terceiro médico amarrou Joan a um eletroencefalograma enquanto ela ficava sentada toda mole, com os olhos fechados, aparentemente dormindo, só que imitando o barbeador elétrico rapando pedaços do seu cabelo. Um pequeno ventilador de mesa soprou um pouco de cabelo na direção de Doris, e como se ele fosse um tufo de dente-de-leão, Doris apanhou-o, enrolou-o e soltou-o com um desejo: "Por favor, não permita que ela tenha lesão cerebral."

Mas Doris já sabia que ela tinha. Quando o diagnóstico chegou — depois de mais testes, raios X e exames físicos feitos por dois outros neurologistas —, foi apenas uma confirmação, aos olhos de Doris tão sem sentido quanto a balança do banheiro dizendo que você está gorda. A natureza do dano era um tecido fibroso, provavelmente resultante da queda ao nascer. O tecido fibroso era caprichoso. Ele aumentava certas habilidades mas prejudicava outras, principalmente a capacidade de formar palavras. Então, embora Joan conseguisse reproduzir certos sons e pudesse entender o que era dito para ela, ela não podia falar e provavelmente jamais poderia.

— Ela poderia falar se quisesse! — Marcy protestou quando Doris deu a notícia para ela.

— Nós não podemos saber isso, queridinha. — No fundo de sua cabeça, ela ouvia a canção "Happy Talk".

— Ela *poderia* sim! — Ela apelou para Joan, que apareceu de repente na porta. — Não poderíamos?

Joan caminhou na direção de Marcy — daquele jeito leve e cauteloso que tinha de andar em casa, com os braços se arrastando atrás, os dedos movendo-se como cílios. Ela ficou na ponta dos pés (ela só tinha metade da altura de Marcy) e fungou, uma coisa que às vezes fazia quando alguém perguntava alguma coisa a ela, e Doris mentalmente acrescentou "cheirando a cara das pessoas" à sua lista de "Sinais de lesão cerebral".

— Não poderíamos? — Marcy repetiu.

Joan deu um passo para trás e fez ruídos com a boca que Marcy interpretou como sendo "Claro".

— Ela disse que sim!

— Sabe o empregado do Zorro? — Doris disse. — Como é o nome dele, Leonardo?

— Bernardo — Marcy disse, zangada.

— Bernardo. Bem, você lembra que Bernardo não podia falar, mas escutava melhor do que qualquer outra pessoa? É igual a Joanie. Joanie não pode falar mas consegue fazer sons melhor do que ninguém.

— Nós poderíamos falar se quiséssemos — Marcy disse, agarrando a mão de Joan.

— Escuta aqui — Doris disse. — Partes do cérebro de Joanie simplesmente não funcionam — ela disse, sua voz alcançando o tom jubilante que aparentava sempre que queria deixar algo bem claro e provocando em Joan um arrepio de prazer que, por estar de mãos dadas com ela, Marcy percebeu e interpretou mal.

— Mamãe, você está nos perturbando! — ela disse. — Você está ferindo nossos sentimentos.

Um dos médicos aconselhou a Gordon e Doris que quando chegasse a hora de mandar Joan para a escola eles a mandassem para o Lar Mamãe Gansa para Crianças Retardadas Mentais, um prédio estalando de novo com janelas imponentes e alguns personagens de Mamãe Gansa com um buraco no lugar do rosto no gramado (Humpty Dumpty, Tweedledum e Tweedledee), o tipo de estátua em que você enfia o rosto e alguém tira o seu retrato.

— Ela não é uma débil mental — Doris disse.

— Não se deixe impressionar pelo termo "retardada mental" — o médico disse. — Eles mantiveram o nome antigo por alguma razão, mas estão aceitando todo tipo de crianças agora. Mongolóides, surdas-mudas, delinqüentes.

— Quando chegar a hora, vou ensinar-lhe em casa — Doris disse.

— A senhora tem qualificação para isso?

— Antes de me casar eu era professora.

Uma professora de escola dominical aos doze anos. Não que ela e Gordon se importassem com a mentira.

— Você acha que vai conseguir? — Gordon disse na volta para casa. — É só o que eu estou questionando.

— Ora, grande coisa! — Doris disse. — Veja todas essas professoras idiotas que tem por aí. A única coisa que elas têm e eu não são os livros didáticos.

Alguns meses depois, quando os três diagnósticos já tinham sido feitos, ela foi até a escola de Marcy depois das quatro horas, passou pela porta do ginásio, que não estava trancada, e foi até uma classe de primeiro ano e roubou dois livros de leitura de Dick-and-Jane, um livro de ortografia e um de aritmética.

Depois que teve a idéia de se encarregar de ensinar, estava louca para começar. Tanto por ela quanto por Joan. Folhear revistas atrás de concursos e rabiscar centenas de fac-símiles razoáveis era divertido, mas não era mais suficiente. Ela conhecia os sinais — não conseguir se sentar quieta nem por um segundo ou então sonhar acordada com a balconista sensual da Loja de Charutos de Ted. Sonhos noturnos de que estava fazendo amor com mulheres desconhecidas em lugares públicos, como na frente do balcão de carne do Dominion.

Ela tinha tido a esperança de ter terminado com mulheres. A explicação que tinha dado a si mesma era que gostar de mulheres era um estágio que ela tinha ultrapassado com um bocado de ajuda do vodu. Ultimamente, no entanto, ela andava pensando se não fora Harmony quem a fizera começar, e sim Joan — o choque da chegada de Joan, o choque de se tornar avó.

Ora, quem sabe? "Você não toca em mim há mais de dez anos" era o que ela tencionava dizer a Gordon se ele algum dia viesse a descobrir, e pode apostar que esta era uma boa desculpa, mas não era o motivo. Seu desejo por Gordon e o seu desejo por mulheres corriam em pistas paralelas. Isso ela sempre sentira, e ocasionalmente ela sentia a sutileza e a força da divisão, um pouco como quando você engasga comendo e se lembra de que respira por um lugar e engole por outro. A única coisa que ela tinha certeza era de que amar mulheres era perigoso. Não pensem que ela não lutava contra isso. Desde Harmony, só tinha havido Robin, a Moça da Avon, e uma única vez, mas o suficiente para assustá-la para sempre. Era o que ela tinha imaginado.

A desbocada Robin, que a deixou com a impressão excitante e maluca de que enquanto as mulheres "normais" ficavam em suas cozinhas sonhando com a resposta certa do concurso "Por que eu amo o chá Tenderleaf", havia um bando de Valquírias lésbicas do lado de fora atrás de sexo. Ela só conheceu Robin durante uma hora, mas durante anos depois disso ela permaneceu convencida de que Harmony tinha sido excepcional, que a maioria das lésbicas desprezava romance e casos de amor longos, e que você jamais saberia que se tratava de lésbicas só de olhar para elas. Exceto pela forma como elas olhavam para *você*. E se você não piscasse quando elas olhavam para você desse jeito, você estava frita.

Elas tinham unhas compridas e vermelhas, essas lésbicas. Elas apareciam na porta da sua casa e cantavam "Ding, dong!". Elas sentavam no seu sofá com a coxa esquerda tocando na sua coxa direita enquanto passavam loção nas suas mãos e nos seus cotovelos cheios de calosidades. Nos seus pés descalços. "Que tal isto?", elas perguntavam. Você dizia: "Uma maravilha." Você as deixava testar todos os produtos em você, oferecendo o pulso para ser lambuzado de batom. O tom que você gostava mais elas aplicavam nos seus lábios. Elas seguravam o seu queixo e aproximavam tanto o rosto delas do seu que você respirava o hálito delas.

Elas beijavam você. Você as beijava de volta porque a costa estava limpa — seu marido no trabalho, sua filha mais velha num seminário sobre grampos, sua filha do meio na escola e a menorzinha no *closet*, de onde, normalmente, com uma estranha em casa, você não conseguiria fazê-la arredar pé. Então, por que ela arredou pé de lá? Sem precisar ir ao banheiro, já que tinha o peniquinho para isso. Talvez fosse o som hipnótico de tantos zíperes — primeiro o zíper da jaqueta de Robin, depois o da saia dela, e depois o zíper quebrado da cinta.

A pista foi um som tão leve de zíper que Doris levou alguns segundos para registrá-lo. E então ela compreendeu, e olhou para o lado e resfolegou. Joan resfolegou. Robin resfolegou. Joan resfolegou.

— A mamãe só está consolando a moça, Joanie, está tudo bem. Volta para o seu quarto. — Na sua cabeça, a canção "People Will Say We're in Love" começou a tocar. — Anda logo, meu bem — ela disse, mas foi ignorada. Enquanto isso, ela e Robin estavam se vestindo apressadamente, Robin murmurando "Oh, meu Deus, meu Deus", e o coração de Doris estava disparado, e mesmo naqueles primeiros segundos fluorescentes, Doris compreendeu que ela e Robin eram as únicas pessoas na sala que estavam horrorizadas. — Meu bem, volta para o *closet*, eu encontro você lá daqui a um minuto — ela disse.

Joan se aproximou mais. Seus lábios estavam se movendo, ela estava fazendo imitações inaudíveis. De quê?

Lá fora, na varanda, Robin disse:

— Acho que ela não chegou a ver nada, e você?

— Ela só tem três anos — Doris disse. Sem convicção, ela disse: — Ela não entenderia o que viu. — Um ano mais tarde e ela teria dito que Joan tinha lesão cerebral, e Robin ficaria ainda mais aliviada, de um modo culpado. Para Doris não faria muita diferença, exceto pelo fato de que ela sentia um certo alívio em poder anunciar o diagnóstico oficial. Lesão cerebral. Isto significava que não havia nenhum mistério. Você caía de cabeça e o seu cérebro ficava lesado. Não tinha nada a ver com desobediência ou com o sobrenatural, e não era nenhum castigo, a menos que qualquer incidente trágico fosse um castigo, e Doris não acreditava nisso.

NOVE

NO MESMO DIA EM QUE roubou os livros, Doris ligou para Gordon no escritório e pediu que ele levasse para casa lápis, borracha e papel. Na manhã seguinte, ela pegou um ônibus e o metrô para ir até uma loja de artigos escolares no Centro da cidade e preencheu um cheque de uma conta encerrada para comprar um apontador, papel colorido, um diapasão, giz, um quadro-negro, um apagador e um pacote de papel verde-claro, verde porque Gordon disse que não ofuscava. Já havia uma escrivaninha no quarto de Marcy e de Joan e ela tencionava empurrá-la para diante da porta do *closet* e colocar a cadeira do lado de dentro, pertinho da porta. Como mesa da professora ela ia usar a penteadeira, sem o espelho.

Quando chegou de volta em casa, ela pendurou o quadro-negro no lugar onde normalmente ficava o arlequim de colorir, de Marcy. Ela escreveu o alfabeto em quadrados de papel colorido e prendeu os quadrados com fita adesiva ao redor do quarto, logo abaixo do teto, com a intenção de criar uma atmosfera o mais próxima possível de uma sala de aula. Em seguida, ela alargou a costura da sua saia pregueada azul-marinho e lavou e passou suas duas blusas brancas. Enquanto trabalhava, ela assobiava "Whistle While You Work", e não pensou nem uma vez na balconista da Loja de Charutos do Ted.

Exatamente às nove horas da manhã seguinte, ela e Joan estavam olhando uma para a outra, cada uma sentada em sua escrivaninha, Joan vestida com a blusa de seda coral e a saia de veludo verde-limão que compartilhava com a boneca Miss

Sofisticada, de sessenta centímetros de altura, de Marcy, o cabelo enfeitado com o dobro das fivelas e fitas que usava habitualmente, graças a Marcy. E Doris usando a saia pregueada, uma das blusas brancas e sapatos marrons de salto alto que seus pés inchados marcavam como se fossem punhos fechados.

— *Okey-dokey* — ela disse —, lá vamos nós. — Ela soprou o diapasão sem se importar com a nota que estava saindo, já que ela não sabia fazer uma harmonia. Ela esperou até que Joan imitasse a nota, depois cantou "O Canadá" e "God Save the Queen", bem baixinho, porque normalmente quando ela cantava Joan ia para debaixo da cama. Mesmo assim, Joan tapou os ouvidos. Ignorando isto, e o fato de Joan não estar cantando junto com ela, ela regeu com uma das mãos. Ela não acreditava em Deus, mas fazia parte da rotina escolar fazer uma oração, então ela cumpriu rapidamente a obrigação sem se dar ao trabalho de mandar Joan fechar os olhos. Aquela era uma criança que quando você conseguia atrair sua atenção ela nem piscava, que dirá fechar os olhos.

No entanto, ela se sentou na escrivaninha de Marcy, em cima de duas almofadas, e continuou a fazer isso todos os dias, sem protestar. Desde que as cortinas do quarto estivessem fechadas e que só a luz da escrivaninha estivesse acesa, desde que o telefone não tocasse e ninguém aparecesse na porta, ela ficava ali quieta bem umas duas horas de cada vez, muito mais do que a própria Doris conseguia. Doris andava de um lado para o outro e se agitava. Sempre que tinha um minuto ela folheava revistas atrás de cupons e de formulários de inscrição em concursos. Enquanto isso, Joan, embora alerta (irritantemente alerta, respirando rápido como um passarinho), ficava sentada reta e imóvel. Não é exagero dizer que ela não movia um músculo, a menos que estivesse escrevendo ou que houvesse algum barulho repentino vindo do lado de fora do quarto, e então ela estremecia e esticava uma orelha rosada como uma pétala naquela direção.

Ela aprendia depressa. No fim do primeiro mês, você podia ditar qualquer número ou letra para ela que ela escrevia. Com três meses de aula ela estava somando e subtraindo de cabeça números de dois algarismos. Doris perguntava, por exemplo: "Quanto é onze mais treze?" E Joan continuava olhando para ela, como se esta pergunta, apesar de fascinante, fosse retórica, mas alguns segundos depois ela empurrava os óculos escuros para cima, apanhava o lápis e escrevia "24", largava o lápis e então suportava os elogios de Doris da mesma forma que suportava as atenções da família — pacientemente e sem reciprocidade, embora ela gostasse de repetir o som de um beijo, não de encontro à pele de alguém e sim para o ar.

O passo seguinte — ler e escrever palavras — parecia inevitável. Qualquer pessoa que pudesse escrever um "c" seguido de um "ã" seguido de um "o" devia ser capaz de escrever "cão", se você dissesse a ela que era isto que estas três letras, escritas nesta ordem, queriam dizer.

Era o que se pensava. Mas toda vez que Doris pedia a ela para soletrar "cão" ou se ela escrevesse "cão" no quadro-negro e perguntasse o que estava escrito ali, Joan se fazia de burra. No fim, Doris começou a imaginar se haveria uma cicatriz na parte do cérebro dela que permitia que ela compreendesse a junção das letras, então ela telefonou para um dos neurologistas. "Talvez", ele disse. Ele não pôde ser mais específico do que isso, porque era difícil apontar as cicatrizes. "Imagine-as como sendo ilhas não localizadas num oceano sem fim", ele aconselhou. Ele disse: "Continue tentando."

Conselho que Marcy seguiu com ardor. De quatro no *closet*, Marcy sacudia a bunda, latindo baixinho, e dizia: "Escreva que animal é esse que nós somos!" Ela procurava imagens de cachorros nas revistas e perguntava com uma voz animada e encorajadora: "Joanie, o que é isto?" Ela se ajoelhava no chão e com o nariz a poucos centímetros de distância do papel (isto foi poucos meses antes de alguém notar que ela precisava de óculos), escrevia "cão", dizendo "para baixo, em volta, agora um círculo...", tentando fazer com que Joan a imitasse. Joan assistia a tudo isto, inclinando-se sobre a revista no seu colo para ver a palavra. Às vezes ela chegava até a apanhar o lápis e erguê-lo. Às vezes ela cheirava a palavra.

Foi Sonja quem teve a idéia de chantageá-la. Ela usou balas Allsorts, as favoritas de Joan. Uma tarde, quando Joan apareceu na cozinha para apanhar um copo d'água, Sonja apanhou um pedaço de papel e um lápis, fechou as cortinas para deixar o cômodo mais hospitaleiro, fez Joan sentar-se à mesa, depois despejou as balas numa tigela e disse: "Escreve 'cão' e eu deixo você comer uma bala." Joan esperou, com as mãos cruzadas sobre o papel. Alguns minutos se passaram e Sonja comeu uma bala. Depois outra. E outra. Joan não escreveu "cão", mas ficou olhando para Sonja como se fosse um, vendo a mão dela ir da tigela para a boca, vendo-a mastigar até que Sonja não suportou mais aquilo e disse: "Ora, esquece, pode comer", e Joan obedeceu. Até bala ela comia aos pedacinhos, delicadamente.

Isso divertiu Sonja. "Você é um diabinho", Sonja riu com boca cheia, dando um tapinha no cabelo angorá de Joan, e foi essa a sua contribuição para a alfabetização de Joan. Como Marcy, ela não concordava com a teoria da lesão cerebral, e achava que em vidas passadas Joan havia sofrido por causa das palavras. Por ser fofoqueira, talvez. Por ser faladeira.

Gordon pensava a mesma coisa. Não que Joan havia reencarnado, mas que ela estava renegando as palavras por causa de um sentimento instintivo de que uma só palavra era suficiente para desanimar alguém. Nos seus piores dias, ele indagava a si mesmo se a mudez dela não era sinal de evolução. Ele se perguntava por que as pessoas não atiravam pedras toda vez que outras pessoas falavam. Ele indagava a si mesmo o que levava as pessoas a ler! Nos seus piores dias, ele não conseguia pensar em nada mais desanimador do que a visão de uma reflexão que foi arrancada do ambiente propício da mente e depois arrumada — toda ressecada e encolhida — no papel.

Nos seus melhores dias, ele não estava preparado para dizer que Joan poderia falar se quisesse, mas desconfiava que ela sabia ler, porque quando lia para ela, ele às vezes a pegava movendo a cabeça muito de leve, como se estivesse acompanhando as palavras com os olhos. Ele dizia para Doris: "Ela vai conseguir", e não duvidava disto.

Não importa como estivesse o seu humor, se estivesse em casa, ele lia para Joan toda noite antes de ela ir dormir. Os livros eram os que ele apanhava na biblioteca duas vezes por semana. Na maioria das vezes, contos de fadas, histórias de princesas de pele branca como a neve e de meninas do tamanho de um polegar. Lá embaixo, na lavanderia, o único lugar que ela parecia não se importar de trocar pelo *closet*, os dois se sentavam no sofá cheio de molas quebradas, enquanto no varal sobre suas cabeças as camisas brancas penduradas balançavam como fantasmas.

Depois que todo mundo já tinha ido para a cama, ele se dedicava aos livros que havia "apanhado emprestados" (temporariamente roubados) em outra biblioteca, a biblioteca médica da universidade ou você poderia chamar de seu antigo campo de pesquisa, porque quando ele tinha dezoito anos passou o mês de agosto num cubículo no cantinho da biblioteca lendo sobre sua "aflição", como era chamada em livros com títulos como *Curando o homossexual masculino* e *Demonologia e homossexualidade*.

Naquela época, esses livros eram catalogados sob o título de "Desordens mentais" e "Desvio sexual" e não ficavam nas estantes abertas. Então ele tinha de esperar até que a bibliotecária estivesse sozinha antes de entregar-lhe um papel de requisição... escrito em letras de forma perfeitas (a última coisa que ele queria era que ela o lesse em voz alta para esclarecimento!). Quando a bibliotecária franzia a testa ao ler o papel, ele dizia que estava estudando neuroses psiquiátricas ou que estava escrevendo um trabalho ou que estava fazendo uma pesquisa para algum professor. Ele suspeitava que a bibliotecária teria preferido executar esses procedimentos em silêncio, mas, toda vez, ele não conseguia se conter e inventava alguma história. A bibliotecária nunca o encarava. Ela apanhava os livros para ele. Ele os levava para um cubículo bem distante, onde, atrás de uma pilha de livros com títulos inocentes, ele os lia. Eram livros secos, escolásticos, cheios de notas de rodapé, mas também chocantes, dramáticos. Trechos amenos explodiam em descrições clínicas tão realistas que ele ia para o banheiro se masturbar.

E não era para isso que ele estava ali naquele mês de agosto. Ele estava ali em busca de informação. E para uma espécie de confirmação punitiva de que era verdade. Ele *era* mesmo doente. Ele era mal desenvolvido, efeminado. Os autores tendiam a achar que o remédio era discutir o problema com o padre ou o pastor (inimaginável!), e se isto falhasse, você podia tentar a autocura — engrossando a voz, jogando futebol. A premissa do livro *Curando o homossexual masculino* era que você devia estudar seriamente os homens "de verdade". (Como se, Gordon pensou, esta não fosse a razão dos problemas dele.) Neste livro, havia diagramas ensinando como andar e como sentar de um modo masculino, como cruzar as pernas, por exemplo, erguendo a perna esquerda e apoiando o tornozelo no joelho direito. Se você precisasse se masturbar, como um homem de verdade você deveria pensar em lindas mulheres nuas no momento da ejaculação. Se a sua mente se desviasse para homens nus, o segredo era imaginá-los cobertos de feridas purulentas.

Gordon esforçou-se ao máximo. Ali no seu cubículo, ele praticou cruzar as pernas, treinou sentar-se imaginando que um metro estava mantendo suas coxas afastadas. No banheiro da biblioteca, ele invocou seios na hora do orgasmo, cistos e feridas enquanto lutava contra uma ereção. Foi um período muito esquisito. Estranhamente neutro, até mesmo tranqüilo em certa medida. Houve frustração sim, com relação aos médicos que haviam escrito os livros. Quem *eram* aqueles homens? Será que *eram* homossexuais? Se eram, por que nenhum deles concluiu que o melhor que você tinha a fazer era a única coisa decente a fazer: manter sua aflição bem guardada, viver com ela.

Quase trinta anos depois, sempre que Gordon atravessava a porta da biblioteca, ele ficava impressionado pelo fato de ter obtido a resposta com relação à sua homossexualidade muito antes de saber o que ela significava realmente. Aos dezoito anos, ele era virgem, incrivelmente inocente a respeito de tudo, não só da coreografia do sexo. E, no entanto, mesmo antes de ler esses livros, ele tivera a sensação de que eles não iriam mudar muita coisa. Ocultar, conviver com aquilo, ele já estava marcado pelo que ia acabar fazendo. Ele tinha a impressão agora de que, no que se referia a grandes decisões, ele primeiro agia e *depois* era levado a agir, de modo que toda a sua vida tinha sido vivida à luz das conseqüências e não das expectativas. Aquela velha e triste luz, e que se expressava ali: na luminosidade amarela de uma biblioteca ao pôr-do-sol, com partículas de poeira gordas como estrelas.

Ele evitava olhar para a mesa onde costumava sentar-se (as mesas eram as mesmas, a mesma madeira dourada), dirigindo-se diretamente para os livros sobre o cérebro. Dirigindo-se para em oposição a esquivando-se de. Cérebro em oposição a mente. Sem nenhuma diferença de quando tinha dezoito anos, entretanto, ele estava procurando sem muita esperança mas com muita determinação por uma resposta tão empírica quanto a circulação do sangue.

E estava descobrindo que lesão cerebral era onde a medicina se tornava vaga e difusa, até mesmo biruta, como se a mente não pudesse contemplar o seu próprio risco com um pingo de objetividade. Acerca de aneurisma, um neurologista escreveu: "Imagine um balão vermelho arrebentando dentro de um balde cheio de macarrão." Outro se referiu a edemas como "cerejas maduras alojadas nas fendas de uma noz". O cérebro lesado como uma conversa telefônica sem pé nem cabeça conduzida por telefonistas dementes era uma imagem popular.

Suas próprias imagens — os sonhos que tinha quando o livro escapava de seus dedos e ele cochilava — tendiam na direção de montes de cobras e membros entrelaçados de cadáveres em câmaras de gás.

Quando ele despertava, depois da meia-noite, a sala ressoava em volta dele como um lugar cuja triste familiaridade vem de longas horas de insônia. Ele apagava as luzes, percorria o corredor até o quarto dele e de Doris e sacudia o ombro dela para acordá-la caso ela quisesse espiar pela janela. Então ele ia na ponta dos pés até o quarto de Marcy e de Joan e ficava parado na porta.

Nunca havia nenhum som do outro lado, mas um instante depois a porta se abria e Joan aparecia. Como ela sabia que ele estava lá, ele não fazia idéia. Ele a pegava no colo e, se a noite estivesse fria ou chuvosa, ia até o armário do hall pegar casacos e sapatos antes de levá-la para fora.

Isso começou uma noite quando ele estava prestes a dar uma olhada nela e em Marcy, mas tinha feito uma pausa, porque por mais que ele fosse silencioso, sempre acordava Joan. Ou então ela nunca estava dormindo. Ele estava com a mão na maçaneta da porta e tinha sentido a maçaneta girar do lado de dentro. Não pense que isto não o espantou. Quando a porta abriu e ele viu que era apenas Joan de camisola (e óculos escuros), ele a pôs no colo e apertou-a de encontro ao coração que martelava. Sem pensar, ele a carregou pelo corredor e saiu com ela para o jardim.

Era uma noite quente e enevoada. Meados de julho. Um brilho amanteigado descia do céu, uma luz suave e amarelada, e que soava como mil grilos. O ar tremia com eles. Havia também um monte de mariposas, as pequeninas, brancas, esvoaçando como cinza debaixo dos postes de luz. Joan as viu imediatamente. Ele sentiu o corpo dela ficar tenso e sua cabeça começar a agitar-se em movimentos súbitos, e compreendeu, perplexo, que ela estava acompanhando vôos individuais.

— Mariposas — ele disse.

Na mesma hora, ela ficou mole no colo dele, seu comportamento normal quando estava fora de casa. Ele se arrependeu de ter falado. Ele a colocou em pé na grama, esperando que ela fosse correr de volta para dentro.

Ela correu mesmo. Correu até a porta, mas parou. Então — com os braços esticados para trás e os dedos agitando-se — ela atravessou o jardim correndo e se agachou na sombra da cerca viva.

Ele esperou, sem saber o que fazer. Na grama úmida, os pezinhos dela eram como moedas de prata que ela tivesse atirado para encontrar o caminho de volta. Ela estava toda branca — o cabelo, a camisola. Os grilos eram como condutores de tensão e um minuto depois ela se juntou a eles.

Quando ela fez silêncio, ele fingiu que não podia vê-la. Teve a sensação de que era isto que ela queria. Ele disse:

— Onde será que está a Joanie?

Ela fez um ruído trêmulo que ele nunca tinha ouvido antes. Será que era uma risada? Será que ela estava mesmo rindo? Então ela correu pelo gramado até a sombra da glicínia e se agachou.

— Joanie? — ele disse, e ela tornou a fazer aquele som. Ela passou correndo por ele, pulando sobre a fenda que era sua longa sombra e agachando-se na sombra da casa.

Ele esperou um momento. Além dos grilos, havia um esguicho funcionando na casa ao lado.

— Onde ela está? — ele disse e ela correu de volta até a cerca.

Uma tempestade passou por trás dos olhos dele. Por que nenhum deles tinha pensado nisso antes? Levá-la para brincar lá fora *à noite*, pelo amor de Deus? Ele se sentia como um cientista que tivesse deixado de fazer a coisa mais óbvia — acender o bico de bunsen, acrescentar água. Ele quis acordar Doris para que pudesse ver aquilo, mas não quis quebrar a magia do momento. Ele mal ousava dar um passo. Ele ficou ali parado, chamando, ele e um pássaro noturno e os grilos, enquanto Joan ria e corria em ziguezague de uma sombra para outra, até que todo o gramado estava coberto com suas pegadas.

DEZ

LEVAR JOAN PARA QUALQUER lugar durante o dia era como transportar um narcoléptico cujos sonhos são relativos ao momento presente e real, como se ela estivesse assistindo ao mesmo programa de televisão, mas em outro canal. Você juraria que ela estava profundamente adormecida porque sua respiração ficava mais lenta e por causa do modo como ela se largava e ficava quente e imóvel, e no entanto não havia uma buzina ou um barulho de motor que ela não imitasse imediatamente, de modo quase inaudível.

Os neurologistas achavam que, apesar de parecer o contrário, ela estava na verdade totalmente desperta. Que fingir que estava dormindo era um comportamento típico de quem sofria de agorafobia.

"Neurologistas são os patetas do cérebro", foi a resposta de Gordon. Nessa altura ele já estava cheio das abstrações categóricas deles. Nem mesmo Marcy jamais havia apanhado Joan com os olhos fechados em sua própria cama, isso desde que Joan era um bebê, portanto parecia lógico para ele que quando Joan finalmente fechava os olhos (e, é verdade, ela tinha de estar sentindo medo e timidez para fazer isso, ele não estava negando este fato) ela caía dormindo.

Mas se isso fosse verdade, significava que ela não tinha como escapar do mundo, nem mesmo em sonhos. Seria como tentar sair de uma sala e se ver em outra sala idêntica, e aí tentar sair dessa outra sala, mas a seguinte também era idêntica e assim por diante. O pesadelo de quem tinha claustrofobia. E, portanto,

Gordon raciocinou, o nirvana de quem tinha agorafobia. Mas talvez não. Quando ela estava dormindo, ele analisava o rosto dela atrás de um sinal de dor ou êxtase (do mesmo modo que tinha, uma vez, durante o ato sexual, e com tão pouco conhecimento de causa como agora, estudado o rosto de Al Yothers).

Quando chegavam, Joan preferia sair do carro carregada. Mas se você a pusesse em pé no chão, ela andava, com as mãos tapando os ouvidos, os olhos fechados ou piscando rapidamente. Do lado de dentro, ela ia para uma cadeira no canto mais escuro da sala, sentava e tornava a fechar os olhos, e se estivesse fingindo, era uma verdadeira artista. Um dia, antes que alguém percebesse o que eles estavam tramando, um grupo de meninos bateu palmas na frente do rosto dela e beliscou sua perna, e até ela cobrir os ouvidos com as mãos e começar a fazer ruídos com os lábios para imitar as palmas, eles não queriam acreditar que ela fosse real.

A mãe de Doris, vovó Gayler, dizia que Joan a fazia lembrar-se dos guardas do palácio de Buckingham. "Eu costumava pensar que aqueles rapazes eram de cera", ela dizia, lançando um olhar carinhoso e angustiado para Joan.

Um olhar dirigido à Inglaterra, não a Joan. Era assim que ficava a cara de vovó Gayler sempre que ela falava da Inglaterra.

Vovó Gayler tinha nascido em Toronto e nunca tinha viajado para mais longe do que as Cataratas do Niágara, que ficavam a três horas de distância, de carro. Ela não tinha televisão, nunca ia ao cinema e não lia nada além da Bíblia. Então, por que ela tinha aquelas recordações saudosas da Inglaterra ninguém conseguia explicar. Se você perguntasse a ela: "Como é que você sabe que o Rio Humber tem o mesmo cheiro do Tâmisa?" Ela coçava as mãos e parecia acuada. Por isso, ninguém tinha coragem de implicar com ela por causa de suas supostas lembranças.

Ela morava no porão da casa centenária à beira do lago onde Doris tinha sido criada. Depois que o vovô Gayler morreu, ela tinha se mudado para baixo e alugado o andar de cima. Ela preferia o porão, ela insistia, a frescura dele no verão, a umidade "boa". Ele era tão úmido que ela tinha de cobrir os estofados com plástico, senão eles apodreciam, mas o carpete ela deixava descoberto porque ele era velho e vagabundo, ela dizia, e em conseqüência disso, cresciam cogumelos sob ele. Diversas vezes por ano os cogumelos brotavam através das fibras e ela os colhia e comia fritos na torrada — coisa que os ingleses faziam, segundo ela. As paredes eram mofadas, os braços e pés dos móveis cobertos de mofo. Mofo era a capa protetora dos estofados. Sapos eram seus "companheiros de casa". Depois de uma chuva torrencial, que inundava o apartamento e transformava seus sapatos e cestos de lixo em barcos, apareciam sapos para caçar centopéias. Quando vovó Gayler tentava pegar um sapo para mostrar que eles não faziam mal a ninguém, eles davam saltos tentando escapar dela, mas ela os agarrava com um movimento súbito e feroz. "Menino mau", ela ralhava com eles, e eles choramingavam como crianças.

Toda vez que Doris ia visitá-la, a primeira coisa que fazia era correr em volta do apartamento, esmagando as centopéias e arrancando os cogumelos. Ela limpava todo o mofo, menos dos braços da poltrona marrom, porque era a que Joan gostava, e quando se sentava nela, ela alisava sem parar os braços com as duas mãos.

Joan tinha uns três anos quando começou a agir mais à vontade na casa da vovó Gayler, mantendo os olhos abertos naquele canto escuro mas ainda se recusando a sair da cadeira. Além do pêlo dos braços da cadeira, ela estava preocupada com seu reflexo na moldura do porta-retratos que ficava na mesinha ao lado dela e com a lanterninha de cinema que morava no andar de cima e que, com seus sapatos de sola de borracha, andava rapidamente e sem parar para cima e para baixo do corredor, como se tivesse de treinar para o trabalho. Olhando para o teto, rangendo quando alguma tábua do assoalho rangia, os olhos de Joan seguiam a lanterninha como se fosse um radar.

Até que seu interesse desviou-se para o piano.

Inacreditavelmente, havia um piano naquele sótão saturado de umidade. Vinte anos antes, quando ele estava no andar de cima e quando os dedos dela eram retos, vovó Gayler costumava tocar hinos nele depois do jantar.

— Você devia vendê-lo — Doris estava sempre dizendo para ela — antes que ele fique tão enferrujado e desafinado que não possa mais ser consertado.

— Bom, eu não sei. — Vovó Gayler dizia com uma voz ansiosa, e naquela época com sotaque britânico.

Uma tarde, no entanto (era um domingo de fevereiro, 1963; Joan tinha seis anos), vovó Gayler levantou o queixo e disse:

— A verdade é que eu ainda toco nele de vez em quando.

— É mesmo? — Doris disse, desconfiada. A tampa do piano estava coberta de musgo.

Vovó Gayler atravessou a sala, seus quadris artríticos sacudindo-se, decididos. Ela puxou o banco, sentou-se e ergueu a tampa, fazendo o musgo soltar-se e ficar pendurado de cada lado. Por um momento, ela manteve seus dedos cônicos suspensos acima do teclado, depois começou a tocar de forma surpreendentemente afinada "Tell Me the Stories of Jesus".

Sua boca trabalhava como louca. Como se, Marcy pensou, ela quisesse cantar mas tivesse esquecido a letra, então Marcy começou a cantar, junto com ela, sentando-se no banco ao seu lado. E, então, Doris, que estava sentada no sofá forrado de plástico, começou a cantar também, com sua vozinha infantil e fora do tom, e após alguns acordes Sonja, que estava com a cabeça deitada no colo de Doris — principalmente para obrigar a mãe a ficar quieta —, ergueu o corpo e se juntou ao grupo, também fora do tom.

Na terceira estrofe, Gordon começou a acompanhá-las. Ele tinha sido do coro da igreja quando era menino, um soprano. Agora ele tinha uma bela voz grave, como a de Bing Crosby, e Doris olhou para ele e imaginou por que que as melhores coisas relativas às pessoas que você amava, exatamente as coisas que faziam com que você as amasse, podiam pegar você assim de surpresa. Gordon não gostava daquelas visitas à mãe dela. Para começo de conversa, a umidade embaçava os óculos dele. Mas lá estava ele cantando: "Tell how the sparrow that twitters on yonder tree..."

Ele cantou todas as estrofes, ele e vovó Gayler. E Marcy foi cantando junto, fingindo que sabia a letra, cantarolando no ritmo. Doris ficou olhando para Joan, espantada por ela não estar tapando os ouvidos. Quando terminaram de cantar, Doris estava com os olhos cheios d'água.

— Bem — ela disse —, nós não somos incríveis?

Vovó Gayler fechou a tampa.

— Aí está — ela disse, se levantou e foi arrastando os pés até a cozinha.

— Ah, mamãe — Doris disse, desculpando-se. Ela se levantou depressa para ajudá-la com o chá, mas Gordon puxou a saia dela. Ele fez um sinal na direção do outro lado da sala.

Era Joan. Ela estava caminhando na direção do piano, repetindo os sons que seus pés faziam no carpete molhado.

— Ei — Sonja disse ao vê-la, e Doris mandou que ela ficasse quieta. Marcy, entretanto, virou-se e gritou:

— Joanie! — Depois olhou para os outros através dos seus óculos embaçados, com sua armação azul e pontiaguda.

Doris pôs um dedo nos lábios. Joan estava subindo no banco. Ela era tão pequena que ainda subia de frente nas cadeiras, como se fosse um bebê. Depois que se sentou, ela abriu a tampa do piano.

— Você quer me ouvir tocar "Chopsticks?" — Marcy murmurou.

Joan mugiu — Não — e empurrou os óculos mais para cima do nariz. Ela ergueu as duas mãos acima do teclado e fez um movimento de garras com elas. Marcy riu dessa imitação da vovó Gayler, depois lançou um olhar culpado para a mãe. Antes de ela tornar a se virar, Joan já estava tocando "Tell Me the Stories of Jesus".

— Minha nossa — Gordon murmurou depois dos primeiros seis compassos.

— Quem é que está tocando? — vovó Gayler perguntou.

Ninguém respondeu. Era como se um passarinho tivesse entrado e pousado no dedo de alguém. Vovó Gayler apareceu na porta da cozinha quando Joan tornou a erguer as mãos em forma de garras acima do teclado e recomeçou. Desta vez ela introduziu acordes.

— Ora, Deus a abençoe, quem foi que a ensinou a tocar?

— Shh, mamãe — Doris disse.

— Shh — Joan repetiu, mas continuou tocando, tocando notas graves com a mão esquerda e dando mais swing.

Marcy chegou para o canto para dar mais espaço a ela. Será que aquilo era um milagre? Marcy estava um pouco assustada.

Doris também estava. Aquela velha melancolia que ela não sentia desde que o trem a tinha trazido de volta da Costa Oeste. As mãozinhas de boneca de Joan estavam agora dançando sobre o teclado, todos os dedos funcionando. Seus ombros marcavam o ritmo como os de um velho gigolô. Marcavam mesmo! E agora — isso era demais — ela estava tocando "In the Mood".

Gordon se levantou e deu alguns passos na direção dela. Doris olhou para ele. O teto era baixo e ele tinha de andar curvado, com a cabeça projetada para a frente. O rosto dele tinha um ar luminoso, faminto. Doris teve a impressão de uma cabeça de papel machê usando óculos, uma cabeça composta de centenas de camadas de rostos usando óculos, e a cabeça com o ar faminto era a que ficava mais para dentro, a mais particular, e tinha aberto caminho, indecentemente, através de todas as outras.

— Meu Deus — vovó Gayler disse. Ela pôs a mão no coração e olhou em volta da sala, atraindo o olhar de Sonja. — Há quanto tempo ela vem tendo aulas?

Sonja sacudiu a cabeça lentamente. Havia um compositor morto que ela estava querendo lembrar. Aquele realmente famoso, pequeno, de cabelo branco.

Doris também estava pensando em Mozart reencarnado, mas dizendo a si mesma que precisava controlar-se. *Did you ever see a cow with a green eyebrow* era a canção que tocava em sua cabeça.

— Eu não acredito! — ela disse. Sem querer e com aquele tom de voz estranhamente jubiloso dela. E tudo, todos pararam, até mesmo a lanterninha.

Até Joan, que se virou e olhou para ela com sua atenção costumeira.

— Continue tocando, benzinho — Doris disse, tentando falar normalmente.

Então Joan fez duas coisas sem precedentes. Primeiro ela ergueu os óculos escuros até a cabeça. E depois sorriu. Com seus olhos nus, olhando diretamente para Doris, ela sorriu.

— Benzinho? — Doris murmurou.

Joan chilreou e tornou a se virar para o piano, voltando a tocar "In the Mood".

ONZE

NA PRIMAVERA DE 1927, quando Gordon tinha doze anos, ele e seu amigo Tony foram até o riacho num sábado de calor e cataram cobras que estavam saindo da hibernação. Cobras-coral falsas, cobras de vidro, cobras-verdes, jibóias, um monte de pequenas deKays, cor de açúcar mascavo. Bem umas trinta cobras ao todo. Isso é possível? Cobras em cada pedacinho de sol, em cima de pedras e na entrada de suas covas. A maioria delas solitária, mas algumas em grupos de quatro ou mais, distribuídas a esmo e mortalmente imóveis, como vítimas de um cataclismo.

Eles as atiraram dentro do carrinho de mão de Tony. Havia tantas que eles não se importaram com as que se derramavam como afluentes pelos lados do carrinho enquanto Tony o puxava e Gordon o empurrava a caminho de casa.

E será possível que a mãe de Tony os tenha deixado descarregar as cobras na varanda da frente? É assim que Gordon se lembra da história. Ele e Tony sentados na grade da varanda, juntando as cobras com pedacinhos de pau e jogando minhocas no meio delas, mas as cobras se recusaram a comer, então as minhocas secaram e no dia seguinte seus corpos em forma de anzol estavam espalhados por toda a varanda, como para ilustrar o tipo de morte para o qual haviam sido destinadas.

Nessa altura as cobras não estavam mais lá. Gordon e Tony as haviam mantido apenas por algumas horas antes de levá-las de volta para o riacho e despejá-las do carrinho. Elas partiram para todos os lados, com uma rapidez incrível, e sumiram no meio da vegetação. Mercúrio desaparecendo pelas fendas do assoalho.

Na vez seguinte que eles foram catar cobras, só encontraram uma falsa coral e uma deKay. Resolveram mantê-las numa caixa de papelão na casa de Tony, e também desta vez, considerando que as cobras estariam traumatizadas demais para comer e teriam morrido muito depressa, Gordon duvida do que se lembra, de dias e dias andando de peito nu com uma cobra enrolada em volta do pescoço, ele e Tony, fingindo que era Tarzan.

Naquela idade, o peito de Gordon era tão liso quanto a palma de sua mão. Era tubular, macio e uma fonte de horror para ele, porque os bicos estavam crescendo. Toda noite, para evitar ter seios, ele dormia de barriga para baixo sobre uma tábua de madeira, inserindo-a sob o tórax antes de se deitar. Sua cobra, a falsa coral, era suficientemente longa e dócil para que ele pudesse enrolá-la no pescoço, de modo que suas extremidades cobrissem seus bicos do peito macios e rosados, e ele não sentisse tanta vergonha diante de Tony, que tinha bicos de peito iguais a duas moedas e um peito achatado, heroicamente musculoso.

A cobra de Tony não ficava em volta do pescoço dele. Ela só tinha uns vinte centímetros de comprimento e ele tinha de ficar segurando sua cabeça e seu rabo para ela ficar no lugar. Gordon tinha oferecido a falsa coral para ele, mas ela ficava o tempo todo enfiando o nariz na virilha de Tony e ele tinha medo que ela a mordesse. Se uma cobra mordesse você ali, mesmo uma cobra não venenosa, você podia ficar paralisado para o resto da vida.

Gordon tinha lido dois livros sobre cobras e não havia nada sobre dentadas no saco. No entanto, ele não duvidou da palavra de Tony, porque acreditava que ele soubesse mais do que ele a respeito de sexo e de órgãos sexuais. Muito mais. Tony tinha buço e cabelo debaixo do braço, e do umbigo até a cintura da calça uma faixa de cabelo preto que afetava Gordon como se fosse um prêmio. Como se fosse uma prova, como uma queimadura ou uma sombra, de que houvera um bocado de ereções naquelas vizinhanças, todas elas mais adultas (maiores, mais excitantes, mais legítimas) do que as de Gordon.

Não que Gordon pudesse ter certeza de que Tony tinha ereções. Ele e Tony eram recatados. Tomavam cuidado para não olhar quando o outro estava urinando. Eram devotos, principalmente Tony, que era católico. Ele estava sempre fazendo o sinal-da-cruz de um modo rápido e nervoso, que a mãe de Gordon a princípio tinha pensado que era um cacoete. Na prateleira que ficava sobre a cama de Tony, havia uma estatueta de Jesus com a pele cor de laranja e marcada de feridas, com olhos vesgos que olhavam diretamente para o colchão. O que será que Jesus via? Noites estafantes de sexo solitário, Gordon imaginava. Sexo de homem. Sexo que era aceito por Jesus. Mas ele não conseguia imaginar nada que Tony fizesse, porque não conseguia imaginar o que passava pela cabeça de Tony.

Em sua própria cama, naquele verão, ele pensava em Tony e na cobra coral falsa. Uma cena rápida, era só o que ele precisava. Era assim: a cobra escorregava para dentro da calça de Tony. Tony gritava para Gordon tirá-la de lá. Gordon enfiava a mão e a procurava até encontrar.

Isso foi antes de Gordon ouvir falar em bichas, e quando ele estava conformado em se casar com Beryl, uma menina intrigante, de braços cabeludos, que o tirava para dançar nos chás-dançantes. E, no entanto, ele sabia que sua fantasia era problemática e não agradava a Jesus. Algumas coisas você sabe.

Finalmente ele esqueceu aquilo. Ou enterrou vivo, porque quando tornou a recordar, trinta anos e centenas de fantasias lúbricas depois, foi como a exumação de um bebê que ele tivesse tido ou matado, com a culpa martelando em sua cabeça como tambores de selva. Mas isso foi só por alguns segundos, antes de ele recordar a própria fantasia, que, na mesma hora, pareceu-lhe patética. E tão obviamente simbólica que ele imaginou se não estaria recordando um sonho. Cobras como rolos de corda. Um sonho muito, muito longo.

Al Yothers está descrevendo um ataque de chatos que ele apanhou no exército quando Gordon lembra-se da sua primeira fantasia sexual. Embora a lembrança o faça sentir-se frágil com relação a seu eu juvenil, aquele espécime fetal que contra todas as expectativas ficou grande demais para o jarro, ele conta a Al a fantasia para fazê-lo rir.

Al ri mesmo. Ele tem uma risada cruel e boba, mas Gordon gosta, porque quando Al ri dele é a única hora em que parece se soltar.

Al acha aquela fantasia de cobra tão engraçada que engasga de tanto rir, e Gordon tem de bater nas costas dele. "Que bobalhão!", Al consegue dizer entre um acesso e outro. "Que *tremendo bobalhão*!"

(Ele disse a mesma coisa com relação a outra história de masturbação de Gordon. Aquela quando Gordon tinha catorze anos e ficava em êxtase quando se ensaboava na banheira, e se o banheiro estivesse ocupado, levava uma vasilha de água para o quarto, se trancava e se ensaboava lá mesmo, usando um sabonete Jergens da mãe, por causa de sua espuma abundante. Ele contou a Al que um dia estava se ensaboando no quarto quando o pai bateu na porta e ele percebeu tarde demais que tinha esquecido de se trancar. Ele entrou no armário antes de o pai entrar, mas é claro que o pai o encontrou encolhido no chão do armário, nu e todo ensaboado, pernas, braços, tronco e rosto, parecendo — ele sabia, ele se olhou no espelho do guarda-roupa depois — a vítima de uma terrível doença de pele. E tudo o que o seu pai disse foi: "Assim você vai se resfriar, filho.")

Ele e Al Yothers estão na cama de Al quando Gordon conta a ele a fantasia da cobra. É a primeira vez que eles vão ao apartamento de Al, porque antes disso Gordon achava que um hotel vagabundo seria mais seguro, desde que eles chegassem com cinco minutos de diferença. Mas em duas ocasiões diferentes, um sujeito com um olhar safado, carregando um cartaz anunciando a Joalheria Sternway, observou-o entrando e ele começou a ficar nervoso. E, além disso, aqueles quartos lúgubres, com papel de parede estampado de flores marrons, manchado e rasgado, com seus aquecedores barulhentos, soando como se estivessem ofendidos, e qualquer que fosse o quarto em que estivessem, tinha sempre algum infeliz tossindo como um louco no quarto ao lado — Gordon os achava terrivelmente deprimentes, mais ainda quando os lençóis eram limpos, porque qualquer sinal de decoro em lugares como aquele parecia-lhe grotesco, como um cadáver de batom.

Então essa noite ele vai para o apartamento de solteiro de Al, e o lugar é ainda mais deprimente. É novo e caro e o que tem de deprimente é que quando Gordon pergunta a Al como ele consegue pagar o aluguel, ele diz:

— Meus coronéis.

Gordon sente uma pancada no estômago. Ele achava que não era o único. Mas não tinha provas, e nunca imaginou que Al fosse simplesmente contar para ele. Ele atravessa o quarto na direção das duas figuras, uma de Einstein e outra do Homem do Marlboro, lado a lado. Ambas haviam sido recortadas de uma revista ou então rasgadas e depois cuidadosamente aparadas e pregadas — *pregadas!* com pregos enormes! — na parede. Mas que idiota, Gordon pensa com tristeza. Ele lê o que está escrito debaixo da figura do Homem do Marlboro: *um homem e tanto, um cigarro e tanto*. As figuras estão em cima do único móvel de verdade do quarto, um sofá estofado com uma fazenda áspera, cor de alumínio.

— Talvez você pudesse pedir a um dos seus coronéis para lhe dar uma cadeira — Gordon diz.

— Talvez eu devesse pedir a *você*. — Al está agachado diante do toca-discos. — Isto... — ele diz acima do som da agulha saltando em cima do disco — é — ele ajeita a agulha — para você.

Começa a tocar "Mister Sandman". Gordon não compreende. "Bring me a dream", diz a letra... "Make his complexion like peaches and cream." Será que o sonho é *ele* ou são os coronéis? Ou será que é uma piada?

Al endireita o corpo, boceja. Passa pertinho de Gordon, senta-se no sofá e estende os braços de tronco de árvore sobre o encosto.

— E então? — ele diz.

Naquele rosto rude, Gordon vê o céu. Ele fica de pau duro. Ainda está nauseado, e agora está de pau duro. Medo, culpa, tristeza, humilhação, onde tudo isso floresce é onde ele e Al sempre se encontram.

— Tira as calças — ele diz.

— Você tira — Al diz, batucando com a mão direita no ritmo da música.

O sofá é um sofá-cama. O colchão dá a impressão de estar cheio de bolas de beisebol, e os lençóis cinzentos estão duros. De sêmen? Sêmen de algum coronel? Gordon imagina barrigas enormes e pintos pequenos, senão por que eles teriam de pagar por aquilo? Mas desta vez ele faz amor como se estivesse representando para um medidor de aplausos, e se esquece de ganhar dois casacos de pele, que ele tinha ajustado para um gemido. Quando acaba e, como sempre, é ele que está suando e sem fôlego, ele pergunta:

— Você chupa o pau dos seus outros homens? — Ele tem de saber.

Al acende um charuto.

— Sua mulher chupa o seu pau?

— Sim, para falar a verdade, ela chupa. — Ou costumava chupar. Provavelmente ainda chuparia, ele pensou.

Al cruzou um braço atrás da cabeça. No escuro, seus pêlos cor de laranja ficam da cor do horizonte. Ele olha para Gordon e diz:

— Sabe o que eu gosto em você?

— Não. — Desanimadamente.

— Adivinha.

Gordon suspira.

— Eu sou o seu instrutor. — Toda vez que eles se encontram, em algum momento ele tem de sabatinar Al acerca de verbetes de enciclopédia até a letra D. As enciclopédias estão empilhadas ao lado do sofá, a de cima aberta sobre as outras, e antes de abrirem o sofá, enquanto a luz estava acesa, Gordon achou que estava tendo uma alucinação, porque ali, no alto da página, estava o nome dele, "Gordon", e bem ao lado, no alto da página anterior, "Gonorréia".

— Isso mesmo — Al diz. Ele solta a fumaça aos poucos. — Mas eu estou pensando em outra coisa.

— O quê?

— Anda, adivinha.

Gordon passa os dedos pelos ossos salientes do seu diafragma.

— Não posso nem imaginar — ele diz. Ele visualiza as suas costelas sobre uma duna de areia, sem um pingo de carne.

— Eu gosto do fato de você ficar de óculos o tempo todo — Al diz.

Gordon reflete sobre isso. Faz um muxoxo.

— É verdade — Al diz, soando tão inocente e sincero que o amor inunda instantaneamente o peito de Gordon. Ele segura o saco do rapaz, seus testículos frios. Vai descendo pelo corpo dele e enfia um dos testículos na boca.

— Agora não — Al diz, empurrando a cabeça de Gordon.

O coração de Gordon ainda está transbordando. Ele se apóia no cotovelo.

— Eu menti sobre aquele outro cara — ele confessa. — Você é o primeiro cara que eu... que eu conheço... assim.

Al estende a mão para pegar a garrafa de uísque.

— E você acha que eu ainda não tinha percebido?

Gordon torna a deitar-se na cama. Será que ele era assim tão incompetente? Tão desesperado? Será que ainda é? Al se levanta e desaparece no corredor, e Gordon é deixado na crisálida familiar, sufocante, da sua humilhação. Ele mal consegue respirar. Ele estende a mão para apagar o charuto de Al quando ouve o barulho da descarga do vaso, e na descarga estão os gemidos orgásmicos e os gritos de todos os amantes de Al, os setecentos ou oitocentos que Gordon calcula que ele tinha tido — "sem incluir os serviços de mão". Assim que as vozes desaparecem, Al abre o chuveiro e lá vêm eles de novo. Mario da pele cor de azeitona, George, o Gentil, todos os Bills, Pete, o poeta, o petulante Roger, e soando acima de todos, Tyrone, o capitão irlandês que cantava "Mother Machree" enquanto fazia sexo anal. Segundo Al, todo o Exército dos Estados Unidos era bicha e chifrudo.

— Você devia ter-se alistado — ele disse, e então, impacientemente: — É, claro — quando Gordon lembrou a ele que tinha se alistado, ali no Canadá, mas que tinha sido declarado incapacitado porque descobriram que ele tinha um sopro no coração. — Você ganha uma corrida de cem metros rasos num dia — Al disse —, e no dia seguinte tem uma guerra e, bem, sabe o que acontece? Você descobre que tem um coração defeituoso.

— Eu nunca venci nenhuma corrida — Gordon disse.

Nessa altura já é janeiro. O caso já tem dois meses, duas noites por semana. Inacreditavelmente, Doris parece não fazer a mínima idéia. Quem poderia supor que ela fosse tão ingênua? Só que quando Gordon pensa sobre isso, vê que as mentiras são dela, não dele. Por alguma incrível coincidência, o que ele está fazendo e o que ela quer acreditar que ele está fazendo exigem que ele chegue em casa bêbado e fedendo a fumaça de charuto.

Ela quer acreditar que ele está fazendo um esforço, finalmente, para subir na profissão. Ela acha que ele é um gênio que está apodrecendo no anonimato, porque é por demais insociável, reservado, e agora que ele fica até tarde fora, ela concluiu que, por causa de uma conversa que ela teve com ele em outubro, por ocasião do aniversário dele de quarenta anos, ele está passando algum tempo no bar do Hotel Park Plaza, onde todos os escritores, editores e jornalistas importantes vão depois do trabalho para beber e fofocar. Ele tem ânsias de vômito à meia-noite no quarto, e simplesmente por concordar com ela, ele tem seu álibi. Que farsa. Ela está tão excitada que dá um dinheirinho extra para ele gastar na próxima saída noturna.

— Você não quer que chamem você de muquirana — ela diz com sua voz excitada, tirando uma nota de dez que estava bem dobrada, por segurança?, dentro de sua carteira, abrindo a nota enquanto ele imagina as filhas andando descalças, enfiando-a na mão dele e dizendo coisas do tipo "Anda, benzinho, se solta" e "Faça o que tiver de fazer", de modo que às vezes ele se via olhando para ela e imaginando se não a teria subestimado. Se ela sabe, ou é uma santa ou o cara do anúncio disse: "Distrai o cretino até eu conseguir tirar mais umas fotos."

Uma parte dele quer que ela saiba. Deseja a permissão dela ou simplesmente contar a verdade. "Aja com naturalidade", ele tem de ficar dizendo a si mesmo. O que quer dizer: "Aja como costumava agir antes de transar com Al Yothers e se sentir normal pela primeira vez na vida." Embora o sentimento de normalidade só dure *enquanto* ele está trepando com Al. Durante uns quinze minutos mais ou menos.

O resto do tempo ele se sente desajustado.

Mesmo quando está feliz. Porque ele sabe que sua felicidade não é só temporária, é infundada. Será que Al *o* ama? Isso é uma piada. E, no entanto, como um homem que é amado loucamente, ele examina seu corpo nu no espelho do banheiro, e as palavras "magro" e "resistente" já não soam tão pouco plausíveis. Ele se masturba no chuveiro, e sua ereção deveria ser perpetuada em bronze. Ele toca quarenta e cinco vezes o seu novo "Mister Sandman" e canta aos berros o verso "And lots of wavy hair like Liberace!". Um dia, durante a sua hora de almoço, numa loja de artigos usados, ele se encanta com uma gigantesca echarpe de seda cor de ameixa, tira a gravata e coloca a echarpe na presença da bicha velha que é dona da loja (de repente ele está vendo bichas aos montes), e quando a bicha dá um tapa na mão dele e começa a ajeitar ela mesma a echarpe, trabalhando-a como um origami até que ela tome a forma de uma gravata larga e saliente, ele se sente comovido, como se estivesse sendo condecorado por um ato de bravura no campo de batalha.

Ele usa a echarpe menos de um quarteirão e depois a arranca do pescoço, quase se enforcando. O humor dele muda por qualquer motivo. Basta um pedestre desviar-se ao passar por ele, que ele se torna um tarado. Ele enfia a echarpe no bolso e olha de um lado para outro da rua à procura de uma lanchonete ou de um restaurante onde possa ter um banheiro.

Neste estado de espírito, banheiros são o lugar onde ele vive. Ele se masturba sem parar, mas sua ereção o repele. Ela deveria ser abatida a tiros. Ele estuda os lábios no espelho à procura de marcas de sífilis, aperta atrás das orelhas à procura de gânglios inchados. "Eu estou inteiramente limpo", Al está sempre dizendo. E "Já ouviu falar em penicilina?". Mas neste estado de espírito, Gordon acredita ser portador de todas as doenças venéreas. Ele chora por suas filhas, porque ele já está morto — ou arruinado e preso —, e elas, portanto, órfãs. "Marcy está emagrecendo", ele diz a Doris. "Ela está sumindo!" Ele protesta, indignado com o pouco caso de Doris. Na mesa do jantar, ele olha para o rosto bondoso e vazio de Sonja, e mais tarde diz para Doris: "Eu a amo, mas estou lhe dizendo, não vejo uma mente ativa ali." Lá vai ele sentar-se no vaso, masturbando-se e chorando por sua vida arruinada, por sua filha imbecil.

Há uma espécie de paz terrível em sentir-se tão baixo, tão depravado, pelo menos quando se trata dele e de Al. Apague qualquer decência e assim desaparece o verdadeiro perigo — o sonho romântico de os dois ficarem juntos para sempre. O que resta são duas noites por semana, prontinhas, em que duas bichas enormes "fazem o que têm de fazer" e depois vão cada qual para o seu lado.

Só que as coisas não são assim, não quando eles estão fazendo sexo. Nessa hora eles são dois deuses. Eles provocam relâmpagos e sirenes. Camas desabam sob eles. "Você sabe quem eu sou?", Al sussurra. "Seu", ele sussurra. "Papai, eu sou seu", e Gordon pensa "Eu fui feito para isto", imaginando como, quando eles *não* estão fazendo sexo, ele consegue esquecer o imenso alívio. Transar com Al é a cura completa. É devoção. Al é silencioso como uma igreja. Ele, Gordon, é que é selvagem. "Se Doris pudesse ver-me agora", ele não pode deixar de pensar.

É assim que o caso termina. Com Al batendo com a garrafa de uísque no braço da cama de armar e dizendo:

— Acabou o tempo.

Gordon acorda assustado.

— O que... — ele diz aterrorizado.

Al está em pé ao lado da cama. Está usando uma camisa branca.

— O que está havendo? — Gordon diz.

— Você tem de dar o fora.

— Que horas são? — Onde estão meus óculos? Ele passa a mão por cima dos lençóis.

— Cinco para as dez. — Isto murmurado para dentro do pulso enquanto ele coloca uma abotoadura.

— É só isso? — Gordon encontra os óculos e os coloca, depois apanha a cueca no chão e a veste antes de sair da cama. Ele está com uma ereção, e quando Al não está interessado em sexo, ele acha as ereções de Gordon irritantes. — O que está havendo? — ele torna a perguntar.

— Eu quero que você dê o fora — Al diz, se afastando. — Só isso.

— Você está esperando alguém?

Não há resposta.

— Compreendo — Gordon diz.

Silêncio.

— Não é da minha conta — Gordon diz. Ouvindo sua voz partida, ele tem a sensação de já ter dito isso antes num apartamento onde havia um martelo no parapeito da janela.

Do outro lado do quarto, Al revira uma das caixas de papelão onde ele guarda sua roupa. Gordon abotoa a camisa e olha para ele como costumava olhar para qualquer homem bonito. É como alguma coisa guardada muito no alto. Como algo que deveria tombar mas que não tomba.

— Droga — Al resmunga. Ele tira uma porção de meias descasadas de dentro da caixa. Estará procurando a vermelha? Ele contou a Gordon que se você entra num bar gay onde ninguém o conhece usando meias vermelhas, é sinal de que você não pertence ao esquadrão antidrogas.

Não, ele está procurando por um par escocês azul-marinho e verde. Ele encontra uma delas e continua a procurar a outra.

— Ele paga menos se as suas meias não combinarem? — Gordon pergunta. Isto não é tão sarcástico quanto soa. Pela primeira vez ele está realmente curioso em relação aos coronéis.

Al encontra a outra meia e pula num pé só enquanto a veste.

— Você não sabe tudo, Pops.

Pops? De onde veio isso? As coisas estão se deteriorando depressa. Por que esta noite, no entanto, a melhor noite que tiveram até agora? Eles transaram três vezes. No chuveiro, na cadeira, com Al enganchado em seu colo, depois meio ajoelhados, meio em pé no sofá, com a testa de Gordon encostada na garganta do Homem de Marlboro. E quando Gordon estava deitado na cama e começando a cochilar, ele sentiu Al passando a mão em seu cabelo.

— Eu sempre quis ter cabelo preto — Al disse, uma de suas raras confidências. Alguns minutos depois, ele acrescentou, ou será que Gordon sonhou isto? — Eu costumava passar graxa de sapato nele, mas dava para ver.

Al vai para a cozinha e volta usando calça de lã cinzenta e com um cinto em cada mão. Gordon nunca o viu vestido tão formalmente. Al olha de um cinto para o outro enquanto Gordon, tomado agora por uma lassidão quase agradável, o observa. Acreditando estar apenas medianamente interessado, ele pergunta:

— Nós vamos nos ver de novo?

Um dos cintos passa pertinho do rosto dele, errando por pouco, e cai em cima da cama.

— Jesus — Gordon murmura.

Al começa a enfiar o outro cinto na calça.

— Você pragueja demais — ele diz.

Gordon fica ali parado, irradiando uma espécie de onda de calor. Talvez seja alívio. Após alguns instantes, ele pergunta:

— E se nós nos encontrarmos no hall do escritório? — Isso ainda não tinha acontecido.

— Eu vou dar o fora desta cidade amalucada.

Gordon põe o chapéu e o paletó. Ele caminha até a porta. Não, não é alívio.

— Ei, espera um instante.

Gordon pára. O que ele não daria naquele momento. Quem ele não sacrificaria.

Mas Al está apenas entregando uma caneta para ele. A caneta-tinteiro de Gordon.

— Eu tive de escrever um bilhete — ele diz.

Ele está com um ar safado, de quem está aprontando alguma. O coração de Gordon começa a bater.

— Pelo amor de Deus, Al... — Ao ouvir a blasfêmia, ele pára e dá uma risada frouxa.

Os olhos de Al brilham.

E Gordon... Gordon fica de pau duro outra vez. Ele não pode acreditar nisso. Ele aceita a caneta e guarda-a no bolso da calça, deixando seus dedos roçarem a ponta da sua ereção. Ele não pode acreditar.

— Sabe quem você é? — Al diz num tom de quem acabou de perceber isso.

Gordon espera.

Al também.

— O pornográfico das causas perdidas — Gordon responde finalmente, mais para si mesmo.

— Um tomador — Al diz.

Gordon pisca, sem entender. Desta vez está acabado. Morto. Ele sabe disto, mas seu pau duro é como uma unha que ainda cresce no necrotério, e então ele examina "tomador" atrás de uma centelha de esperança.

— As pessoas se dividem em aqueles que tomam e aqueles que dão — Al explica. — Você anda por aí agindo como se fosse um daqueles que dão, mas você é dos que tomam. — Ele sacode os ombros. — De qualquer modo... — Ele cruza os braços de Paul Bunyan sobre o peito.

— Eu te amo — Gordon diz. Mesmo para si próprio aquilo soa falso e grotescamente impróprio, uma surpresa idiota como um esguicho na cara com um cravo. Al faz uma careta. Gordon vira as costas. Ele estende a mão para a maçaneta, com lágrimas toldando sua visão. — Até logo — ele diz.

— *Adiós* — Al diz. — Cuide-se.

DOZE

ISSO FOI HÁ SEIS ANOS. Deve ter sido quando Marcy estava no primeiro ano, porque ela já sabia ler e Joan ainda não tinha nascido.

Era de manhã, Marcy abriu a porta do banheiro e seu pai estava lá, fazendo a barba. Ele estava só com a calça do pijama, e as letras estavam em suas costas nuas.

— Al esteve aqui — Marcy disse devagar, lendo.

Seu pai ficou imóvel, com o aparelho de barbear encostado na garganta.

— O que foi que você disse?

Ela apontou.

— Nas suas costas. Está escrito "Al esteve aqui".

Ele se virou para olhar no espelho.

— Quem é Al, papai?

— Jesus — ele murmurou. Isso a assustou. Ele pôs os óculos, depois agarrou o espelho de mão da mãe dela e posicionou-o para enxergar suas costas. — Jesus. — Ele olhou para ela com os olhos arregalados.

— Não fui *eu* quem fez isso! — Antes que ela pudesse sair, ele a agarrou pelos ombros. Ele nunca tinha batido nela, mas ela achou que ele ia bater. Ele aproximou o rosto do dela. Sua barba de espuma branca, seu hálito azedo. — Não fui eu! — ela gritou, tentando soltar-se. Ele a estava machucando.

— Shh. — Com o pé, ele fechou a porta. Ele a largou e começou a passar a mão na cabeça dela, com força. — Querida, está tudo bem, está tudo bem.

— Eu só estava lendo o que estava escrito — ela choramingou.

— Eu sei, querida, eu sei. Shh. Fica quietinha.

Ele disse a ela que era uma piada. Alguém devia ter feito aquilo na noite anterior, ele disse. Devia ter escrito por cima da camisa dele quando ele estava parado no bar. Algum palhaço.

— Al? — ela sugeriu timidamente. Sim, isso mesmo. Al. Estragando sua camisa branca, e era por isso que ele tinha praguejado. Ele disse que não devia ter praguejado.

Então ele disse:

— É melhor não contarmos à mamãe. Você a conhece, ela vai ter um ataque. Eu vou jogar fora a camisa e comprar uma nova, e assim ninguém vai ficar aborrecido. Está bem? Vamos guardar segredo, OK?

— OK.

— Promete?

Ela prometeu, embora soubesse que a história estava incompleta ou talvez nem fosse a verdadeira. Não fazia o menor sentido. Por que a sua mãe teria um ataque por causa de uma simples camisa? E seu pai? E como você podia escrever nas costas de alguém sem que a pessoa sentisse?

Quando estava trocando de roupa para dormir, ela viu no espelho que ambos os seus ombros estavam roxos, na frente e atrás. Depois da surpresa inicial, depois que tinha examinado as manchas roxas e passado a mão nelas, e teria ficado muito desapontada se fosse apenas sujeira, ela vestiu rapidamente o paletó do pijama antes que a mãe entrasse. Mais tarde, debaixo das cobertas, ela fixou os olhos na réstia de luz debaixo da porta. E se aquele homem, Al, abrisse a porta? Ela ia gritar. Ela ficou tocando no ombro, apertando um pouco para sentir a dor.

Mais tarde ainda — deve ter sido no dia seguinte ou no outro —, ela foi procurar a camisa. Não conseguiu achá-la, em nenhuma lata de lixo, nem na cesta de roupa suja, nem amassada em algum lugar na oficina do pai. Finalmente, ela apanhou uma das camisas sujas dele que estava na cesta de roupa suja e escreveu ela mesma AL ESTEVE AQUI, usando sua caneta-tinteiro. Em seguida, ela enfiou a camisa dentro de um saco de trapos. Como ela amassou a camisa antes de a tinta secar, o "L" borrou e formou um "I" e a mensagem ficou sendo ALI ESTEVE AQUI. Mas ela não ficou sabendo disto.

Agora ela tem treze anos. Tem um namorado simpático chamado Al. Mas "Al esteve aqui" é o que ela escreve — seu código secreto — em vez de desenhar um crânio e dois ossos cruzados. "Al esteve aqui" também pode significar "hematoma". Toda vez que Marcy e Pammy, a amiga dela, vêem um hematoma em alguém, elas dizem "Al esteve aqui", já que Marcy disse a Pammy que os gângsteres costumavam dizer isso depois de terem apanhado.

— Quem é Al? — Pammy perguntou por entre os dedos.

— Al Capone — Marcy disse. — É claro. — Ela se tornou uma mentirosa e tanto. Ela se tornou bem a filha de sua mãe.

Pammy é o oposto. Ela não consegue dizer uma mentira. Nem reconhecer, uma. Ou se recuperar de uma. Ela é uma pessoa que acredita em tudo e que fica chocada com tudo. A forma de ela ouvir é cobrindo a boca com uma das mãos. Ela deixa as outras meninas malucas. "Você é tão *ingênua*", elas dizem. Mas Marcy está nos últimos, flamejantes, anos do seu período de devoção, e ela tem a sensação de que Pammy é um cordeirinho de Deus. Tão tímida e branda. Foi Pammy quem observou que a própria cabeça tinha o feitio de um amendoim. "Está vendo, eu tenho uma testa larga, depois tem uma reentrância onde estão meus olhos e depois torna a sair e aí vem este queixo grande", para explicar por que ela não tinha namorado. "Eu não sou exatamente uma *femme fatale*", ela disse, chocada com a idéia.

Para Marcy, todas as garotas são *femmes fatales* ou então caipiras. Para Pammy, elas ou são *femmes fatales* ou não são. Pammy não consegue dizer caipira. Ela não consegue dizer nada que seja maldoso ou que critique de alguma forma alguém, e o comportamento mais esquisito possível só a assusta um pouquinho mais do que um comportamento normal. Ainda assim, Marcy toma cuidado para não assustar demais a Pammy, para não afugentá-la. Ela finge que só tem um namorado e diz, pudicamente, "Nós nos *beijamos*", quando Pammy causa perplexidade a si mesma ao perguntar se Marcy e o namorado se agarram. Outra garota vai ter de orientar Pammy a respeito de chupões. As duas vezes que Pammy viu marcas de chupões em Marcy, ela disse, Marcy não está brincando, "Al esteve aqui". Muito engraçado, se Pammy soubesse.

Na realidade, não tão engraçado, porque não é Al quem dá chupões em Marcy, é Gary Short, o entregador do *Telegram*. "Traste", a mãe dela diz, pescando o jornal para fora das roseiras, mas ela nunca se queixa com *ele*; longe disso, ela dá gorjetas para ele — cinqüenta centavos, uma vez deu um dólar — e até flerta um pouco com ele, dizendo para ele não fazer nada que ela não fizesse. É óbvio para Marcy que, como todo mundo, sua mãe tem medo de cair em desgraça com ele.

Gary Short é um criminoso. Quando tinha apenas oito anos de idade, ele roubou o estetoscópio da maleta do pai e tentou abrir o cofre da loja Dominion. Ele simplesmente atravessou o setor de carnes e subiu a escada até o escritório, e ninguém o viu, nem mesmo a Srta. Slitz, a velha que estava trabalhando lá naquele dia. Quando o alarme disparou (a falha no plano de Gary: um alarme preparado para disparar após dez tentativas malsucedidas de acertar a combinação), a Srta. Slitz desmaiou, e o gerente do açougue entrou correndo e encontrou Gary auscultando o peito dela com o estetoscópio. "Ela está morta", Gary anunciou. Para sorte dele, ela não estava.

Dois anos depois, ele pôs fogo na própria cama e queimou metade da casa. Mas será que foi ele mesmo? Marcy pergunta a si mesma se o culpado não foi o irmão dele, que é retardado, Cedric. Por que Cedric não está no Asilo Mamãe Gansa? Marcy gostaria de saber. Cedric a assusta, com sua cabeça enorme e desequilibrada e seu corpo encaroçado, sua imitação de Jack Benny.

— Beeem — Cedric diz, cruzando os braços e batendo na própria cara.

O que ninguém acreditaria é o quanto Gary é delicado com Cedric.

— Agora não, OK, Ceddie? — Gary diz. — Mais tarde, OK?

— Beeem — Cedric diz, saindo de costas da garagem, aos tropeções.

— Vai ver TV que eu chego logo — Gary diz. Depois ele coloca uma barra de ferro prendendo a porta da garagem e volta a sentar-se no barril. E Marcy, que não gostou da interrupção, volta a tirar a roupa, desabotoando os botões de cima da blusa azul de colarinho cirúrgico, tipo Ben Casey, tirando os braços de dentro das mangas. Para não derrubar os óculos, ela empurra a blusa pelos quadris e pisa para fora dela com cuidado, porque suas botas estão enlameadas.

Seus dentes batem. Sai fumaça de sua boca. A luz do entardecer entra pelas frestas da madeira e desenha pulseiras de ouro em seu braço quando ela o ergue para colocar a blusa em cima de sua saia xadrez azul-marinho e verde. Na outra alça do cortador de grama, que estava preso num suporte suspenso, estava pendurado o seu casaco novo, sua jaqueta de lã vermelha e seu gorro angorá vermelho, amarelo e roxo com o pompom cor de laranja do tamanho de uma *grapefruit*. O gorro foi feito por Sonja. Sonja também sabe tricotar luvas, mas não foi ela quem tricotou as luvas de lã peluda que Marcy está usando, que ainda está usando enquanto desliza a anágua pelas pernas. Depois que a tira, ela a segura como se fosse uma faixa de seda e a deixa cair sobre a saia.

Ela está fazendo *striptease* cada vez melhor. Não tão apressada e desajeitada, mais como uma dama num espetáculo de mágica. Ela gostaria de ter um sutiã, entretanto. Ninguém na classe dela (ninguém exceto aquela gorda com cara de avó da Karen Kennelworth) usa sutiã, e normalmente Marcy não tem vontade de ter um, mas enquanto ela tira os braços de dentro da camiseta, ela imagina a si mesma estendendo os braços para trás para soltar colchetes, como isto faria os braços dela abrirem-se como asas. Como ela poderia pendurar o sutiã no dedo mindinho e em seguida atirá-lo para ele.

Não, ela jamais faria isso! Ela não consegue nem mesmo olhar para ele. Ela olha para a frente, para aquele pedaço de madeira banhado de luz. Para lá ou para si mesma, suas luvas brancas, suas roupas sendo tiradas. Ela é a dama bonita e elegante. Ele é o homem. Com seu primeiro namorado, Dug, ela costumava jogar um jogo que eles chamavam de "Romântico", onde a dama brejeira passava pelo homem que assobiava e dizia "Que tal um beijo, benzinho" e "Ei, beleza", e a mulher dizia "Elogios não vão adiantar nada" e "Audacioso!", e dava um tapa na mão dele, mas acabava deixando que ele a beijasse. Às vezes Marcy era a dama, às vezes Dug é que era. Essa troca era idéia dele e levava a brigas. "*Você* vai ser o homem", ele dizia. "Não", ela dizia, "*você* vai ser o homem."

Ela devia ter arriado a calça dele, ela pensa agora. Isso ia mostrar a ele quem era o homem. Ela não está falando sério. Ela nunca arriou sua própria calcinha para ninguém. Ela nunca precisou fazer isso, nunca foi forçada a fazê-lo. A primeira vez que Gary sugeriu que ela tirasse a roupa, ela naturalmente presumiu que ele estivesse se referindo a toda a roupa, e sua única preocupação era que sua calcinha pudesse estar suja. Não ocorreu a ela recusar e nem pensou na possibilidade de ele não estar interessado em ver a sua bunda.

Desta vez ele também não está interessado. Assim que ela tira a camiseta, ele salta de cima do barril e se aproxima, e ela estende seus braços arrepiados e fica perfeitamente imóvel para o atirador de facas. Nenhum dos dois diz uma palavra. Ele toca o seio esquerdo dela primeiro. Seu seio esquerdo é maior do que o direito, o que não significa grande coisa. Ambos estão sempre doloridos. Sempre. Só de ele tocar neles com a palma da mão já dói. Ele esfrega a mão por algum tempo e depois empurra o bico do seio com um dos dedos, para dentro e para fora, de leve, testando, como se esperasse ouvir uma buzina. Então ele começa a apertar e esfregar, não com força, mas é uma tortura.

Após alguns instantes, ele pára de apertar e começa a esfregar o bico entre o polegar e o indicador, como se estivesse girando uma maçaneta. Ou a combinação de um cofre. Por que ele faz isso? Ela daria tudo para saber ler pensamentos. Parece que ele está enfiando um prego nela, mas ela não o culpa, ele não sabe o que está fazendo. Querido, ela pensa. Ele passa para o seio direito, e ela permite que seus braços doloridos o abracem. Tremendo de encontro à jaqueta dele, ela respira seu cheiro de barra de aço e biscoito de araruta. Oh, meu barco do amor, ela pensa, mole e espantada.

Não é segredo para ela que ela não é nenhuma *femme fatale*. Ela é uma quatro-olhos. Ela é uma cegonha. Seus pés já são maiores do que os de sua mãe. No porão, num armário sob o bar, tem uma coqueteleira elétrica que é uma dama de cabelos pretos com enormes seios nus e um traseiro redondo insuficientemente coberto por uma saia havaiana e com mãos bem pequeninas coladas num copo. *Essa* é a idéia que Marcy faz de uma *femme fatale*. Quando ela vê um garoto olhando para seus seios em botão, ela fica sempre espantada. O que será que tem para ele ver ali? Ao mesmo tempo, ela não descarta a possibilidade de que talvez os garotos possam ver mais, do mesmo modo que os cães podem ouvir sons que os seres humanos não ouvem.

Gary é o único garoto que já viu seus seios *nus*. Que os tocou por baixo da camiseta ou que os apertou (ele voltou a apertar). Nessa altura o seu seio direito já está quase dormente, e ela está pensando em dizer alguma coisa quando ele pára e dá um suspiro longo e satisfeito.

— Eu estou com frio — ela diz.

Ele levanta o jeans.

— Eu dou um jeito nisso. — Quando ela se dá conta do que está acontecendo, ele a está abraçando e sua boca está grudada no pescoço dela. Ela deixa o corpo ficar mole para senti-lo sustentando-a. Para a idade dele, treze, ele pode ser pequeno, mas não é nenhum fracote. "Ele é extremamente bem-feito, ela disse a Joan. "Os lábios dele são como os de um negro, mas de uma cor mais clara, como um pãozinho de cachorro-quente."

Ela gostaria que ele a beijasse na boca. Ele nunca beijou.

O chupão termina com um estalo alto.

— OK, você está marcada — ele diz.

Um pouco envergonhada agora, ela cruza os braços sobre os seios nus e esfrega a parte de cima dos braços com as mãos enluvadas.

— Posso dar um chupão em você? — ela pede. Ela já tinha pedido uma vez antes.

— Bem... — Ele aperta os lábios. Suspira. Finalmente sacode a cabeça. Anos depois ela se lembrará dele toda vez que vir mecânicos de automóveis e homens trabalhando em lojas de ferragens. — Está ficando tarde — ele diz, olhando na direção da porta da garagem, e ela sabe que ele está preocupado com Cedric esperando por ele dentro de casa.

A casa dele fica numa vizinhança abastada, a vinte minutos de distância do seu quarteirão de bangalôs idênticos, sem garagem. Quando ela está no meio do caminho de casa, as luzes da rua se acendem, produzindo poças de luz, que ela atravessa mais devagar para o caso de conterem luz celestial. A luz purificadora do céu está em toda a parte, ela acredita, mas disfarçada. "Verdadeiramente, verdadeiramente", ela canta durante todo o caminho. "Verdadeiramente, verdadeiramente, verdadeiramente", seu prelúdio nervoso, indeciso, para certas orações.

Não é como se ela fosse uma fornicadora ou uma adúltera. Não é que ela tenha sido egoísta ou mesquinha. Ela caiu em tentação e tentou a outro. "Mas eu amei muito", ela protesta, pensando na mulher que lavou os pés de Jesus com suas lágrimas e seus cabelos e foi perdoada. Ser perdoada nem é a questão, no entanto. A questão é, se ela amou muito, por que precisa ser perdoada, para início de conversa?

É uma velha discussão, e ela sabe quem vai ganhar. No entanto, ela entra nela, usando logo a sua maior arma — o Cântico de Salomão. "Seus dois seios são como duas corças gêmeas", ela pensa, e como sempre se sente terrivelmente grosseira e profundamente excitada. "Meu bem-amado enfiou a mão pelo buraco da porta e minhas entranhas abriram-se para ele."

Ela poderia continuar assim, ela poderia lembrar Jesus de quase todos os versos depois de tantos meses lendo alto o Cântico de Salomão para Joan. Sendo a única pessoa da família que freqüenta a igreja, Marcy resolveu encarregar-se da educação religiosa de Joan, e o Cântico de Salomão é o livro favorito de Joan, Marcy concluiu, uma vez que ele contém o trecho sobre a irmãzinha. Uma irmãzinha que "não tem seios". Ao ler esta parte, Marcy tem vontade de rir, por isso ela geralmente a deixa de fora e vai direto ao verso que diz "Nós temos uma irmãzinha" para " O que faremos pela nossa irmãzinha no dia em que ela for reclamada?"

A resposta é: "Se ela for uma parede, nós construiremos sobre ela um palácio de prata." Aqui Marcy lê mais devagar. "E", ela lê, "se ela for uma porta, nós a cobriremos com tábuas de cedro." Joan sempre prende a respiração ao ouvir estas últimas palavras.

Começou a ventar. Marcy anda mais depressa. "Acaba logo com isso", ela diz para si mesma e consegue pensar "Jesus querido", mas então tem um branco. Um clamor soa dentro dela, uma multidão em seus ossos. Ela começa a correr. "Eu acuso vocês, ó filhas de Jerusalém!", ela diz alto. Ela salta por cima de uma cerca viva. "Seus seios são cachos de uvas!" Ela começa a rir, não consegue evitar. "Oh, que você seja como meu irmão, que sugou os seios da minha mãe!", ela diz isso e tem de parar, de tanto que está rindo. "Eu não estou brincando", ela diz, dirigindo-se a Jesus desta vez. Apesar do riso, ela está inteiramente séria. Estas são as Palavras de Deus. Mais do que isso, elas são armas.

A música vem da casa *dela*. Som de piano. Alguém deve estar ouvindo o rádio aos berros, Marcy pensa, de tão bom que é o som. Então ela lembra que hoje é o dia em que o piano deve chegar da casa da vovó Gayler e corre para dentro, tira as botas e sobe a escada, correndo até a sala.

"Please turn on your magic beam", sua mãe está cantando. "Mister Sandman, bring me a dream...", ela olha por cima do ombro e faz sinal para Marcy ficar calada, como se Marcy é que estivesse cantando.

Para abrir espaço para o piano, o sofá foi empurrado para defronte da estante. Tem aquele cheiro, aquele cheiro de terra, de vermes do porão da vovó Gayler, e o que é aquilo verde no tapete? Marcy inclina-se e encosta o dedo. É musgo. Uma trilha que vai de onde ela está até sua mãe e Sonja, que estão paradas atrás do banco do piano com um braço em volta da cintura uma da outra.

Sua mãe e Sonja são exatamente da mesma altura e têm exatamente o mesmo cabelo escuro e crespo, mas Sonja é duas vezes mais larga de costas e ela não está se movendo, ao contrário da mãe, que está se balançando e cantando. Quando Marcy atravessa a sala, ela tem uma alucinação de que Sonja é a casca de onde sua mãe está saindo. Por apenas um segundo, sua mãe é Sonja saindo da hibernação, ela é a dançarina não tão gorda de quem Marcy se lembra, com uma pontada de saudade, de um tempo anterior ao nascimento de Joan.

Marcy fica em pé ao lado da mãe. Os dedos de *femme fatale* em miniatura de Joan saltam sobre as teclas, tocando uma versão jazzística de "Mister Sandman", enquanto o seu pé direito bombeia como se alcançasse o pedal. Até os pais de Marcy, que dizem que não sabem se Deus existe, concordam que é um milagre o fato de Joan tocar piano. "Perdoa-me, Senhor", Marcy consegue pensar finalmente. Os olhos dela ardem. "Toque 'Jesus é nosso amigo'", ela diz, e sem perder um compasso, Joan obedece.

Aquela noite, Marcy passa os dedos pelo cabelo de Joan num ato de adoração pela sua maciez de seda. Seu próprio cabelo, que é grosso, é como uma matilha de cães, ela diria. O cabelo de Joan é como um bando de anjos. Enquanto Marcy penteia o cabelo dela com os dedos, ela conversa sobre o *striptease* e sobre ter sido apalpada. Joan cantarola e se olha no espelho, com uma revista *Life* aberta no colo.

Toda noite Marcy se senta ao lado de Joan no *closet* e lê alto trechos da Bíblia. Depois ela tira as fivelas e fitas do cabelo de Joan e repassa o dia com ela, partindo do pressuposto de que as dúvidas e preocupações que surgem em sua cabeça são a contribuição muda de Joan para a conversa. "Nós não sabemos", ela diz agora, respondendo a pergunta silenciosa "Qual dos dois nós gostamos mais?" (Marcy ainda se refere a qualquer uma delas no plural quando estão sozinhas.). "Nós não *sabemos*", ela repete ansiosamente quando a pergunta é repetida de forma diferente, "Quem é o nosso único amor?" Então ela ouve, "E se Ziggy vir isso?" e toca na marca do chupão e diz: "Ele não vai ver." E se ele visse, o que será que faria? Marcy rói o canto da unha do polegar. "Nós estaríamos em maus lençóis", ela murmura, "isso é certo."

Ziggy é o seu namorado bonitão, louro e alto, e mais um do tipo forte e calado, mais um do tipo pária, no caso dele porque acha que todo mundo o odeia por ser filho de um nazista. As pessoas afirmam ter visto uma suástica tatuada no braço do pai dele, mas Ziggy disse a ela que no Dia do Armistício seu pai queimou o braço para removê-la com removedor de tinta.

— Eu nunca vou me esquecer dos gritos dele aquela noite — ele disse.

Gritos? Considerando que a voz do pai dele parece uma vitrola em rotação lenta, Marcy detectou uma mentira.

— Todo mundo acha que a suástica do seu pai é passável — ela disse.

— Talvez *você* ache que é passável — ele resmungou. — Todo mundo me odeia.

— Ninguém odeia você.

Ele enfiou um dedo nos olhos.

— Está nos olhos deles! — ele gritou. — Os olhos não mentem.

Não? Marcy tentou fazer dos olhos dela poços de amor. Ela o ama mais do que nunca quando ele perde a calma.

Ela se apaixonou por ele do modo que era mais comum para ela. Em um segundo não o amando, no segundo seguinte identificando-o como um alvo inocente. Predestinado, marcado. Em um segundo ele era apenas Ziggy, o garoto alemão bem na frente dela, e no segundo seguinte ele era um garoto que corria um grande perigo... não era possível dizer qual. Um acidente de carro num dia, uma garota como ela.

Era uma sexta-feira e ela estava sozinha, tendo desistido de esperar por Pammy, que, quando você caminhava junto dela, ficava o tempo todo parando para demonstrar surpresa pelo que você estava dizendo. Agora, naquele trecho da rua, só havia Marcy e Ziggy. Ela vasculhou na cabeça por uma boa desculpa, encontrou uma, correu atrás dele e disse: "Minha mãe estava imaginando se a sua mãe gostaria de entrar para o clube de bridge dela."

A mãe dela não pertence a nenhum clube de bridge. Por outro lado, a mãe dele não fala inglês, e acontece que Marcy sabe disto.

Ele parou e franziu a testa para ela.

— Acho que não — ele respondeu meio na dúvida, e ocorreu a ela que ele não fazia a mínima idéia do que fosse um clube de bridge.

— Oh, tudo bem, minha mãe estava só imaginando. — Ela continuou a andar ao lado dele, conversando sobre a escola, sobre deveres de casa, a professora, Miss Torg. — Você sabia que ela raspa os braços? — ela perguntou.

— Não. — Ele pareceu preocupado.

— Mais ou menos às três horas eles ficam com uma sombra de cinco horas. Você não notou?

Ele sacudiu a cabeça.

— Bem, é nojento.

Era uma tremenda mentira, mas ela tinha conseguido a atenção dele. Ela disse a ele que sua antiga *baby-sitter* raspava os braços *e* comia minhocas. Isto era apenas uma meia mentira.

— Eu costumava dar banho nela — ela disse. — Eu lavava seus seios nus! — Ela deu uma risadinha, espantada consigo mesma.

Ele tornou a parar. Será que ela tinha ido longe demais? Na sua imaginação, um nazista matou uma mulher idiota.

— Eu só tinha seis anos — ela diz depressa.

Ele balança a cabeça, olhando-a por cima do ombro.

— Aqui é a minha bela casa.

Eles estavam defronte de um bangalô de tijolos vermelhos, a última casa antes do trilho do trem. Era um verdadeiro chiqueiro. O gramado cheio de mato e pilhas de cocô de cachorro, uma cerca de estacas de madeira arreganhada como um pente velho, a porta da frente e o beiral do telhado com a pintura verde toda descascada.

Ele morava *ali*?

— O retrato da ordem e da eficiência — ele disse.

Ela olhou para ele. Havia um círculo vermelho perfeito, um olho de boi, em cada uma de suas bochechas. Com um movimento de cabeça, ele afrouxou o cachecol e pegou uma chave que estava pendurada num velho cadarço de sapato em volta do seu pescoço. Ah, então a mãe dele trabalhava, Marcy pensou. Ela começou a torcer o polegar. Se ao menos ela conseguisse arrancar fora o polegar! Consolá-lo com uma catástrofe pior do que a casa dele.

— É exatamente como a casa da minha avó Gayler — ela mentiu. — Nossa — ela disse, segurando os cadernos de encontro ao peito —, eu simplesmente adoro cercas de estaca!

Ela deu um sorriso radiante para a casa dele, mantendo o teatro porque sentia que ele a estava estudando. O filho de um nazista, um garoto alemão. Não havia como imaginar o que ele estava achando dela. Será que ela era magra demais? Oferecida demais? Será que ele tinha saudades das meninas gorduchas e louras de tranças e blusas brancas de mangas curtas e bufantes?

— Quando nós nos mudamos, isto aqui era um ninho de ratos — ele disse —, mas o meu cachorro quebrou o pescoço deles. Um por um.

Ela lançou outro olhar para ele. Ou ele estava tentando afugentá-la ou estava promovendo a casa dele de humilhante para aterradora. Ela continuou sorrindo. Ela estava determinada a se mostrar absolutamente encantada, então ignorou os ratos e agarrou-se ao fato de ele ter um cachorro.

— Que tipo de cachorro?

— Vira-lata. Metade beagle. — Os olhos de boi estavam clareando.

— Posso vê-lo?

— *Ela*. Yulia.

— Posso vê-la?

Ele franziu a testa, e ela achou que tinha sido um tanto insistente de novo.

— Ela tem um problema — ele disse. — Quando vê uma pessoa nova, ela late feito louca, e aí seus olhos, às vezes eles... — ele abriu os dedos na frente do rosto — saltam e ficam pendurados.

— Saltam fora? — ela disse.

— E ficam pendurados pelos nervos. — Ele sacudiu os ombros. — Ela deixa a gente colocá-los para dentro de novo. Ela é dócil com quem ela conhece.

— Uau! — Marcy disse.

— Mas é como você falou a respeito da Miss Torg. Um bocado nojento.

Dentro da cozinha mínima, cheirando a repolho, ela o viu ajoelhar-se diante de um cachorro rechonchudo, cor de pus, com uma cara feia de morcego e mamas penduradas até o chão. "Yah, yah", ele falou com carinho, e o cachorro, que um minuto antes estava latindo furiosamente e tentando morder os ioiôs que eram seus próprios olhos, agora estava sentado em silêncio enquanto Ziggy primeiro molhava as duas mãos numa tigela de água morna com sal e depois erguia cuidadosamente o olho direito e o colocava na órbita, enfiando para dentro o elástico roxo que Marcy presumiu que fosse o nervo.

— Por que você precisa ficar tão nervosa? — ele disse. — É só uma menina. Ela não vai fazer mal a você.

Marcy pensou em Gary e Cedric. Será que todo cara solitário tinha uma criatura repulsiva esperando por ele em casa? Ou isso só acontecia com os solitários que *ela* amava? Com os meninos que ela amava, porque pensando bem, até Al, seu namorado popular, morava na mesma casa que uma tia cega, biruta, que mijava na cadeira, e talvez ele não limpasse a sujeira dela, mas lia o jornal para ela. Cuidar dos doentes, limpar os leprosos, Marcy pensou apreensivamente, imaginando o que significava viver cercada deles.

Quando seus olhos estavam de volta no lugar, o cachorro saiu da cozinha, com seu rabinho de porco balançando, suas unhas batendo no chão sujo de linóleo vermelho e verde, e Ziggy levou a tigela de água para a pia. Um garoto grande, de pele rosada, suas orelhas bem-feitas parecendo asas de xícaras de porcelana. Seu amado. O que ele estava fazendo naquela cozinha imunda? Logo acima do chão havia tanta gordura grudada nas paredes verdes que sua primeira impressão tinha sido de que elas estavam cobertas por um papel de parede de *design* moderno, parecido com a estamparia da cortina verde da sala da casa dela, cujas pintas ela acreditava serem de prata verdadeira.

Oh, como ela gostaria de oferecer-lhe uma túnica feita com a cortina da sala de estar.

Ele abriu a torneira. Os canos d'água gemeram, um som que parecia sair da garganta dela. Ela deu um passo na direção dele. Depois outro. Com um dos dedos ela tocou nas costas dele.

Ele ficou imóvel. Como um cara com uma arma encostada nas costelas, ele ficou paralisado, com as mãos semi-erguidas. Então ela também ficou imóvel. Não ocorreu a ela nenhuma palavra e nenhum gesto, até que os canos começaram a estalar e ele estendeu a mão para fechar a torneira. Ela recuou, com uma sensação de formigamento descendo pelo seu crânio. O que ela tinha feito? Será que na Alemanha você podia tocar no rapaz primeiro? "Verdadeiramente, verdadeiramente", ela disse para si mesma. Lágrimas queimaram-lhe os olhos. Ela se virou para ver onde tinha posto os cadernos, e ao fazê-lo ele se virou e agarrou-a pelos dois braços. Pura fúria, foi o que ela contemplou, o queixo dele movendo-se de tal jeito que ela pensou que ele estava se preparando para cuspir.

Foi um beijo seco, de boca fechada, os lábios dele pressionando os dela.

— Foi para isso que você veio aqui? — ele perguntou asperamente quando terminou.

— Foi — ela murmurou.

Ele tornou a beijá-la. Os lábios cerrados, empurrando as gengivas dela de encontro aos dentes.

Aquela noite ela demonstrou o beijo para Joan, que afastou o rosto.

— Bem, como você acha que *nós* nos sentimos? — Marcy perguntou, ofendida. Joan continuou cantarolando. Derretida, foi a resposta não dita. Marcy suspirou, recordando, e Joan suspirou. — Ele é tão apaixonado — Marcy explicou sonhadoramente. — Ele é do tipo ciumento, no entanto — ela disse após um minuto —, vamos ter de tomar cuidado.

Ela bocejou. O bocejo de Joan foi de imitação, não de cansaço. Dentro de poucos minutos elas iriam para a cama para continuar a conversa lá, mas Marcy ia dormir imediatamente, no meio de uma fantasia romântica sobre ela e Ziggy presos no porão da escola depois da explosão de uma bomba atômica.

(Enquanto isso, Joan ficava deitada com os olhos abertos por trás dos óculos escuros, com a expectativa provocando ligeiros movimentos de trote em suas pernas.)

Algumas noites Marcy acorda e vai para o quarto da mãe espiar pela janela. "Você não devia nem ter saído da cama", sua mãe diz quando Marcy pede para ir brincar lá fora também. Anos antes a mãe tinha dito "Finja que é um sonho", e de manhã Marcy muitas vezes se perguntava se não tinha sonhado. É um tanto assustador. Seu pai caminha para a extremidade do quintal e desaparece. Ela consegue distingui-lo em quase toda faixa de sombra, mas normalmente sua forma humana surge de onde ela não estava olhando.

Enquanto que Joan, por causa do seu cabelo e do seu pijama, é sempre visível. Joan é uma luz nacarada. Seus braços são varas de condão brancas. A bola que ela agarra e atira não é uma pombinha, mas sim a parte branca da sua bola de borracha vermelha-branca-e-azul. Ela salta e corre e ri, você jamais acreditaria que se trata da mesma pessoa.

Joan é a pequena pianista que os sonhos de Marcy profetizaram. Na frente de quem "embolar" — qualquer que seja o sentido disso —, é como "embolar na frente do cachorro".

TREZE

HÁ ANOS QUE SONJA não precisa mais olhar para baixo nem contar. Está tudo em seus dedos, uma sensação, a mais segura possível, de ter prendido exatamente duas dúzias de grampos na cartela.

Se isso parece difícil de acreditar, veja-a tricotar. As agulhas voam. Diante dos seus olhos, cachecóis surgem como bandeiras estrangeiras em desenhos primitivos em ziguezague e berrantes combinações de cores. Rosa, roxo, turquesa e laranja. Preto, vermelho, pêssego e amarelo. "Eu simplesmente agarro um monte de novelos", é sua resposta-padrão quando perguntam por que ela escolheu aquelas determinadas cores. "Hã!", ela diz, avaliando um produto pronto como se ele tivesse caído do céu no colo dela. Em uma noite ela consegue produzir dois cachecóis e um gorro.

A família e os amigos podem pegar o que quiserem, e o resto ela guarda em caixas de papelão para ser recolhido, no Natal seguinte, pelo Exército da Salvação, para distribuição entre os pobres. No decorrer de um ano são aproximadamente oitenta caixas, ou quinhentos cachecóis e trezentos gorros, ao todo. Isso é um bocado de cabeça e pescoço de pobre, tantos que não é raro Gordon estar passando de carro pela cidade e enxergar um mendigo usando uma das criações dela.

Não há como se enganar — as cores ofuscantes, a franja longa e densa de seus cachecóis, os enormes pompons de seus gorros. Ele diz a ela que fica com o coração inchado quando isto acontece, mas a verdade é que ele fica com o coração apertado.

Não por ela, nem mesmo pelo mendigo, mas pelo contraste entre mendigo e chapéu. Seu coração fica apertado ao ver todo casamento ridículo e bem-intencionado, e este parece representar a infeliz essência disto. Uma vez ele viu meia dúzia de bêbados esparramados no chão do metrô, todos eles usando os cachecóis e gorros feitos por ela, e foi como dar de cara com um bando de pássaros tropicais espalhados por uma praia no Ártico.

Isto não quer dizer que ele não tem orgulho dela. É claro que tem. Da sua caridade, da sua generosidade, mas mais do que isto, do seu talento. Parece que ela é inteligente, afinal de contas! Lenta, não há como negar, mas com mãos de fada. No trabalho ele fica de olho em rapazes que imagina que possam apaixonar-se por uma moça bondosa, gorda, lenta, mas com mãos de fada. Até agora houve quatro candidatos: Bernie, o cozinheiro de prato feito, sem queixo, que trabalha na lanchonete; Ed, o revisor de rosto esburacado que vence concursos de velocidade em datilografia; e os irmãos Bowden, encadernadores gêmeos, baixos e gordos, que contam o final das piadas sem graça um do outro. Solteirões caseiros todos eles, mas com corações bondosos e horizontes estreitos, e sem um único osso gay em seus corpos até onde ele possa ver, embora nunca se saiba. Ele os convida para jantar na casa dele e eles vão. Eles conversam com Sonja, admiram seu grampo de um metro e meio de altura "Eu sou o máximo na Schropps", eles ficam impressionados com seus cachecóis e gorros, eles saem usando um cachecol e um gorro.

Mas eles a convidam para sair?

— Se ela ao menos usasse um pouco de batom — Gordon diz para Doris uma noite, enquanto tomam suas bebidas noturnas de rum com Coca-Cola. É fim de julho e eles estão parados na janela da sala para ver uma tempestade de raios. — E fizesse alguma coisa com aquele cabelo dela — ele acrescenta.

— Um dia ela vai encontrar alguém — Doris diz, passando a mão rapidamente pelo cabelo *dela*, mas sem se ofender. Ela está acesa demais. Esta manhã, na fila da Dominion, ela conheceu uma mulher morena e linda, igualzinha a Harmony La Londe, até no uniforme de enfermeira, no dente de ouro e na risada rouca. O nome dela era Cloris Carter. — Ei, nós rimamos! — Doris disse, e aquela risada de Cloris, a primeira lufada dela, deixou-a sentindo-se toda marrom-dourado nas extremidades. Quando ela sugeriu que as duas tomassem café juntas uma tarde, Cloris agarrou-a pelo pulso e disse:

— Sim, sim, vem na minha casa. — O olhar dela era qualquer coisa. Injetado de sangue, tórrido, como se ela estivesse deixando que Doris enxergasse dentro de suas artérias. Elas combinaram um encontro no sábado às duas horas. Doris ia levar seus biscoitos de gengibre. Na volta para casa, puxando o carrinho de compras num estado de terror e excitação (no caso de não ter avaliado bem Cloris, no caso de *ter*!), Doris notou três manchinhas vermelhas no pulso.

Agora, vendo a tempestade, ela fica levando o pulso aos lábios e sentindo a pequena emanação de calor das manchas.

— Existe alguém em algum lugar — ela diz para Gordon — que vai amar Sonja do jeito que ela é.

— Onde ela vai conhecer esse alguém? — Gordon pergunta quando um raio, três, quatro clarões, cruza o céu.

— Cinco Mississippi, seis Mississippi... — Doris conta. Quando o trovão soa, ela dá um salto e derrama um pouco da sua bebida. — Onde? — ela diz. — Na porta. — Ela enxuga a blusa molhada. — Ele vai aparecer de repente na porta! — ela diz com uma voz sonhadora (agora ela está pensando em Robin, a Moça da Avon). — Você vai ver. — Ela dá um tapinha no braço dele. Ela batuca no copo com as unhas. Faz uma associação inconsciente entre Robin* e passarinhos e diz com uma voz empostada, com sotaque britânico: — Foi o rouxinol e não a cotovia que furou o buraco do teu ouvido. Toda noite ele canta naquela romãzeira. — Ela corre até o canto e puxa o cordão para abrir mais a cortina.

* Nome de um pássaro em inglês — tordo. (N. da T.)

Gordon não diria que Doris tem uma lesão cerebral, mas ele secretamente desconfia que há seis anos ela sofreu um pequeno derrame. De tanto ler esses livros de neurologia, ele sabe que a mudança brusca de uma pessoa calma para uma pessoa nervosa e distraída pode ser o resultado de uma paralisia espástica. Pobre Doris. Sua esposa boa e negligenciada. Apesar dos planos ambiciosos que ela tinha para a carreira dele, ela alguma vez se queixou por ele não ter conseguido se projetar? Nem uma só vez. O que ela fez foi livrá-los das dívidas com aquela bolada do *Rainha por um dia* e depois prosseguiu neste caminho entrando em todos os concursos existentes, enviando embalagens de produtos aos montes, compondo pequenos poemas. É culpa dela se tudo o que ganhou desde o *Rainha por um dia* foi o segundo lugar num concurso de papel higiênico? O primeiro lugar teria sido um estouro. O prêmio era de cinco mil dólares. O segundo prêmio era ter sua fotografia impressa em cada pacote de dez rolos de papel higiênico. De gozação, Doris enviou uma foto de Bill Cullen (o apresentador de *Name That Tune*, um show de variedades na TV, que nunca respondeu as suas dezenas de cartas implorando para participar do programa) e — quem sabe?, talvez eles tenham gostado da brincadeira — mandaram de volta dez rolos com a cabeça de Bill Cullen. Que Gordon não conseguiu usar porque na época tinha uma queda por Bill Cullen. Ele suspira. Parece estranho para ele, agora, gostar de alguém assim tão velho.

— O que foi? — Doris diz.

Ele fita os seus olhinhos brilhantes.

— Você era uma ótima atriz — ele inventa.

Ela ri, satisfeita. E aperta o pulso.

— Muito boa — ele diz, com sinceridade desta vez.

— Bem, meu querido — ela diz, comovida com o tremor na voz dele —, digamos apenas que eu era uma atriz.

Ela não era nem isso. O mais perto que ela chegou, profissionalmente, disto foi quando atuou, abanando uma folha de palmeira, numa produção de verão de *Antônio e Cleópatra*, e

Gordon sabe disto, não porque ela tenha confessado, mas porque, por uma razão qualquer, suas mentiras mais antigas tornaram-se transparentes para ele. (Ele acha extremamente doloroso que isto tenha acontecido, como se um processo triste mas natural de envelhecimento tivesse destruído uma parte dela que um dia foi bonita.)

— Eu gostaria que Sonja tivesse algo assim — ele diz. — Um interesse externo, estimulante. — Então ele se lembra de que um dia ela teve um. — Puxa, por que ela não volta a dançar?

Doris ri.

— Gordon, ela pesa cento e vinte quilos.

— OK, isto a incentivaria a fazer dieta. — Mas ele começa a visualizar aqueles hipopótamos de *Fantasia*, os que dançam de *tutus*.

— Não se preocupe tanto com ela. — Ela bate na janela para espantar as mariposas que esvoaçam do outro lado da vidraça. Voem para Cloris! Ela ordena silenciosamente a cada uma delas. — Sonja é a pessoa mais feliz que eu conheço — ela diz, e marca um ponto porque percebe que é verdade. Ela começa a se balançar no ritmo da música que toca em sua cabeça.

— Eu não sei — Gordon diz.

— Isso é chuva? — Doris deixa o copo no braço do sofá e sai correndo da sala. Um instante depois ele ouve a janela sendo fechada.

Quando ela volta, ele diz:

— O que ela vai fazer? Morar conosco a vida inteira?

— Bem, por que não? — Ela senta na beirada do sofá e esvazia o copo.

— Vai para o túmulo virgem — Gordon diz.

Doris olha para ele, um olhar transparente e vazio como um espelho no qual ele deve enxergar o seu erro.

— Oh, puxa — ele diz. — Eu não sei por quê, mas nunca considero esse. Como era o nome dele? Um nome engraçado...

— Seu. Você lembra? — Ela se levanta. — Ele disse a ela "Chame-me de Seu." — Ela estremece. — Que canalha. Terminou?

Ela apanha o copo dele enquanto o céu se estilhaça e ambos sentem um impulso repentino, uma espécie de puxão arterial.

Passaram-se dois dias. É sábado. O primeiro dia da onda de calor continental, assassina, que bate todos os recordes e que, antes de terminar, dezoito dias depois, irá abater a vovó Gayler e um monte de outros aposentados enquanto eles estiverem arrastando compras de casa e cortando grama apesar dos alertas pelo rádio e pelos jornais. Ao longo de dois países, latas de ameixas secas e consomê cairão de dentro de sacos de papel e rolarão pelas calçadas. Cortadores de grama descontrolados invadirão jogos de amarelinha e atravessarão cruzamentos perigosos.

É o dia trinta e um de julho de 1965, o vigésimo sétimo aniversário do primeiro encontro de Gordon e Doris, não que algum dos dois se lembre disto. Faz dez anos que Gordon parou de fumar e ele também não se lembra disto. Só três datas são marcantes para ele: seu aniversário, o dia da morte de sua mãe, o dia em que Al Yothers entrou no seu escritório.

Depois do dia de hoje, são quatro datas. O fato de trinta e um de julho ser também o primeiro dia da onda de calor assassina de 1965, é algo que ele vai estar sempre esquecendo, ano após ano, a menos que saia alguma coisa a respeito no noticiário, e então se disserem que doze pessoas morreram naquele primeiro dia, ele vai pensar, Treze. O que significa que ele estará incluindo a si mesmo. Não o seu infarto quase fatal, mas a morte da idéia fútil que ele tinha de si mesmo até então como sendo um Homem que Não Estava Causando Nenhum Mal Verdadeiro.

Naquele sábado em 1965, durante a parte dele em que ele ainda se considerava inofensivo, ele já estava paranóico, sofrendo um dos seus ataques habituais. Então não é só por causa do calor que ele está suando. Sonja, sentada defronte dele na mesa de jogo e prendendo seus grampos, está *chovendo* suor, mas olha como ela trabalha!

Pelo menos tem uma brisa aqui. Aqui, debaixo do álamo, tem uma brisa e uma sombra e o cheiro agradável do feno e da grama recém-cortada cozinhando ao sol. (Ao contrário dos infelizes aposentados, Gordon não corta a grama, Doris é que corta. Por causa do sopro que ele tem no coração, ela diz, mas na verdade porque o ronco do lado de fora da janela do quarto deles às sete da manhã já é ela fazendo isso.)

Tem uma jarra de limonada rosada. Doris trouxe-a para fora antes de sair correndo de short e camiseta. No espaço entre a casa deles e a casa do vizinho, Gordon avistou-a sacudida pelo calor e pelo balanço do próprio corpo e talvez por sua própria incredulidade por ela sair na rua despida daquele jeito. Por ele já estar num estado de extrema inquietação, permitiu que a idéia de um outro homem lhe cruzasse a mente.

— Para onde está indo a sua mãe? — ele perguntou a Sonja.

Sonja, com a boca cheia de amendoins, disse:

— Ela vai levar biscoito de gengibre para uma negra que ela conheceu e que acabou de chegar no Canadá e ainda não tem nenhum amigo. Mas tem um dente de ouro.

Esse estranho relatório foi há uma hora. Agora passa um pouco das onze. Joan está tocando piano. Bach, sua nova paixão. Pela janela aberta do quarto dela (eles levaram o piano para lá) sua versão reduzida de *Goldberg Variations* marcha como formigas. Se Gordon não estivesse se sentindo tão paranóico, ele acharia reconfortante escutar a filha mais moça fazendo sua imitação de Glenn Gould enquanto ele lia um manuscrito na companhia de sua filha mais velha, que também está trabalhando no seu ofício, aliás. Se ele não estivesse se sentindo tão paranóico e se este manuscrito de Wild Bill Hickok não fosse tão horroroso e se ele conseguisse arranjar um título para ele. Na sexta-feira, sua grande inspiração foi *Duro na sela*. Ele estava dando tapinhas nas próprias costas até que sua secretária, Margo, com o ar inexpressivo de sempre, disse que achava que não era muito bom.

— Jesus — ele disse, percebendo de repente. Ele ficou estarrecido. — Eu preciso de umas férias — ele disse, dando uma risada fraca.

— Ou algo assim — Margo disse. Desde então, ele está apavorado, achando que ela sabe sobre ele. Que todo mundo sabe. Ele não tem um amante há três anos, mas o desejo está lá como uma dívida pendente. Como dever dinheiro para a Máfia, não tem como escapar disso, é pagar ou morrer. Quem *não* consegue ver os pintos nos olhos dele é o que Gordon gostaria de saber.

Portanto, a toda hora ele se vê olhando para Sonja e imaginando se no seu jeito ingênuo ela percebeu alguma coisa esquisita com relação ao seu velho pai. Uma possibilidade bem mais diabólica é ela saber porque Joan sabe. É Joan saber e ter comunicado o fato a Marcy e Marcy ter consultado sua irmã mais velha. Que por sua vez consultou Doris.

Mas espera aí, será que Joan sabe? Mesmo que ele tenha deixado escapar algumas coisas para ela, ela não entenderia, ela só tem oito anos, pelo amor de Deus! No entanto, ela é esperta, mais esperta do que parece. É melhor ele se cuidar, ficar alerta. Talvez ele não devesse se deitar, mas normalmente ele está tão cansado no fim do dia. Qual será o problema de deitar naquele chão? Será que existe alguma química no tapete? Há um ano mais ou menos que ela fica cantarolando o tempo todo enquanto ele está lá, e isso o acalma tremendamente, de uma forma quase hipnótica. Será que é o cantarolar dela, então? Não, ele *sempre* sentiu um impulso de abrir o coração para ela. Por quê? E (e é aqui que as coisas fogem do controle) por que ele não consegue distinguir entre o que ele disse em voz alta e o que ele apenas pensou? Palavras extremamente comprometedoras — "amante", por exemplo, ou pior: "bicha", ou até "Al Yothers" — parecem de repente ecoar nas paredes, e ele levanta a cabeça depressa e olha para o rosto atento dela no fundo do *closet*, enquanto as palavras, quer ele as tenha dito ou não, depositam-se como poeira nuclear. "O papai falou alguma coisa?", ele às vezes pergunta. Ela faz sinal que sim ou que não com a cabeça. Ou então muge. Ou estala a língua. Ou simplesmente continua a olhar fixamente para ele. Ele tem a sensação de que ela está dando a ele a resposta que corresponde a algum objetivo rigoroso, insondável dela, porque ele nunca viu no rosto dela nenhum ar de reprovação ou de choque. Nunca, sob nenhuma circunstância.

Agora veja Sonja... Ele tira o lenço encharcado do bolso da camisa e seca a testa enquanto a observa. No rosto *dela*, desde que ela saiu da escola pelo menos, ele não viu outra coisa a não ser satisfação. Ele adoraria poder acreditar nessa expressão. Ele costumava acreditar, mas agora não acredita mais. Em parte pelo fato de ela ter passado de gorda para obesa. Ele não pode acreditar que, por mais simplória que ela seja, ela não se importe. Ele não consegue acreditar que você possa ser uma mulher de vinte e quatro anos que nunca teve um encontro amoroso (OK, que teve *um* encontro) e não sofra com isso. Ele não consegue acreditar que uma pessoa satisfeita tenha apenas uma amiga e que essa amiga seja uma fazedora de cobertura de rosquinhas mal-educada, com botas de roqueiro e uma risada que parece uma furadeira elétrica. Ele fica parado na porta do quarto de Sonja, e o fato de que quase tudo que tem lá dentro foi feito por ela mesma — a colcha estampada de poodles com a cortina combinando, os quebra-cabeças envernizados e emoldurados da família real, os pompons enfeitando a penteadeira, a cobertura imitando pele que transforma a caixa de jóias num poodle, a caixa feita de bolotas de carvalho coladas umas nas outras de onde brota um buquê de cabeças de bonecas de porcelana presas em pauzinhos de maçã do amor — é a parte que ele acha realmente deprimente. Quando você pensa que ela idealizou estas coisas e dedicou tempo e esforço a elas! Talvez seja apenas mau gosto. Existe a possibilidade de que o que tem ali seja simplesmente Q.I. baixo combinado com habilidade manual, mas o que ele vê é pura e simplesmente infelicidade. A triste expressão de um desejo secreto de autodestruição, cuja outra face é o seu apetite.

O que é autodestruição? Engravidar aos quinze anos, por exemplo. Mas agora ele se pergunta se não é ele. Não que ela *saiba* que tem um pai esquisito, o que ele se pergunta é se um pai gay, por deixar inconscientemente de irradiar certos impulsos masculinos normais, prejudica o desenvolvimento emocional da filha. O seu desenvolvimento *intelectual*! Jesus, e se ela for lenta porque ele é gay? Não, isso é uma loucura. Ele levanta os óculos e enxuga o rosto com o lenço. Ele só pede que ela seja realmente feliz. Se estourar os miolos garantisse a felicidade dela, se o seu tronco num espeto fosse o preço pedido por Jeová... É bom saber que são esses acordos do Velho Testamento, mais do que os milagres, que ele tem pena de não ouvir mais falar hoje em dia.

— Trabalha.

Ele se assusta com a voz dela. Puxa os óculos de volta para baixo e vê que o elástico do decote da bata florida que ela está usando escorregou, revelando um ombro molhado de suor tão curvilíneo e carnudo quando um seio.

— Você tem de comer muito sal quando transpira — ela diz. Ela puxa o elástico para cima antes de se servir de um punhado de nozes.

— Tem razão — ele diz, muito impressionado, como sempre fica quando vê que ela sabe alguma coisa. Ele pega uma única noz e enfia na boca. — Uau, mas como está quente — ele diz impetuosamente. Como um pai normal sentado numa cadeira no gramado, ele se inclina para trás com os dedos entrelaçados atrás do pescoço e olha para o céu. A leste, ele está coberto por nuvens densas amarelo-acinzentadas. Bem acima dele, as folhas do álamo tremem, efervescentes. Ele torce para que outra tempestade esteja a caminho. Para pôr um pouco d'água naquele fogo. Está quente demais até para respirar, mas as pessoas estão fora fazendo coisas. O zumbido amplificado de um cortador de grama manual. Uma porta batendo. Meninazinhas gritando. Ou então gaivotas.

A sua meninazinha, a que nunca gritou, está tocando "Take the A Train".

Não pela primeira vez, ele indaga a si mesmo se Joan sentiu-se atraída para o piano porque é possível tirar dez notas dele ao mesmo tempo. Ele próprio não toca nenhum instrumento, mas se tocasse, seria o piano pela capacidade que ele tem em reproduzir simultaneamente os sons de uma orquestra inteira, e por isso é o instrumento que mais se aproxima da vida da mente, a única vida que permite que você viva tantas outras vidas. Ele fica escutando. Ele pensa no que Doris vive dizendo para as pessoas: "Você pode ser um gênio numa parte do seu cérebro e ainda assim ter uma lesão na outra."

— Eu gostaria que você não falasse em lesão cerebral — ele diz a ela.

— O que você quer que eu diga? — ela pergunta.

— Eu não sei — ele diz. — Nada, de preferência. Mas não lesão cerebral.

— Mas ela *tem* lesão cerebral.

— Segundo os neurologistas, certas funções parecem ter sofrido algum dano, é verdade. Mas não ficou ainda provado que esse dano é permanente.

— Foi isso que eu disse. Lesão cerebral numa parte do cérebro dela. Benzinho, vamos dar nome aos bois.

Eles haviam tido esta conversa centenas de vezes.

Ele esvazia o copo de limonada e olha para a janela do quarto. A pobre criança deve estar derretendo lá dentro. Ela tem um ventilador elétrico, mas precisava mesmo era de um ar-condicionado. Ele suspira e Sonja diz:

— Cinco centavos pelos seus pensamentos.

— Oh, eu só estava pensando que montanhas vou ter de remover para comprar um ar-condicionado.

— Eu compro um para você — ela diz. — Eu sou a Srta. Ricaça.

Ele endireita o corpo na cadeira. A salvação de Joan podia ser uma causa perdida, mas a de Sonja acabara de ser revelada a ele.

— Escuta — ele diz.

— Hmm?

— Eu quero que você use parte desse dinheiro para fazer uma viagem.

— Uma viagem?

— Para a Europa. Ou ao redor do mundo. Ao redor do mundo! Por que não? Num navio, primeira classe. Quer saber de uma coisa, eu vou providenciar tudo para você. Você só vai ter de fazer as malas.

— A mamãe diz que o dinheiro é a minha poupança para uma hora de necessidade.

— Ah, deixa isso para lá. Você pode juntar dinheiro de novo. Você é jovem, não tem responsabilidades. Agora é a hora certa de conhecer o mundo.

Ela agarra um punhado de grampos.

Ele põe a mão sobre a dela.

— Espera um instante.

Ela passa a língua pelo lábio superior. Ela sorri, mas sua mão sob a dele não está parada.

— Estou falando sério, meu bem. Você podia ver o Palácio de Buckingham, a Torre Eiffel, Paris, poodles franceses... — ele pensa na colcha do quarto dela e na caixa de jóias — poodles franceses *de verdade*! E você iria conhecer todo tipo de gente interessante. Uma viagem ao redor do mundo! Isto poderia mudar a sua vida.

— Oh, eu não quero mudar a minha *vida* — ela diz.

Eles se entreolham.

— Bem — ele diz —, pense nisso, pense bem nisso, OK? — Ele perdeu o entusiasmo, mas acrescenta: — Segunda-feira eu vou indagar numa agência de viagens, verificar os preços. — Ele dá um tapinha na mão dela e na mesma hora ela volta aos seus grampos.

O sol está de arrasar. Ele chega a cadeira um pouco para a esquerda para ter mais sombra. Ele se sente torrado, em cinzas. Aquele montinho de grampos pretos é ele, em cinzas. Ele apanha o lápis, torna a largá-lo. Despeja mais limonada no copo e dobra e estica a perna ruim. Berrando palavras com a letra "D" — "Degenerado! Depravado! Desviado! Distrofia!" — Ele achatou o conversível de encontro a uma árvore e quebrou o fêmur em três partes. Ele suspeita de que quando a sua perna parar de ter pontadas, seu coração vai parar também de senti-las.

— Você sabe quem eu sou? — Al disse. — Seu — ele disse. — Papai, eu sou seu. — Se alguém diz o que você estava louco para ouvir sem saber, é como a contagem regressiva no espaço, você não pode resistir.

Seu. Papai, eu sou seu.

Gordon põe o copo na mesa, tentando mantê-lo firme, mas sua mão está tremendo tanto que a limonada derrama.

— Upa — Sonja diz, e então, olhando-o com atenção: — Você está bem?

— Estou ótimo — ele balbucia.

— Você está branco como um fantasma — ela diz agradavelmente.

Ele limpa a garganta.

— Sonja.

Ela deixa cair uma cartela completa de grampos dentro da caixa ao lado da cadeira. Ele torna a limpar a garganta. O que ele está pensando é tão fantástico, tão maquiavélico, que o simples fato daquele pensamento ter-lhe ocorrido já deu a ele uma substância intolerável.

— Benzinho — ele diz.

— Hmm?

— Como... — Ele respira fundo e olha em volta. Um último olhar para o mundo intacto. — Como era o pai de Joan?

Ele nunca tinha perguntado antes a respeito do pai de Joan, nem Doris, ele tinha quase certeza disto. Desde o início o cara tinha sido descartado — de que adiantava mesmo? Então era de esperar que Sonja ficasse surpresa com a pergunta. Pasme. Ela ri. Ainda prendendo grampos, sem perder o ritmo, ela ri! E porque no tutano do osso da sua perna ruim Gordon sabe o que ela vai responder, o riso dela soa louco para ele, o que o afeta é a implacabilidade da sua serenidade, um segundo antes de ela falar, como sendo a coisa verdadeiramente louca.

— Quando eu penso nele, penso mesmo é em suas narinas — ela diz. — Ele tinha as maiores narinas que eu já vi na minha vida. Assim. — Ela faz um círculo com o polegar e o indicador. — Mas ele todo era enorme, gigantesco, tinha mais de um metro e noventa.Você jamais pensaria que ele pudesse ter algum parentesco com Joanie. Oh, puxa, eu quase esqueci! Ele tinha cabelo cor de cenoura! — Ela sorri satisfeita. — Honestamente. Ele me pediu para adivinhar o apelido dele e eu disse Vermelho, é claro...

A voz dela se confunde com o barulho de um jogo de tênis, o som de rolhas de champanhe. A luz diminui. Lá vai a luz, toda concentrada num único raio que arde através do bolso da sua camisa. "Sapatos de bobo da corte", Sonja diz, e isto soa como se alguém estivesse aumentando e diminuindo o volume. "Papai!", ela chama do convés de um navio já lançado ao mar, mas o raio se transformou num laço em chamas que prende seus braços e ele não consegue acenar para ela.

Ele está no hospital há duas semanas, num quarto particular pago pelo plano de saúde da sua companhia. Quem salvou a sua vida, pela respiração boca a boca e uma corrida cantando pneus até o hospital, que achatou o próprio gato, foi seu vizinho da frente, Harry Jolley. A mulher de Harry, Mabel, faz um bolo para Harry levar para o hospital. Ele é na forma de um gato com bigodes de chocolate, um rabo formando um halo e as palavras escritas com glacê cor-de-rosa no corpo: FIQUE LOGO BOM! Harry lê alto a inscrição para Gordon, cujos óculos quebraram quando ele caiu da cadeira do jardim.

— Ela deseja mesmo isso — Harry diz desculpando-se, colocando o bolo no parapeito da janela, no meio das flores. — Ela não culpa *você*. — Ele estala os lábios. Ele e Mabel não têm filhos. Harry vende isolamento de amianto e todo verão constrói um novo prédio na cidade de brinquedo do início do século que está construindo no quintal. A cidade se chama Tibbytown, em homenagem ao gato. As placas nas lojas anunciam Ração e Sementes Tibbytown, Armarinho Tibbytown, e assim por diante.

— A pobre coitada teve um problema de bexiga no ano passado — Harry diz. — Não foi brincadeira. — Gordon acha que ele está se referindo a Mabel, até que ele diz: — Então, para mim, ela parou de sofrer. — Ele dá um estalo com a boca, ele vive fazendo isso. Ele é a cara do Charles Laughton, a cabeça inchada, os lábios grossos. Em três anos, os primeiros lábios masculinos a tocar os lábios de Gordon foram os de Harry Jolley. Durante a visita de Harry, Gordon só consegue pensar nisto. Ele não sente nem gratidão, nem simpatia, nem repulsa. Ele sente o calafrio de uma ironia perfeita, e comparado a ele o calafrio da sua quase morte não é nada.

Quando Doris vê o bolo, ela diz:

— Quem foi o idiota que deu isto para você? — Por trás dos olhos fechados, Gordon quase sorri. — Que maluquice — ela diz —, não se dá bolo de chocolate para vítimas de infarto! — Ele ouve o barulho dela provando a cobertura, chupando o dedo. — Bem — ela diz —, Sonja vai dar cabo dele em pouco tempo. Vou levá-lo para casa se você não se importar.

Gordon continua fingindo que está dormindo. Já que não há como convencê-la a não ir lá três vezes por dia e já que ele não tem nada a dizer a ela, ele finge sentir a exaustão que ela tem tanta certeza de que ele deve estar sentindo. Ela anda de um lado para outro, regando as flores, tirando o pó, mudando o ventilador de lugar, experimentando as estações do rádio transistor, aparando as unhas, passando pedra-pomes na sola dos pés dele (que ficam pendurados para fora da cama), lavando o cabelo dele com shampoo a seco, abrindo a janela, tornando a abri-la quando a enfermeira a fecha, barbeando-o, alimentando-o... seu nervosismo formando entalhes ocultos ao redor do corpo dele. Ocasionalmente, ele se rende a uma espécie de feitiço e então, mesmo enquanto ela está passando a gilete pelo seu rosto ou enfiando comida pela sua garganta, ele realmente cochila.

De noite, quando ela leva Marcy e Sonja, ele mantém os olhos abertos. No entanto, ele quase não fala, e isso não é nenhum teatro. O rosto magro e assustado de Marcy, seus olhos míopes olhando para ele, é algo que ele não imagina que possa conseguir superar. Sentada na beira da cama, ela torce os dedos. Os dedos dela são quentes, na lareira de cada unha seu esmalte vermelho é uma chama. Toda noite sua primeira providência é comunicar uma mensagem de Joan. "Joanie foi lá fora sozinha ontem à noite. Joanie disse que você pode ficar o tempo que quiser com o rádio." Uma noite, ela chega carregando o gravador de Joan porque ela e Joan gravaram, especialmente para ele, Joan tocando "Mister Sandman".

— Lembra que você tinha esse disco? — Marcy diz enquanto ouvem a música. — Lembra? — Puxando o polegar dele, ela canta junto com a música "Please turn on your magic beam..."

— O som está ótimo. Não sei por que coelhinha quer outro — Sonja diz.

— Outro o quê? — Doris pergunta.

— Outra bugiganga dessas, outro gravador — diz Sonja, que deu aquele de presente a Joan no sétimo aniversário dela. — Na noite passada ela me entregou uma foto de um modelo grande e caro. Ela recortou do jornal.

Sonja, durante estas visitas, se espreme na cadeira em frente ao ventilador e faz tricô. O barulho das agulhas é mais alto do que em casa, pelo menos Gordon acha que é. E o cheiro do corpo dela — um cheiro de canja — é mais forte. Ele imagina se seus outros sentidos estão compensando a sua visão embaçada. Ele não consegue enxergar os traços dela. Com suas batas e seu tricô, ela é uma exuberância de cores, que deixa as flores no chinelo. No fim de sua primeira visita, quando ela se inclinou para beijá-lo, ele sussurrou:

— Meu bem, eu sinto muito. — Referindo-se a Al Yothers, não que ela pudesse saber disso, mas referindo-se também ao fato de o infarto não tê-lo matado. Não que pudesse saber disso também.

— Eu agradeço aos céus por estar lá — ela respondeu. — E pelo fato de o Sr. Jolley estar em casa. Ele fez respiração artificial em você, nossa, por uns dez minutos!, para dizer a verdade, eu achei que você estava morto, e a Sra. Jolley também, mas o Sr. Jolley se recusou a parar, ele não desistiu. Ele inflava as bochechas — ela demonstra — e continuava a soprar. — Lá veio o hálito dela cheirando a amendoim. — A soprar, a soprar e a soprar.

Gordon concluiu que Al Yothers seduziu Sonja enquanto ele e Al eram amantes. Ele foi mais longe: calculou que houve um intervalo de menos de cinco horas entre uma penetração e outra — a de Al nela e a dele em Al —, porque ele tem certeza de que ele e Al se encontraram naquela mesma noite. Foi a noite em que Al ficou falando a respeito de virgens.

— Como tirar um doce de um bebê — foi a sua trenodia. — Tirar um doce de um chato de um bebê.

— Você gosta de tirar doces de bebês? — Gordon perguntou.

— Depende do bebê — Al disse, lançando-lhe um olhar furtivo que, dada a suposição por parte de Gordon de que eles estavam falando de *garotos* virgens, apontava para o querubim cujo cigarro ele o tinha visto acender do lado de fora do restaurante chinês onde ele e Al se encontravam.

Ele concluiu que a culpa não era dele. Como ele poderia ter adivinhado a espantosa voltagem da vingança de Al quando estava tão cego que nem sabia que as luzes estavam *acesas*? Escrever AL ESTEVE AQUI nas suas costas foi mais do que uma luzinha, ele entendia agora, mas na época o caso tinha terminado e você podia argumentar que aquilo era a idéia idiota que Al fazia de uma brincadeira ou até mesmo que era a forma de Al garantir que Gordon não voltasse, não tornasse a aparecer para provocá-lo. Como Gordon fica repetindo para si mesmo, saber que alguém não o ama não é necessariamente o mesmo que saber que alguém passa as noites acordado espetando-o para ver onde a faca entra melhor.

Não, a culpa não é dele. Não é nem mesmo uma tragédia. É uma bênção. Foi como Joan veio ao mundo. Gordon chegou a esta conclusão. Agora tudo o que ele tem que fazer é acreditar nela. Ele não consegue parar de pensar em quando tinha seis ou sete anos, quando depois da mãe dele dar-lhe um beijo de boa-noite ele a fazia olhar debaixo da cama e dentro do armário. "Está limpo", ela dizia, "nenhum assassino." Ele também nunca acreditou nisso, embora acreditasse nela. Algumas noites ele ficava acordado até o dia amanhecer, e ele ainda está convencido (de forma irracional, nem precisa dizer isso a *ele*) de que ao se recusar a acreditar na versão dela de "Está limpo", ele salvou a própria vida.

Salvar a própria vida é o que menos interessa a ele atualmente. Só que ele tem de dar duro para pagar as contas. Qual é a chance que ele tem de conseguir um seguro de vida decente agora? Uma noite, depois que Doris e as meninas saíram, ele se sentiu tão desanimado, que desceu da cama e esticou os dois braços para cima porque o médico tinha dito que a coisa mais perigosa que ele poderia fazer nos próximos meses era esticar os braços acima da cabeça. Gordon não fazia a mínima idéia do motivo, mas experimentou. Ficou ali parado com a camisa levantada e os dedos tão próximos da luz que dava para sentir o calor da lâmpada. O vento do ventilador na altura das suas canelas fazia a calça do pijama bater, uma sensação de desamparo. Com os braços ainda esticados para cima, ele foi até a janela e imaginou se esta era uma das coisas mais perigosas de fazer porque o setor de cardiologia fica no último andar e as janelas são grandes e fáceis de abrir, de modo que depois que você assume aquela postura, o que o impede de mergulhar na direção do estacionamento?

De volta na cama, ele chorou. E sabe de uma coisa, foi nessa hora que o pastor da igreja presbiteriana, a que Marcy costumava freqüentar, apareceu. Como se tivesse passado a semana inteira espreitando atrás da porta, esperando por sua grande deixa. Para encurtar a história, ele acabou masturbando Gordon. Durante toda a conversa mole e as orações, Gordon simulou total exaustão, mas quando o pastor disse que tinha passado um ano num pulmão de aço quando era criança, Gordon abriu os olhos e disse: "Puxa, coitadinho."

O pastor sacudiu os ombros. O nome dele era Jack Bean. Ele parecia uma criança fantasiada para fazer o papel de um homem mais velho. Cabelo prateado e montes dele, estrutura delicada, sardas cor de caramelo sobre um nariz de botão, dedos finos e delicados arranhando a Bíblia. Um homem de trinta anos prematuramente grisalho, Gordon avaliou. O muxoxo surpreendeu-o. Gordon havia oferecido a ele numa bandeja a oportunidade de falar sobre os desígnios misteriosos de Deus, mas em vez disso ele pareceu confuso, até mesmo ressentido. "Foi uma tortura", ele disse, levando Gordon a dar-lhe um tapinha no joelho, de um modo puramente paternal.

Mas a perna de Jack deu um salto e chutou a cama. Ambos pularam. Gordon tirando a mão. Um olhar passou entre eles, inconfundível. A mão de Gordon pairando sobre o joelho de Jack como uma bênção. Deixar a mão tornar a pousar ali foi a coisa mais natural do mundo.

— Por que você estava chorando? — Jack perguntou. Ele olhou para a porta. Ela estava fechada, ele a tinha fechado. Ele passou da cadeira para a beirada da cama enquanto Gordon, simplesmente por ficar com a mão parada, viu-a pousada no meio da coxa de Jack.

— Eu não me lembro — Gordon respondeu.

Jack movimentou os dedos por baixo do lençol. Quando alcançaram a coxa de Gordon, eles pararam.

— E quanto ao seu coração? — Gotas de suor como braile na testa dele.

— Forte como um touro.

Jack aninhou-se no ombro dele.

— Deus perdoa tudo — ele murmurou.

CATORZE

A AMIGA DE SONJA, Gail, levanta os olhos da revista e diz:
— Você está comendo isso! Ah, sua porca, eu não posso acreditar! Que porca gorda!

Só sobraram a cabeça e o halo. O resto Sonja comeu na noite anterior. Ela escolhe um bigode de chocolate meio derretido e o devora rapidamente.

— Se *você* não quer engordar, é melhor não comer.

Gail vira para um lado, trocando olhares com uma testemunha invisível.

— Bem — ela diz, tornando a se virar para Sonja —, muito obrigada. — Ela tem dois tipos de voz: aborrecida e, esta aqui, sarcástica. — Muito obrigada por esta dica realmente fantástica.

Um sorriso malicioso mas afetuoso de Sonja. *Ela* sabe quando a estão fazendo de boba.

São cerca de duas horas da tarde de mais um dia escaldante. Pelo sétimo dia consecutivo Sonja está preparando suas cartelas de grampos no quintal. Cobertura de rosquinha vira água com este calor, então Gail teve dispensa de novo do trabalho, e já que mora num sótão sem ar-condicionado e que "não tinha nada melhor para fazer" agora que terminou com o namorado, ela foi até lá para pegar uma cor. Ela está usando uma roupa de banho xadrez com um corpinho imitando renda que dá a impressão de que ela é bem desenvolvida. Um laço xadrez combinando marca o lugar na cabeça onde a franja se separa do resto do cabelo, que quando ela e Sonja se conheceram — no Schropps, onde Gail também prendeu grampos durante três dias — era amarelo cor de gema de ovo, mas que agora é branco-cinza e quebradiço, fazendo Sonja lembrar-se daquela coisa que se põe no fundo das cestas de Páscoa. As unhas dos pés dela são pintadas de cor da pele, cor de lápis de cera cor da pele. Os pés dela são tão finos que quando ela tirou os sapatos Sonja mentalmente contou os dedos, duvidando da existência de cinco. Isto foi quando Gail estava sentada na outra cadeira de jardim e estava com os pés em cima da mesa... antes de Sonja descrever Gordon fazendo um barulho de água descendo pelo ralo, depois tombando para fora da cadeira. "Não *desta* cadeira", foi a reação de Gail, e ela levantou os braços como se os braços da cadeira estivessem cobertos de estrume, depois levantou-se e estendeu a toalha na grama, mandando que Sonja passasse loção na parte de trás das pernas dela.

Sonja ergueu-se da cadeira e ficou de quatro no chão.

— Você é uma magricela — ela disse enquanto passava a loção de bronzear.

— Vai lamber sabão.

— Vai ver se eu estou na esquina — Sonja respondeu alegremente. Como Gail a fazia lembrar de Sniffers, o hamster que ela tinha! Toda vez que ela tentava fazer festa no Sniffers ou até mesmo colocar comida na gaiola dele, ele a mordia. No fim, ela foi obrigada a jogá-lo no vaso e dar a descarga.

Gail, da mesma forma, não se anima com a chegada de comida. Quando Doris levou para fora o bolo de gato, o que tinha sobrado dele, Gail disse:

— Nossa, que horror!

— Não precisa ser tão delicada — Doris disse, colocando o bolo sobre a mesa.

Gail suspirou.

— Tenho certeza de que está delicioso, Sra. Canary. Eu estava querendo dizer que engorda. — Ela teve de gritar a segunda parte porque Doris já estava perto do varal, retirando os lençóis.

— Aliás, Gail — Doris chamou de lá —, você pode tomar conta da Joanie esta noite? Só por umas duas horas, enquanto nós estivermos no hospital?

— Nossa, eu adoraria — Gail disse. — Mas eu tenho um compromisso.

Isto não era verdade. Poucos minutos antes ela estava resmungando que não tinha nada para fazer aquela noite.

— A Sra. Jolley não vai ficar com ela? — Sonja perguntou.

— Ela não pode — Doris disse. — Vai buscar Tibby no taxidermista.

Depois que Doris saiu, Sonja perguntou a Gail por que ela tinha mentido, e Gail disse:

— Porque a sua irmãzinha esquisita me causa arrepios.

— Hum — Sonja disse após alguns instantes. Ela não conseguia entender isso. Era como uma rosa causando arrepios, um coelhinho. — Tem de tudo neste mundo — ela observou, sabendo que era verdade. Sabendo que a verdade era só aversão.

— Cala a boca e escuta — Gail disse. — "Trinta e duas maneiras de acabar com o tédio do verão." — Ela estava lendo da revista. — "Uma, dê uma festa contra o tédio. Organize uma demonstração ao redor de uma piscina ou ao longo de uma praia. O melhor cartaz ganha um prêmio." — Ela ergueu os olhos, com uma expressão de horror e incredulidade, exatamente como uma pessoa tendo um infarto (Sonja agora podia avaliar). — Quem pode ter inventado uma burrice destas?

Agora, enquanto Sonja devora o bolo antes que ele derreta, Gail a está obrigando a fazer alguma coisa chamada "Miss Sophisti-quiz", cujo tema é "Você está no ritmo dos sessenta?".

— "Ele está muito impressionado com Bob Dylan" — Gail lê. — "Você diria que Bob Dylan é, um, um comediante fantástico? Dois, um tremendo compositor de protesto? Três, um trepidante poeta galês?" — Ela a contempla com os olhos apertados. — É melhor acertar esta.

— Um trepidante poeta galês? — Sonja arrisca.

— Você é tão *burra*! — Gail grita. Ela fecha a revista e deita de costas. — Não posso acreditar que você seja tão burra. — Ela se contorce. Parece ter arrebentado o apêndice. — Nem sei para quê estamos fazendo este questionário. Como se alguém fosse convidar *você* para sair.

— Para sua informação, Senhorita Sabe-tudo, eu já tive um ou dois encontros na minha vida.

Gail ri, aquela risada dela que sempre faz com que Sonja tenha vontade de quebrar alguma coisa.

— Ah, é? — Gail diz. — Com quem? Com o Sr. Schropp?

O Sr. Schropp, patrão de Sonja, tem mais de setenta anos.

— Isso — Sonja diz — quem sabe sou eu, e você, se quiser, que descubra.

Com "um ou dois encontros" ela estava querendo dizer três. Todos com Hen Bowden. (*Ela* não inclui Seu.) Eles aconteceram em três tardes de sábado consecutivas, quase um ano antes, e até agora isso era um segredo muito bem guardado. Nem mesmo Doris sabia. O primeiro encontro, que foi mais uma paquera, aconteceu perto do fim de setembro. Ela estava parada no ponto de ônibus, a caminho do Schropps, com sua caixa de sapato cheia de grampos defeituosos. A sistemática de trabalho no Schropps era que você comprava seus grampos e cartelas, e no último sábado de cada mês, se quiser se dar a este trabalho, você pode devolver os grampos com defeito (os que não têm a pontinha de plástico), recebendo um centavo por grampo. Sonja se dava a este trabalho. Num único mês, ela preenche tantas cartelas de grampos que chega a ganhar dez dólares extras com os defeituosos.

A única pessoa que está lá nos sábados é o Sr. Schropp. Ele odeia quando alguém aparece para ser ressarcido. Quando entrega o dinheiro, ele resfolega como se você o estivesse matando. Mas Sonja não estava preocupada com isso. Como ela costuma fazer quando está esperando o ônibus e não tem onde se sentar para fazer o seu tricô, ela estava imaginando as aventuras secretas dos poodles do quarto dela, o que eles fazem quando ninguém está olhando. Há cinqüenta e sete deles, sem contar com Mimi, a poodle da caixa de jóias. Mimi é o líder, ela se comunica fazendo sinais com lenços de papel. Os outros, os poodles da colcha e da cortina, sobem uns em cima dos outros e formam uma pirâmide para espiar pela janela. Como eles amam Sonja, eles se transformam em espanadores e limpam o quarto dela. Depois eles dançam nas pernas traseiras. Como Sonja ia ficar fora várias horas naquele sábado, os poodles estavam fazendo travessuras. "Comportem-se!", Mimi sinalizou. Mas os poodles enfiaram-se na gaveta de roupa de baixo de Sonja e brincaram de pular corda com o cadarço do seu velho sapato de duas cores, e, oh, não!, agora os safadinhos estavam brincando de lutar espada com os grampos!

Nem precisa dizer que quando a buzina tocou Sonja estava a quilômetros de distância.

Um Volkswagen branco. O motorista — um homem de cabelo encaracolado castanho-avermelhado e uma cara grande e contente — abriu o vidro, enfiou a cabeça para fora e disse:

— Entra aqui, garota.

— Não precisa — ela disse.

— É Hen Bowden! — o homem anunciou. — Será que você já se esqueceu de mim?

— Oh, Sr. Bowden — ela disse, lembrando-se dos gêmeos que o pai havia levado para jantar na casa deles um mês antes. Ela riu enquanto se aproximava do carro. Os irmãos Bowden! Que dupla estranha.

— Me faz um favor, esquece o senhor... Me dá isso... — Ele estendeu a mão para a caixa. — Vou colocar no banco de trás. — Ela estava tentando entrar no banco do carona, mas não estava cabendo junto com a caixa. — O que tem aí dentro? — ele disse, sacudindo a caixa. — Ossos de formiga? — Ele riu, um único "Ha!" que a fez dar um pulo. O irmão dele tinha a mesma risada.

Quando eles foram jantar na casa dela, seus "has" separados tinham soado como uma pessoa rindo normalmente mas em câmera lenta.

Hen se virou para colocar a caixa atrás dela. Quando ele tornou a virar-se para a frente, o peso dele ajeitando-se no banco fez o banco gemer.

— O que foi que você disse? — Ele se dirigiu ao banco. — Faz uma dieta, seu gordo desajeitado! — ele respondeu com uma voz rouca. Depois olhou para baixo e gritou: — Está bem, eu vou pintá-lo, mas de que cor? Ha! — Ele se virou para ela, sua cara coberta de sinais cordiais como um bolo de passas. — Para onde? — Ela parou de rir e disse para onde ia, e ele disse: — Perto da estação de trem, exatamente para onde eu estava indo. Diz uma coisa, a que horas sai o próximo trem?

— Nossa, eu não sei.

— Dois, dois, dois. (Onomatopéia — Two, two, two.)

Ela consultou o relógio.

— Espero que você seja um motorista veloz.

Ele foi fazendo gracinhas até chegar no Schropps.

— O que tem aí na sua gola? — ele perguntou. Quando ela baixou a cabeça para olhar, ele deu um peteleco no nariz dela. Ela perguntou pelo irmão dele e ele disse: — Len? Len está em casa jogando paciência. Ha! — Então ele acrescentou: — Pobre Len, ele pensa que é um baralho.

— É mesmo?

— Foi a um psiquiatra, o psiquiatra disse "Eu *embaralho* você mais tarde." Ha! Eu conheço um cara, isto é verdade mesmo, eu juro, eu conheço um cara que pensa que é um par de cortinas.

— É mesmo?

— Foi a um psiquiatra e o psiquiatra disse a ele para juntar as pontas. Ha! É claro que eu acho que sou um bode, venho pensando nisso desde criança. Ha!

Quando ela entendia a piada, se é que entendia, ele já estava contando a próxima e ela já tinha rido da risada dele. Ele era o homem mais engraçado que ela já tinha conhecido, muito mais engraçado sem o Len para se antecipar, contando o final das piadas. Pensando bem, talvez fosse *ele* que contasse o final das piadas do Len. O pai dela tinha dito que ninguém sabia distinguir um do outro, que eles tinham enlouquecido o cachorro deles fingindo estar em dois aposentos da casa ao mesmo tempo. Que piada devia ser a casa deles. Ela os imaginou dando barrigadas um no outro, como tinham feito aquela noite no jantar, fingindo lutar e dizendo: "Ora, seu sem-vergonha... Eu vou acabar..."

No Schropps, quando ela saltou do carro, Hen disse que ia ficar esperando. Ela se inclinou na direção da janela do carona e disse que já eram quase duas e vinte e dois, que era melhor ele se apressar, e ele disse:

— O que eu vou fazer com você, garota?

— O quê?

— Ha!

Quando ela voltou para o carro, ele disse que sabia onde serviam a melhor galinha com bolinhos da cidade, que tal irem até lá? Calculando que ele tinha desistido de pegar o trem, ela disse: "Claro." Não esqueça, ele era amigo do pai dela. "Você não vai se arrepender", ele disse, passando a língua na saliva do canto da boca. Ela também ficou com a boca cheia d'água. De repente ela estava com fome — tudo era comida. A calça xadrez marrom dele era waffles. O cabelo dele, milho caramelado. Ela continuou a salivar e ele a contar piadas. A razão pela qual ele e Len eram encadernadores era por estarem *resolvidos* a se darem bem.* Ele era noivo, mas agora estava livre e solto. Ele queria um monte de filhos, e pretendia ajudar a alimentá-los, uma vez que um bebê precisava de mamadeira ou de... peito. "Peito" deixou-a sem graça — embora ela não tenha conseguido evitar o riso — e ela olhou pela janela. Eles estavam passando

---

* O trocadilho fica sem sentido em português. Em inglês, encadernador é *bookbinder* e *bound* significa resolvido ou, também, encadernado. (N. da T.)

pelo lago, a faixa de jardim e praia a leste do Centro da cidade. Ondas com cobertura de suspiro. Areia de açúcar mascavo, meninos de bolo de gengibre. Ela pensou numa piada.

— Você gosta de comida chinesa?

— Nossa, se gosto.

Ela puxou os cantos dos olhos.

— Então me coma — ela disse.

Ele olhou para ela, espantado.

— Então me coma. Entendeu? Eu sou chinesa.

— Oh, claro. Você é comida chinesa.

Ela suspirou e disse:

— Puxa, eu não sei mesmo contar piadas — e ele disse:

— Vamos manter isto em segredo.

— Manter o quê? A piada?

— Este dia.

— Vinte e seis de setembro?

Ele sorriu.

— Por que você acha que nunca recebeu um telefonema meu ou de Len?

— Ummm... — Ela ficou batendo com um dedo no queixo. — Não me diga. — Telefone, ela pensou. Discar. Hen (galinha). — Porque uma galinha não fala, ela cacareja?

— Porque nós *dois* gostamos de você. Brigamos por sua causa, se você quer saber. Quase nos estrangulamos com aqueles cachecóis que você deu para nós.

Ela não podia imaginar que ele estivesse falando sério.

— De qualquer maneira — ele disse —, nós fizemos um trato. Nenhum de nós podia convidá-la para sair. Mercadoria intocável. Mas, puxa vida... — Ele sacudiu a cabeça e sorriu para ela.

Ela levou alguns instantes para perceber que a mão dele estava no joelho dela. Ela olhou para aquela mão ali grudada, sardenta e gorda, como uma espécie de estrela-do-mar. Só que era a mão de um homem. No joelho dela. Ela tornou a olhar pela janela, chupando os dedos e tentando entender o que estava sentindo. Nem um pouco arrebatada. A verdade é que podia ser qualquer coisa sobre o seu joelho. Um poodle. Um banjo.

No restaurante, ele estava agitadíssimo. A garçonete — Vicky, dizia a placa no uniforme dela — perguntou se eles queriam a galinha abafada no molho e ele disse: "Que diabo, Vicky, mate-a como você está acostumada a fazer." Ele contou piadas de retardado mental sem parar. Sonja também sabia uma piada de retardado — "Por que o bebê retardado (*moron*) caiu do penhasco? Porque ele estava debruçado demais (*more on*)", e ele riu mas ela percebeu que ele já conhecia a piada. Vicky, no entanto, deu gargalhadas. Como Hen explicou depois, Vicky era albina. Pele muito branca, cabelo louro quase branco, combinando com olhos cor-de-rosa que piscavam um bocado. Ela também sabia uma piada de retardado — "Por que o retardado anda com a braguilha aberta? Para poder contar até onze." Sonja não entendeu e achou que como a braguilha do retardado estava aberta a piada era grosseira, mas riu para ser gentil.

— Ora, Vicky, Vicky — Hen disse. — A Sonja é uma garota decente. — Vicky olhou Sonja de alto a baixo, e então, suspirando, serviu-lhes um café que eles não haviam pedido e disse:

— Eu também já fui uma garota decente, mas quando você engravida depois de ter sido mais ou menos estuprada, perdão, talvez eu devesse ter dito "forçada contra a minha vontade", e então o pai some e você é obrigada a desistir do bebê, e aí você descobre que o bebê tem lesão cerebral, bem, desculpe, mas você desiste rapidinho de ser "decente".

Hen deu um assobio.

— Puxa, Vicky, que horror. — Ele rodeou a cintura dela com o braço. — Mas quem foi que disse que você não é uma moça decente? Mostre-me o rato que disse isso! Leve-me até ele! Ora eu devia... — Ele se virou para Sonja. — Vicky é a garçonete mais simpática que nós já tivemos, não acha?

Não olhe para Sonja. O coração dela está disparado, as palmas de suas mãos estão pingando. *Agora* ela está sentindo como se um homem estivesse com a mão no joelho dela. Vicky tinha falado sobre *ela*, foi isso que Sonja achou. Ou talvez...

Será que Vicky tinha algum parentesco com Joan? Aquele cabelo quase branco, aquela pele branca. O que ela queria dizer era, será que Vicky e Joan tinham tido algum parentesco numa vida anterior? Ela viu Vicky revirar os olhos cor-de-rosa e rir de Hen, depois anotar as despesas deles, contornar as mesas e entrar na cozinha. Com seu ouvido esquerdo, ela ouviu Hen dizer: "Dois é bom, três é demais." Sentindo-se nervosa, como um trem tentando alcançar o topo de uma montanha, ela encheu a boca de bolinhos e olhou para a porta de vaivém da cozinha.

Que coisa horrível. Ela tinha esquecido que Joan era a reencarnação de alguém e agora ia acontecer uma coisa dessas. Um aviso. O último fora dois anos antes. Ela estava na lavanderia, procurando um pedaço de veludo no saco de retalhos para fazer os chapéus das suas bonecas de porcelana e encontrou uma camisa branca de homem que tinha ALI ESTEVE AQUI escrito nas costas. Na mesma hora ela soube que se tratava de uma mensagem da Insensível Alice — ou Ali —, a mulher que todo mundo em Dearness tinha dito que Joan era antes de nascer. Ela largou a camisa e gritou. Isso quer dizer que a garganta dela emitiu um som que Doris, na cozinha, achou ser alguém mexendo no varal do lado de fora.

— Era *você*? — Doris riu. — Benzinho — ela disse —, o que está havendo com você? — Porque quando Sonja a levou até a lavanderia para mostrar-lhe a camisa, esta tinha desaparecido!

Enquanto isso, no restaurante, Hen contou mais umas piadas de retardado, e o que Sonja achou que fossem bondes passando do lado de fora era ela mesma rindo — seus pulmões e seu peito parecendo um carro que continua a explodir depois que você desliga a chave. Nossa! — ela pensou, quando percebeu. Ela olhou para as próprias mãos, esperando vê-las tricotando. Nunca se sabia quando se tratava do seu corpo, ele parecia ter vida própria! Agora ela já estava respirando melhor e repetindo para si mesma "Joanie era Alice, Joanie era Alice", para mostrar a quem quer que tivesse enviado o Aviso que ela não tinha esquecido, embora de certa forma tivesse.

Ela ficou grata porque, no caminho de volta, durante a primeira parte do trajeto, Hen ficou calado. Ele mastigou um palito enfiado no canto da boca e arrotou, então Sonja também se permitiu alguns arrotos. Quando ele finalmente falou, foi, por coincidência, para perguntar por Joan, que, é claro, tinha ficado no quarto na noite em que ele e Len tinham ido jantar lá, mas que ele tinha escutado tocando piano.

— Como vai Mozart? — ele disse.

— Engraçado você perguntar isso — ela disse. — Quer saber de uma coisa? Vicky me fez lembrar dela. Eu nunca tinha visto antes alguém com o cabelo tão claro e com uma pele tão branca.

— O quê! — Os olhos dele pareciam estar balançando na ponta de uma mola. — Joan é albina?

Foi então que ele explicou o que era ser albino. Falta de pigmentação, olhos cor-de-rosa.

— Os olhos de Joanie são verdes — Sonja disse.

— Verdes, isso é bom, isso é bom. Provavelmente ela é apenas uma dessas louras realmente louras. Os albinos não vivem muito, você sabe.

O coração dela deu um salto.

— Oh, eu tenho certeza de que ela não é albina. — Ela olhou para baixo. Lá estava a mão de Henry no joelho dela de novo.

— Eu também tenho certeza de que ela não é. Ei, se você quiser *di-late* (trocadilho usando o verbo *dilatar* e a expressão *morrer tarde — die late*), torne-se um optometrista. Ha! Escuta, por falar em encontros (*trysts* — optome*trista*), os nossos vão ter de se restringir às tardes de sábado. É quando Len tem suas aulas de pintura a óleo. Eu digo a ele, sabe, Len, artistas são inatos... aí é que está o problema. Ha! Bem, nós só vamos poder nos encontrar uma vez por semana, garota.

— Está bem. — Quando foi que ficou acertado que eles iam passar a se encontrar? Ele deu um tapinha no joelho dela e disse para ela não se preocupar, que ele ia arranjar um jeito de contar a Len sobre ela antes do casamento, mas enquanto isso... — É melhor guardarmos segredo a respeito disto, e do seu pai também. — Agora eles estavam parados defronte do ponto de ônibus onde ela estava parada três horas antes. Ele cuspiu o palito no chão. — Mesma hora, mesmo lugar?

— Acho que sim.

Ele a beijou, o primeiro beijo dela. Isso a fez se lembrar de quando um cavalo comeu cubos de açúcar na palma da mão dela. Quando terminou, ele olhou bem para ela.

— Vamos ter de melhorar isto — ele disse.

Ela resolveu, enquanto caminhava para casa, que se ele estivesse falando sério sobre casamento, ela iria contar a ele que não era virgem, e isso poria um ponto final nas coisas. Ela *não era* virgem, era? Será que importava o fato de você ter tido ou não um orgasmo? Ela tinha quase certeza de que não tinha havido nenhum orgasmo. Ela *tinha* tido um bebê depois de ter sido "mais ou menos" estuprada, embora ela nunca tivesse encarado as coisas daquela maneira.

Ela parou e apertou as têmporas com a palma das mãos. Ao recordar a espantosa revelação de Vicky, ela teve a sensação de que sua cabeça tinha sido atingida por um par de pratos. Ela tentou raciocinar direito. Você não pode ter um bebê e permanecer virgem, a não ser que você seja a Virgem Maria. OK, isto fazia dela uma não virgem.

Não que ela não tivesse concluído isto antes. Ela tinha vinte e três anos de idade. Não que ela não tivesse pensado a respeito de casamento também. Muitas vezes ela tinha tentado imaginar como um marido se encaixaria em sua vida, e sempre concluíra que não se encaixaria. Quem iria tomar conta de Joan quando sua mãe estivesse fora, se divertindo? O que Schropps faria sem ela? E mesmo que o marido fosse morar na casa dela e deixasse que ela continuasse trabalhando, onde ele iria dormir? Ela sozinha já ocupava a cama toda.

E, no entanto...

E no entanto ela permanecia aberta a esta única possibilidade — Sentir-se Arrebatada do Chão. Pesar cento e vinte quilos e trabalhar prendendo grampos numa cartela tinha lhe dado uma prova disto. A alegria, a leveza. A sensação de flutuar, como ela dizia. Podiam chamá-la de doente (Gail chamava), isto não alterava o fato de que a sensação de flutuar era o motivo pelo qual ela mal podia esperar pela hora de começar a prender os seus grampos de manhã. Se um homem pudesse oferecer-lhe algo parecido com este tipo de prazer, bem, agora que havia um homem em cena, ela imaginou que também poderia causar-lhe uma sensação semelhante.

Embora, julgando pelo beijo e pela mão dele em seu joelho, ela e Hen não iam sair do chão.

O sábado seguinte está ensolarado e quente, a temperatura em trinta e poucos graus. Um dia de verão indígena, como Hen observa, e em seguida dispara um milhão de piadas com índios. Nos primeiros minutos foram piadas com chinês, inspiradas nos cinco pacotes de comida chinesa no banco de trás. Quando Sonja entrou no carro, sem ver os pacotes, ela disse que estava sentindo cheiro de lixo.

— Eu nunca me importei com cheiro de lixo — ela disse com sinceridade depois que ele chamou a atenção dela para os pacotes e disse que tinha planejado um piquenique no Edwards Gardens.

— Ha! — Bem na cara dela, como o sopro de uma tuba. — Você me diverte, Olhos Redondos.

No finzinho do sopro ela sentiu cheiro de álcool e ficou envaidecida porque sabia que às vezes o seu par precisava tomar uns tragos para criar coragem. Antes, quando ele se inclinara para dar-lhe um beijo no rosto, ela tinha sentido o cheiro da loção pós-barba Old Spice que ele estava usando, a mesma que seu pai usava, e tinha ficado um pouco apreensiva, sem saber bem por quê. Logo em seguida ela notou uma etiqueta marcando 14 dólares e 99 presa na parte de trás do colarinho da camisa dele e ficou espantada. Será que ele tinha gastado todo aquele dinheiro só para impressioná-la? A camisa é branca, de algodão, de mangas curtas. Ele está inteiramente vestido de branco — calças brancas, mocassins brancos, que também parecem novos. Ele está todo metido. Mas ela não fica atrás.

Para a ocasião — o Primeiro Almoço Anual dos Prendedores de Grampos era a história que ela tinha contado aos pais — ela está usando o perfume da mãe, Noite em Paris, e o batom dela (o mesmo que Doris vem usando há mais de quinze anos). Ela está usando o seu melhor vestido, o vermelho estilo império. Ela levantou a bainha dele.

Ela raspou as pernas. Por isso os cortes nos joelhos e nos tornozelos. (Por isso a mancha rosada na banheira que está intrigando Doris neste exato momento.) Foi um banho tão longo que ela ficou cor de chiclete. "Uau", ela disse ao se olhar no espelho, nua, logo em seguida, algo que não fazia nunca. Quando se acostumou com a sua cor, um outro espetáculo chamou a atenção dela. "Uau", ela disse, "como eu estou gorda!" Ela não sentiu nem repulsa nem vergonha. Ela ficou totalmente maravilhada, a mesma sensação que as pessoas têm na presença de um estupendo fenômeno natural que nenhuma fotografia conseguiu fazer justiça. Após alguns instantes, ela ergueu seus seios grandes e redondos. Ela bateu de leve nos sinais que tinha nos seios e na barriga. Veja quantos sinais! Ela contou os maiores e chegou a trinta e dois. Depois enfiou um dedo entre as dobras da barriga e sentiu o dedo bem apertado. Ela se virou de lado para ter uma visão melhor, sacudiu os braços e riu do bamboleio, bateu com as mãos no aluvião do seu traseiro e das suas coxas, milhas dele! Depois voltou aos sinais. Eles a faziam lembrar do rosto de alguém.

"Minha nossa!", ela disse, percebendo quem.

Agora, ali no carro, ela está compreendendo que jamais poderá ficar totalmente nua na frente dele. E se ele visse a própria cara reproduzida no estômago dela? Ela consegue imaginá-lo rindo às gargalhadas, do mesmo modo que ela riu, mas também consegue imaginá-lo dizendo "upa" e recuando com as mãos erguidas, tirando a mão da mercadoria.

Então ali está outro motivo para ela não se casar. Como se ela precisasse de outro motivo.

Em Edwards Gardens as rosas são grandes como nenúfares. Todas as árvores ainda estão verde-escuras, mas ao longo do caminho de pó de pedra há folhas amarelas caídas e de vez em quando uma folha amarela é serrada com dentes para fora de alguma árvore. Há esquilos pretos com suas cabeças de tulipa e olhos de corça. Eles pulam na luminosidade de alumínio. Em pé nas pernas traseiras, eles encostam uma pata no coração.

Sonja carrega quatro pacotes de comida chinesa, equilibrando dois em cada braço, e Hen carrega o outro, uma geladeira e uma manta. Ele vai na frente e grita palavras por cima do ombro "*Nicotiana!* Cosmos!" — falando numa língua estrangeira, ela pensa, impressionada, até que ele diz "Nastúrcios" e em seguida "Malmequeres".

Ele atravessa um trecho de grama mais protegido e chega na beira de um riacho. Nessa altura ela está suando em bicas e sente uma pontada do lado. Depois de depositar a sua carga, ele estende a manta bem na beira da água, tira os sapatos e se senta. Ele arranca as meias, gritando para ela fazer o mesmo. "Não olhe", ela diz enquanto levanta a saia para soltar as presilhas da liga que seguram suas meias de náilon. O que ela não quer que ele veja é o trabalho de costura malfeito que ela fez — o pedaço de elástico branco que no último minuto ela prendeu na sua velha cinta-liga (usando linha preta, porque estava mais à mão) para fazê-la caber na cintura.

— Hen não olha. — Ele volta a falar imitando chinês. — Hen cara tímido. — De joelhos, ele está abrindo os pacotes e arrumando os recipientes. — Espero que Olhos Redondos não esteja de dieta. Confúcio diz, dieta é para quem está de saco cheio. Ha! O que é que Olhos Redondos plefele, Seven-Up ou cerveja?

Impressionando a si mesma (ela é abstêmia), ela responde:

— Cerveja.

— Assim é que se fala — ele diz com sua voz normal.

Com os pés dentro d'água, a cerveja em copos de papel e pratos de papel equilibrados no colo, eles comem. Arroz com camarão frito, lombo agridoce, rolinhos de ovo, bolinhas de frango, chow mein de carne, enchendo os pratos três vezes cada um, e tudo o que cai no riacho é imediatamente cercado por peixinhos. A água está fria. A brisa provoca marolas em alguns lugares, mas depois da terceira cerveja Sonja não sabe ao certo se as marolas não são as escamas de peixes grandes quase rompendo a superfície. Ela não pergunta a Hen o que ele acha porque ele está contando a ela sobre si mesmo, e seria rude interromper. Ele está contando a ela sobre si mesmo e Len, para ser mais específico. Eles têm trinta e um anos. Eles cresceram numa fazenda de criação de frangos perto de Windsor, sem nenhum outro irmão nem irmã. O que faz peck, peck, peck, bum! é um frango num campo minado. A mãe deles é uma mulher de voz esganiçada, ansiosa por agradar, que costuma ganhar prêmios por suas tortas. O pai deles é um pessimista. Ele quebra espelhos só para ter certeza de que vai viver mais sete anos. Ele nunca conseguiu distingui-los um do outro, então chamava-os de Tweedledum e Tweedledee, ou simplesmente de Ei, Gordão. Quando eles saíram de casa aos dezoito anos, experimentaram uma variedade de empregos. Estripando peixe, pintando casas. Por algum tempo eles trabalharam com sucata, mas estavam sempre à disposição para serem sucateados. Depois trabalharam num depósito de madeira onde o negócio estava *"come see, come saw"*.* Conseguir emprego como aprendiz de encadernador foi uma sorte. Agora, nove anos depois, eles estavam ganhando um bom dinheiro, o suficiente para dois Volkswagens e uma casa

* Trocadilho com a expressão francesa *comme ci comme çà* — mais ou menos. (N. da T.)

própria. Eles fizeram um acordo — o que casar primeiro, o outro se muda para o porão.

Hen olha para ela quando fala sobre casamento, e ela tenta ficar séria, mas só o que vê, ao contemplar o rosto dele coberto de sinais, é a própria barriga despida.

— *Come see, come saw* — ela diz rindo, fingindo que é isso que está achando engraçado.

— Agora é a sua vez, garota. — Ele passa as costas das unhas pelo rosto dela. Seus dedos cheiram a molho de soja.

— A minha vez de quê?

— De contar a história da sua vida.

— Oh, OK. — Ela coloca o prato vazio no gramado e se inclina para trás, apoiada nos cotovelos. O sol cai como grampos em sua cabeça. Sua cabeça parece grande demais. Seu estômago inchado, ligeiramente nauseado, é um aquário cheio de peixinhos. — Meu nome é Sonja Canary. Tenho vinte e três anos de idade. Meu pai, Gordon Canary, é editor de livros. — Ela estala a língua. — Você já sabe tudo isto.

— Continue. — Ele parece muito sério. Está brincando com um cacho de cabelo dela.

— Umm. Vamos ver. Minha mãe é Doris Canary. Ela dá aulas em casa para a minha irmã Joanie. Meu pai também dá, à noite. Ele começou agora. Ele ensina inglês, história e geografia para ela. Eu tenho duas irmãs. Marcy, de catorze anos, e Joanie, que tem quase oito. Joanie é uma gracinha. Ela é... bem, os médicos dizem que ela tem lesão cerebral, mas meu pai diz que isso é um monte de besteira, porque ela é um gênio. Não só no piano, mas... — Ela pára, sem querer falar mais sobre Joan, com medo de ele começar a contar piadas sobre pessoas com lesão cerebral. — Minha irmã Marcy — ela continua — também é muito inteligente. E uma verdadeira magricela. Ela usa um sutiã acolchoado chamado Little Fibber. Não é uma gracinha? — Ele balança a cabeça afirmativamente. — Então, bem — ela diz —, minha mãe... — Ela dá tratos à bola para saber o que mais pode contar a ele. — Ela não é muito de cozinhar. Ela... ah, eu sei! Ela entra em concursos, centenas e centenas de concursos todos os anos, e no primeiro concurso que entrou ela ganhou dois casacos de pele, uma televisão em cores, dez alqueires de feijão, duas cadeiras de rodas. Um monte de prêmios! Ela...

— Fale-me sobre Sonja.

Ele largou o cabelo dela, permitindo que ela deitasse na grama e fechasse os olhos.

— Bem — ela diz —, eu só tive um emprego até hoje. Montando cartelas de grampos para a Companhia de Grampos Schropps. Algumas pessoas não suportam esse trabalho, mas eu tenho jeito para isso. Não sei, talvez eu tenha nascido para ser uma profissional. — Ela abre os olhos ao dizer isso para ver como ele reage. O rosto dele paira acima dela, espantosamente vermelho e inchado como um balão de gás.

— Sonja já teve algum namorado?

— Não seja intrometido.

Ele passa o dedo ao longo do lábio inferior dela. E em seguida beija-a.

O que o beijo a faz sentir? Desta vez, não como se um cavalo estivesse comendo na mão dela, mas mais como se ela fosse um filhote de passarinho e ele estivesse dando minhocas suculentas para ela comer. Até o gosto é verminoso. Não é ruim. Mas também ela não se sente flutuar. O beijo demora tanto que ela começa a pensar no tricô que estaria fazendo se aquele fosse um sábado comum e os dedos dela começam a coçar de vontade de tricotar.

— Você não está correspondendo — ele diz no final.

— Desculpe.

— Ora, ora, garota. A questão não é se desculpar. Você não *sente* nada?

— Claro.

— O quê?

Ela se concentra.

— Bem? — ela diz, esperançosa.

— Bem! — Ele berra para o mundo. Ele suspira, sacode a cabeça. Torna a olhar para ela. — Garota — ele diz tristemente. Então diz: — Você deixaria que eu... — Ele morde o lábio.

— O quê?

— Sentisse você?

— Me sentisse? — O cérebro dela está atrasado. Ela ainda está pensando nele gritando "bem", portanto fala sem entender.

— Tocasse nos seus seios — ele diz.

Seios, ela ouve. O rosto dela queima. Ela cruza os braços no peito.

— Ei, não me diga que você é o tipo de garota que prefere repelir avanços a avançar impulsos.

Isto está além da compreensão dela, mas ela diz:

— Talvez eu seja, talvez não.

— Ha! — Meio sem graça, escorregando o polegar pelo pescoço dela. — Ah, deixe-me tocar em você. Eu quero que você tenha prazer.

Ela olha para a direita, onde ouviu vozes de criança. Não tem ninguém lá. Raios de sol brilham entre as árvores.

— Bem, acho que não vai fazer mal — ela diz e baixa os braços. Porque ele comprou toda a comida. Porque ela não quer ferir os sentimentos dele. Porque, quem sabe, ele consegue fazê-la flutuar.

Ele começa com o seio esquerdo. Circulando a palma da mão, devagarzinho. Já que é para onde ele está olhando, ela pode estudar o rosto dele. É um rosto bondoso, ela pensa. Vermelho demais, talvez, mas bondoso. Todos aqueles sinais, um deles do tamanho de um caroço de feijão. Antes de se dar conta do que está fazendo, ela começa a contá-los. Isso é típico dela. Sempre que ela está no dentista, olhando para cima, o que mais ela pode fazer a não ser contar os buracos nos azulejos do teto.

— Você é tão linda — ele murmura, passando para o outro seio.

— Obrigada. — Sem perder a conta. Catorze, quinze. O rosto dele se aproxima mais. Dezessete...

Ele a está beijando de novo.

Ela fecha os olhos e diz a si mesma para se concentrar. Ela tenta imaginar que é um balão de gás, mas cai, cai como se fosse um balão de chumbo. Ela tenta provocar a sensação de luzinhas piscando que precede a sensação de flutuar, mas só sente indigestão, mais uns mil peixinhos no aquário. Ela enfia o dedo na linha pendurada no colarinho dele. É melhor ele se apressar. Ela vai arrotar a qualquer momento.

Bem na hora ele tira a boca e ela vira a cabeça e solta um arroto.

— Desculpe — ela diz.

— Garota — ele diz.

Sonja não tem o hábito de remoer o lado desagradável das coisas. A mente dela também não é uma armadilha de aço. Então, quando ela pensa em Hen, não se lembra daquela "Garota" num tom derrotado nem que o dedo dela ficou preso na linha nem que as orelhas dele ficaram cor-de-rosa quando ele viu que a etiqueta com o preço da camisa tinha ficado o tempo todo pendurada em seu colarinho. Ela não se lembra de que no caminho para casa as piadas dele foram todas sobre suicidas. Outro beijo, que a pegou na orelha, porque ela tinha acabado de virar a cabeça, para ela foi como se não tivesse acontecido, e sua lembrança do encontro deles no sábado seguinte é tão indistinta que ela não tem certeza de não ter sido um sonho. Um passeio até uma feira campestre, uma volta num barco a remo que afundou e o proprietário pondo a culpa na gordura combinada dos dois, dizendo: "Eu só sei que não tem nenhum buraco nele." Uma volta na roda-gigante que ficou parada com eles de cabeça para baixo e ela vomitando no próprio cabelo. E então, mesmo depois disto, ele a beijando e ela tornando a vomitar na parte da frente da camisa dele. Ela esquece tudo sobre a viagem de volta à cidade. Ela esquece que ele confessou que ao contar a história da vida dele omitiu o ano em que foi casado com uma sirigaita chamada Dot, que o deixou por um dentista chamado Ernest. Ela esquece a piada sobre as minhocas que estavam com tanta fome que comeram a sério. Ela teria de ser hipnotizada para se lembrar dele dizendo: "Depois que Dot fugiu de casa, eu jurei que nunca mais me relacionaria com uma mulher frígida."

O que ela recorda é que nesses encontros ele contou uma centena de piadas hilariantes, mas ela não seria capaz de repetir nenhuma. E ela se lembra do que eles comeram. O doce feito em casa e o cachorro-quente de trinta centímetros, o frango com bolinhos, a comida chinesa... toda aquela refeição deliciosa. Ela se lembra, ou imagina que se lembra, de que ele tinha "mão boba". Na opinião dela, foi por isso que eles pararam de se encontrar. "Ele tinha mão boba", ela diz para si mesma e se sente inteiramente inocentada, além de julgar-se uma pessoa que não nasceu ontem.

E quanto a Vicky? Sim, ela se lembra da garçonete, Vicky. Ela se lembra do Aviso. Dez meses depois, no sétimo dia da onda de calor assassina, quando ela informa a Gail que já teve alguns encontros amorosos na vida, é na confissão de Vicky (que ela recorda como tendo achado mais fascinante do que aterradora) que ela está pensando. E já que está falando nesse assunto, ela imagina quando e onde o *próximo* Aviso aparecerá.

A resposta (por falar em coincidência) é: (a) agora e (b) defronte da casa da vovó Gayler.

QUINZE

DA SACOLA DE COMPRAS da vovó Gayler rolaram pela calçada três latas de consomê de carne Campbell's, uma lata de leite Carnation e uma lata de massa de ravióli Chef Boyardee. Da meia dúzia de ovos pequenos do tipo "A", pelo menos um escorre da caixa e começa a fritar. A barra de chocolate Milky Way amassa e derrete sob o ombro dela. As garrafas de Tab e de Pepto-Bismol quebram e o líquido cor-de-rosa fica pegajoso quando entra em contato com o marrom efervescente.

Vovó Gayler vive o suficiente para se dar conta do estrago. Ela torce para que os outros ovos não estejam quebrados. Isto fará com que seja uma dúzia em dois dias, caso estiverem. Na quinta-feira ela deixou cair seu saco de compras enquanto tentava abrir a porta de tela, e lá se foram seis ovos, e que sujeira eles fizeram, e os pêssegos ficaram amassados também, é claro. "Isso não é o fim", ela pensa enquanto seu coração vai parando de bater. Ela imagina que está falando, mas não está. Ela não faz idéia de que está morrendo, senão estaria preparando sua alma para abraçar a mãe que lhe deu à luz, ilegitimamente, oitenta e quatro anos antes, sua senilidade tendo chegado a um estágio tal que, por mãe, ela quer dizer a Rainha Vitória.

Ela não morre sozinha. Uma garota que ela aparentemente conhece (mas não consegue localizar) agacha-se ao lado dela e a abana com uma revista enquanto a mãe da menina telefona para pedir uma ambulância. A garota é uma tagarela. Vovó Gayler desliga o som, mas mesmo assim ouve uma frase inteira: "Eu vou fazer um curso comercial para me garantir."

"Muito sensato", vovó Gayler pensa que responde. Ela não sente nem um pingo de dor. Como é agradável ficar tomando sol num dia tão bonito, na companhia desta garota sensata que ela agora acredita ser Doris trinta anos antes, Doris usando um sapato esquisito. Que, um minuto depois, ao pousar os olhos na meia branca rendada da garota, ela acredita tratar-se da trepadeira de rosas que fica atrás da sua antiga casa em Robert Street. Que, nos seus últimos segundos de vida, acredita ser uma luz em seus olhos, um interrogatório benevolente. "Cuidado com os sapos", ela diz aos seus interrogadores, ou pensa que diz. Suas últimas palavras pensadas.

Suas últimas palavras *ditas* parecem ter sido "Oh, não, de novo não!". Que ela gritou ao derrubar o saco de compras e que foram ouvidas pela garota, Cynthia, e pela mãe dela, Alma. Mencionadas, confidencialmente, para Doris. E ouvidas por Sonja.

Todas quatro estão no gramado da funerária, meia hora adiantadas. Sonja imediatamente faz relação com a Insensível Alice, com reencarnação... com a vovó Gayler já começando a reencarnar nos estertores da morte! Que idéia! Deixa Sonja de joelhos bambos.

— Mamãe — ela diz, e agarra o braço de Doris.

— Você está bem, Docinho? — Doris pensa que o calor a está afetando.

Sonja, sem fala, fica de boca aberta.

— Com licença, por favor — Doris diz para Alma e Cynthia, e arrasta Sonja até um banco na sombra onde, por alguma razão, Joan está sentada sozinha. — Onde está Marcy? — Doris pergunta. Joan sacode a cabeça, mantendo as mãos sobre as lentes dos óculos escuros e continuando a imitar as cigarras. Doris vira-se para Sonja. — Você está bem? — ela torna a perguntar.

Sussurrando, para Joan não ouvir, Sonja explica.

— Oh, pelo amor de Deus!

— Mas, mamãe...

Doris tapa os ouvidos com as mãos.

— Não quero ouvir mais uma palavra sobre isso! — ela diz, sua voz atingindo um timbre ofegante, arrebatado, que Alma e Cynthia (as únicas a chegar para o enterro até agora) confundem com um colapso... a pobre Doris cedendo ao estresse. Sonja faz a interpretação correta. Uma porta sendo fechada. Caso encerrado. Bloqueada, e ainda perplexa pelo Aviso, Sonja tapa a boca com as mãos.

(De forma que, para Marcy, que está de olho no banco do outro lado do estacionamento onde está flertando com o guardador de carros, as três parecem estar fazendo como os macaquinhos — não vejo, não ouço, não falo. "O que está havendo?", ela murmura, e o guardador olha para onde ela está olhando e pergunta: "Você *conhece* aquelas pessoas?")

De volta no banco, Doris diz:

— Eu já tenho muito que me preocupar com o seu pai no hospital. — Ela fica em pé e tira uma das mãos de Joan de cima dos olhos. — Agora venham, vocês duas, vamos entrar e enfrentar a situação. Onde está Marcy? Marcy!

É um caixão aberto. Vovó Gayler achava que a alma ficava ao lado do corpo até depois do funeral e, portanto, devia ter a oportunidade de ver todo mundo desfilar na frente do caixão. Seu outro argumento era: "E se eu não estiver realmente morta?"

E se ela não estiver? Doris pensa e resiste ao impulso de tirar da bolsa o pó compacto e segurar o espelho diante da boca da mãe. Colocaram batom cor-de-rosa nela. Sua mãe teria ficado escandalizada. Mas está bonito, Doris pensa. Realmente, a mãe dela era uma mulher bonita... para quem a beleza era uma cruz a ser carregada, um castigo aos olhos do Senhor. Quando Doris era pequena, havia uma menina feia e mal-humorada que morava ao lado, e toda vez que Arlene dava um ataque a mãe de Doris lembrava a ela que Arlene não tinha beleza nem afetação, com a intenção de despertar não a simpatia de Doris, como se pode imaginar, mas sim o seu respeito.

— Bem — Doris diz. Ela arranca as pétalas murchas dos lírios brancos que estão sob as mãos cruzadas da mãe. — Estes não são os copos de leite que eu encomendei, mas tudo bem. Ela parece em paz, não acham?

— Ela não parece *ela* — Marcy diz. Ela está sussurrando, embora não tenha mais ninguém na sala, só elas quatro. Este é o "Momento particular de despedida dos parentes mais próximos da *doente*" (como Sonja achou que o responsável pela cerimônia tinha dito).*

— Sabe com quem ela está parecida? — É a vez de Sonja sussurrar.

— Com quem? — Doris diz.

— Com a Rainha Elizabeth. Uma Rainha Elizabeth velha.

Pausa.

— Não está não — Marcy sussurra.

Doris desconfia que Sonja tenha dito isto só porque foi a coisa mais simpática que ela pôde pensar. Sua pobre mãe, um tanto doida.

— Está ouvindo, mãe? — ela diz. — Rainha Elizabeth!

— É o penteado dela — Sonja realmente vê a rainha. — Assim virado para cima.

— Ela está tão branca — Marcy diz e olha para Joan para comparar as brancuras.

Do outro lado da sala, numa enorme poltrona marrom, Joan imita o barulho do ar-condicionado. Isto faz parecer que tem um som estereofônico perto do esquife.

— Joanie não devia vir despedir-se? — Marcy pergunta. Ela não gosta do modo como Joan está rigidamente inclinada para um lado, com suas pernas de palito esticadas para fora como uma boneca que alguém deixou para trás.

— Não, ela é muito pequena — Doris diz. — Vai ficar impressionada.

---

* A personagem confundiu *diseased* — doente — com *deceased* — falecida. (N. da T.)

Mas Joan já desceu da poltrona e está se aproximando. Com o jeito dela de andar em casa — braços virados para trás, sacudindo os dedos.

— Não, você não — Doris diz.

Joan passa por ela. Agarra a beirada do caixão e fica na ponta dos pés. Ela continua a zumbir bem baixinho.

— Está bem, você ganhou — Doris diz. — Você pode levantá-la, Sonja?

— Subindo — Sonja diz, segurando-a pela cintura.

Joan se inclina para dentro. O cabelo dela se soltou da fivela e roça o rosto da vovó Gayler.

— Não a deixe ficar perto demais — Doris diz. Mas quando Sonja a puxa um pouco para trás, Joan esperneia e seus óculos escuros caem dentro do caixão.

"Minha nossa!", Doris diz e se adianta para pegá-los, mas Joan chega na frente e torna a colocá-los no rosto.

— Acho que ela quer cheirá-la — Marcy diz.

— Pelo amor de Deus...

— Ela quer sim — Marcy diz. — Veja, ela está fungando.

— Pronto, já chega — Doris diz. Antes que ela possa dizer "coloque-a no chão", ouve-se o barulho de uma colisão do lado de fora.

— O que foi isso? — Marcy corre para a janela e abre a cortina de veludo marrom. — Uh-ah! — ela diz enquanto Doris e Sonja se aproximam, Sonja ainda carregando Joan, que fecha os olhos e encosta as mãos no vidro, como um bebê.

Do lado de fora, houve uma batida entre um carro funerário e um carro azul. O carro funerário só está um pouco amassado, mas a frente do carro azul está destruída.

— Ah, que beleza — Doris diz quando o motorista do carro abre a porta. — É o Reverendo Bean.

— Ele está sangrando — diz Marcy. Ela se refere ao motorista do carro funerário. O sangue escorre pelo queixo dele. Ele é o rapaz com quem ela estava flertando, ela precisa socorrê-lo.

— Isso é o cúmulo — Doris diz, saindo apressadamente atrás de Marcy. Então Sonja senta Joan numa cadeira e sai atrás dela.

Um quarto de hora mais tarde, elas voltam com um grupo. Alma e Cynthia, o Reverendo Bean, a lanterninha que morava no andar de cima da casa da vovó Gayler e um açougueiro barulhento, bêbado, chamado Alf, do qual ninguém nunca ouviu falar mas que afirma ter sido muito amigo de Sua Alteza, como ele chama a vovó Gayler.

— Para mim — ele grita — ela era uma duquesa! — Ele revira a mão numa saudação palaciana. Ele não tem o polegar. É um velho grande, com orelhas que parecem telefones e olhos desesperadamente tristes.

— Espere até vê-la — Sonja diz, com pena dele. — Ela agora está parecida com a rainha.

Foi só um pequeno corte no queixo do motorista do carro funerário, e embora o Reverendo Bean tenha assumido toda a culpa ("Nunca reze na direção... você não consegue resisir ao impulso de fechar os olhos"), o dono da funerária vai arcar com o prejuízo. Marcy vê quando ele dá um bolo de cartões de visita para o Reverendo Bean e diz: "Talvez o senhor possa distribuí-los para os seus paroquianos mais idosos."

Marcy é a primeira a entrar na sala. Ela quer que o funeral acabe logo para poder encontrar-se com o rapaz no Dairy Queen mais tarde.

— Ei — ela diz —, alguém fechou a tampa.

— Para onde foi a Joanie? — Sonja diz, entrando na sala.

Alguém puxou uma cadeira para perto do caixão. "Eu não acredito", Doris murmura. Com uma sensação esquisita, a mesma que sentia quando subia no palco para fazer um teste, ela vai até o caixão e levanta a parte de cima da tampa. É pesada como uma rocha. Quando ela consegue levantá-la um pouco, o suficiente para espiar dentro, ela escorrega dos dedos dela. Bang!

O Reverendo Bean em um segundo está do lado dela. Ele ergue rapidamente a tampa do caixão. Para um homem tão pequeno, até que ele é forte. "Minha nossa", ele diz, abrindo toda a tampa.

Joan está espremida de um dos lados, de costas. Seus pulsos estão cruzados sobre o peito, a cabeça virada para a vovó Gayler e a ponta de um dos cachos da vovó Gayler está entre seus lábios entreabertos, de modo que o cacho parece um pequeno chifre de onde Joan bebeu, e morreu, aquele cacho branco, tão branco quanto o cabelo de Joan, Doris observa com especial horror.

— Saia daí — ela sussurra furiosa. Ela agarra as mãos de Joan. Estão geladas. Quando Doris a puxa para cima, a cabeça dela cai.

— Deixe-me ajudar — o Reverendo Bean diz. Ele já abriu a parte de baixo da tampa. Ele enfia as mãos por baixo de Joan e a tira de lá.

— Joanie! — Marcy grita.

— O que está acontecendo aqui? — o açougueiro grita.

Os braços de Joan balançam quando o Reverendo Bean se vira de um lado para outro à procura de um lugar para colocá-la.

— O chão! — Doris diz.

Ele a deita no chão. Tira a almofada de uma cadeira e coloca sob a cabeça dela. Doris e Marcy se ajoelham, uma de cada lado dela.

— Pára com isso! — Doris diz. Ela tira os óculos escuros de Joan. Sopra no rosto dela. As pálpebras de Joan não se mexem. — Anda logo! — Doris diz.

— Ela deve estar tirando uma soneca — Sonja diz para acalmar a mãe.

— A mão dela está gelada! — Marcy diz, aterrorizada.

— Qual é o problema? — grita o açougueiro.

— Será que vocês podiam se afastar? — Doris diz para ele e para os outros. — Ela tem medo de multidão.

Ele recua, tropeçando. Nessa altura o dono da funerária e os outros participantes já entraram. O Reverendo Bean puxa o dono da funerária para um canto para explicar o que está acontecendo. Alma fala baixinho com o açougueiro, que berra: "Ah, uma cretina!" A lanterninha anda de um lado para outro na frente do caixão.

— Joanie, acorda — Marcy diz, sacudindo o braço de Joan. Ele está bambo como uma corda. — Joanie! — Ela tem uma idéia. Encosta a boca no ouvido de Joan e estala a língua três vezes: "Tsk, tsk, tsk."

Funciona.

— Tsk, tsk, tsk — Joan repete, e em seguida abre os olhos.

Doris a coloca sentada enquanto Joan torna a pôr os óculos escuros.

— O que foi isso? — Doris pergunta com uma voz fina e trêmula, que soa como se ela estivesse rindo baixinho.

O rosto do açougueiro se ilumina com um amplo sorriso.

— Tudo bem quando termina bem! — ele berra.

— Nós estávamos escondidas — Marcy diz. Na sua agitação, ela não percebe que está falando de Joan no plural. — A batida de carro nos assustou e nós tivemos de nos esconder.

— Nunca mais faça uma coisa dessas — Doris diz a Joan.

— Estamos ficando mais quentes! — Marcy diz. Ela não largou a mão de Joan.

— Pobre garotinha! — o açougueiro grita, aproximando-se delas. Antes que ele as alcance, Joan se solta da mão de Marcy e se levanta. Ela corre até uma cadeira, sobe nela e tapa os ouvidos. Alguns segundos depois ela está de novo imitando o ar-condicionado.

Uma hora depois, no carro, Marcy a interroga silenciosamente. Joan não ficou assustada dentro do caixão?

Não.

— Por que levamos tanto tempo para acordar?

Nós não queríamos sair de lá.

— Não queríamos sair de onde, do caixão?

Não.

— De onde, então?

De onde estávamos.

— Sim, mas onde era isso?

Dormindo.

— Quer dizer que nós não queríamos despertar do nosso sonho?

Sim.

— Sobre o quê era o sonho?

Um lugar prateado. Todo frio *(cold)* e prateado.

— *Dourado (gold)* e prateado?

Não, frio *(cold)*.

— Ela *sonhou* que estava com frio! — Marcy diz para a mãe e para Sonja no banco da frente. (No enterro Doris tinha dito que a pele de Joan tinha ficado gelada por ela estar deitada ao lado da vovó Gayler.)

— Isso não me surpreende — Doris diz agora.

Aquela noite, na cama, Marcy torna a perguntar a Joan sobre o sonho, mas tudo o que ouve é que era frio e prateado; era um lugar frio e prateado. Finalmente, ela pensa: "Não faça isso de novo."

Silêncio.

"Prometa", ela pensa. Ela encosta a testa na testa de Joan. Seus cílios roçam as lentes dos óculos escuros de Joan. "Prometa!"

Não.

"OK, então nós não vamos levá-la a mais nenhum enterro", Marcy pensa, desviando o rosto. E calcula que com isso o problema está resolvido. Não passa pela cabeça dela (e por que passaria?) que Joan não precisa entrar num caixão para imitar um cadáver.

Um pouco mais tarde, naquela mesma noite, Doris está se debatendo e suando. Ela não consegue se acostumar com o fato de Gordon não estar ao lado dela. Ela não consegue parar de ver Joan dentro do caixão.

O endocrinologista pediátrico que examinou Joan no ano anterior avisou que se o tamanho dela fosse decorrente de um certo tipo raro de nanismo (Doris esqueceu o nome certo) ela poderia morrer antes de completar vinte anos. Os testes foram inconclusivos e o endocrinologista disse que era provável que ela *não fosse* aquele tipo de anã, mas Doris percebe agora que, desde então, em algum lugar isolado dentro de si mesma, ela vem esperando que Joan caia morta de repente.

Ela chuta os lençóis. Pense em outra coisa! Ela ordena a si mesma. O açougueiro, pense nele. Bem, que grosseirão que *ele* era. Ela não imagina a mãe dando atenção a um homem daqueles. Ela se pergunta por que ele chamou Joan de cretina, o que Alma teria sussurrado para ele. Então ela se lembra de Alma e Cynthia dizendo que as últimas palavras da sua mãe tinham sido "Oh, não, de novo não!", e ficou assustada porque tinha esquecido completamente disto até aquele momento.

"Oh, não, de novo não!" Por que a mãe dela diria isso? Não de novo *o quê*? E Sonja tem toda a razão. "Oh, não, de novo não!" *foi* o que tia Mildred e aquelas malucas supersticiosas de Dearness afirmaram que Joan tinha gritado ao nascer.

É uma coincidência sim. Suficiente para fazer Doris pensar na possibilidade de Harmony estar mexendo com bonecas de macumba. Olha quem está chamando quem de supersticioso! É verdade, mas também é verdade que as coincidências vêm se acumulando desde que Doris se apaixonou por Cloris Carter na fila do caixa da Loja Dominion e a mensagem parece ser: Não.

Sábado da semana anterior. Ela está sentada ao lado de Cloris no sofá-cama de Cloris, que é forrado de uma fazenda prateada parecida com as capas de tábua de passar roupa. A própria Cloris está enfeitada com quilos de jóias de prata. Brincos de argola gigantescos, um número incalculável de colares. Pulseiras fininhas cobrem toda a extensão dos seus braços, sendo que as dos pulsos tilintam como sinos. Toda aquela prata. Tão majestosa, tão ofuscante. Em comparação, Doris se sente como a reles abanadora de folha de palmeira que foi em *Antônio e Cleópatra*. Como ela ousa? Mas ela não consegue resistir. Põe a mão na carne cor de chá do joelho de Cloris. E como se uma sirene tivesse sido ligada, o telefone toca. E é para ela. E é Sonja dizendo que Gordon foi levado numa ambulância.

E então o último sábado. Ela telefona para Cloris pela primeira vez desde o infarto de Gordon. A linha está ocupada.

Ela desliga e então o telefone *dela* toca. E ela recebe a notícia de que sua mãe morreu.

E não só morreu mas, de acordo com a última bomba, morreu gemendo "Oh, não, de novo não".

Por que de novo não? O que aconteceu a Doris que ela não gostaria que tornasse a acontecer? Será que ela se casaria de novo com Gordon? O pedaço de letra de música que acabou de surgir na cabeça dela foi *All I want to see is the back of your heah, getting smaller, and smaller, and smaller*, mas ela a descarta mentalmente como sendo ridícula, e pensa, é claro que eu me casaria de novo com ele. Será que ela teria filhos de novo? Se dependesse só dela, ela teria um monte de filhos. E quanto ao fato de Sonja ter engravidado sem casar? Bem, isso também acabou terminando bem, não foi? E quanto ao pai dela morrendo aos sessenta e sete anos, vinte anos antes do que sua mãe? Desde o dia em que seu pai se aposentou, ele não fez outra coisa a não ser entornar uma garrafa de Canadian Club e escutar seus discos de polca arranhados. Portanto, adivinha.

Será que ela abandonaria o palco? Até isso ela faria de novo, embora essa fosse uma escolha difícil.

Aqui ela está em terreno pantanoso, pensando no teatro. O fato de nunca ter emplacado no teatro sempre a deixara triste e espantada. Por que não? Ela tinha tudo o que era preciso — audácia, conseguia imitar qualquer sotaque. E também não era nada feia naquela época. Isso foi há quanto tempo? Mil novecentos e trinta e sete. Portanto, há vinte e oito anos.

Ela tinha dezenove anos, trabalhava como datilógrafa na Companhia de Seguros Nesbitt. Um bom emprego para uma moça durante a Depressão. Para outra moça. No último ano do segundo grau, Doris tinha feito a casa vir abaixo fazendo o papel de Eliza Doolittle em *Pigmalião*. Foi aplaudida de pé. Jogaram flores nos pés dela. Seu professor de teatro, Sr. Waldorf, tinha insistido para ela ir para Londres procurar amigos dele de teatro. Como se ele tivesse algum, ela pensou, mas isso foi anos depois. Na época, ela tinha dito, desanimada: "Meus pais não têm dinheiro para me mandar para lá." O que, é claro, ele sabia muito bem.

— Não importa o que você faça — ele disse —, não desperdice a sua vida em algum escritório horrível.

Palavras que encontraram eco.

Naquela época havia uma revista chamada *Centre Stage,* que informava onde estavam sendo feitos testes para peças de teatro por toda a província e ao sul da fronteira. Quando um papel parecia promissor, Doris fingia que estava com uma terrível enxaqueca, para poder sair do trabalho e ir fazer o teste. (O patrão dela, que sofria mesmo de terríveis enxaquecas, mostrava-se histericamente solidário). Alguns dias, Doris ia de trem até Buffalo e voltava.

Ela nunca contou a ninguém sobre essas viagens, nem mesmo aos pais. Quando ela finalmente conseguisse um papel, contaria a eles, faria uma grande surpresa. As outras datilógrafas já achavam que ela levava uma vida extremamente glamourosa. Ela tinha comprado um porta-retratos por causa da foto que estava nele, de um homem bonito, de cabelos encaracolados e óculos, e carregava esta foto num medalhão, dizendo a todo mundo que era do namorado dela.

— Ele é um famoso escritor — ela dizia. — Dean Lowell. — (O nome do irmão da mãe dela.) — Talvez vocês tenham ouvido falar nele.

Algumas das outras datilógrafas disseram que sim.

— Ele é muito alto — Doris disse, abrindo o medalhão. — Eu o chamo de Magricelo.

As garotas soltaram exclamações. Disseram que ele parecia muito inteligente.

— Ele é um gênio! — Doris disse. — Ele escreve peças inteiras de cabeça. É claro que ele é muito distraído. Está sempre dando encontrões nas coisas e quebrando os óculos. Estão vendo aqui? — Ela apontou para a haste dos óculos, onde havia uma mancha na foto. — Isso é fita durex. Ele não se dá ao trabalho de ir até uma ótica para mandar consertá-lo. Ele não tem tempo para coisas rotineiras. — Ela beijou a foto. — Ele sabe de cor todos os sonetos de Shakespeare. A primeira coisa que ele me disse quando nós nos conhecemos foi "*Let me not to the marriage of true minds admit impediments*".*

Uma das moças mostrou o dedo anular.

— Então, quando é que ele vai pedi-la?

— Oh, ele não acredita em casamento. Provavelmente nós iremos viver em pecado.

As garotas deram gritinhos histéricos.

Doris adorava escandalizá-las. Algumas manhãs ela fingia estar de ressaca em decorrência de uma noite de farra passada com Dean e seus amigos atores.

— Estou acabada — ela gemia. — Não se aproximem, garotas. — Ela inventava histórias a respeito desses amigos. Seus casos amorosos picantes, um suicídio. Ela contou que uma atriz local ("Não vou citar nomes") foi a Nova York fazer um aborto. — E no dia seguinte ainda estava sangrando tanto que teve de se sentar em cima de catálogos. Eu levei o lá de casa para ela e ela sangrou até o S.

As datilógrafas engoliam tudo. Não havia nada que Doris lhes contasse que elas não acreditassem. De fato, quanto mais fantástica era a história, mais elas acreditavam nela. Era inacreditável. Quando criança, ela tinha horror a mentiras. Agora ela mentia o tempo todo, sem culpa, sem nunca cair em contradição. Ela compreendeu que havia truques para mentir. Ou melhor, regras mais do que truques. Olhar nos olhos das pessoas, sustentar suas mentiras, nunca recuar de uma mentira, temperar as mentiras com algumas verdades, respeitar mentiras, saber que não existe uma coisa chamada uma simples mentira.

Em pouco tempo ela tinha tudo isso trabalhando a favor dela.

Então não é exatamente verdadeiro dizer que ela não tinha tido nenhuma chance, porque conseguia participar de todo e

---

* Não se admitem obstáculos à união de almas verdadeiras. (N. da T.)

qualquer teste. O que ela não conseguia era ganhar um *papel.* Aquele silêncio quando sua última fala morria nas vigas do teatro como pássaros eletrocutados, e então, de uma das últimas filas, aquele "Obrigado, Miss Gayler" com sotaque britânico, que queria dizer que ela tinha desperdiçado um dólar na passagem de trem... essa foi uma experiência com a qual ela nunca se acostumou e da qual nunca se recuperou completamente.

Depois, em vez de ir direto da Union Station para casa, ela normalmente buscava consolo tomando um chá e comendo uma bomba de chocolate na King Street. A decoração do restaurante era na forma de uma margarida, cinco balcões no feitio de pétalas cercando uma área central de preparação, e numa dessas pétalas ela se sentou defronte de um rapaz que se parecia tanto com a foto do medalhão que ela o abriu para checar.

Não, não era ele. A boca estava errada. E o queixo. O queixo de Dean tinha uma covinha, o daquele cara não tinha. Ainda assim! Ele era alto, muito alto e magro. E o aro direito dos óculos dele estava colado com fita durex! Fita *transparente*, mas isso era um detalhe. *E* ele estava lendo *As obras completas de William Shakespeare*! A mesma edição que Dean tinha! Os sonetos ficavam no final daquela edição, e ele estava concentrado numa página mais para o final, erguendo os olhos do livro a cada instante e depois tornando a ler, como se estivesse decorando as palavras.

Ele olhou diversas vezes para ela. Finalmente, ele disse, simpaticamente:

— Posso ajudá-la?

— Não se admitem obstáculos à união de almas verdadeiras — ela disse. — Estou certa?

Ele sorriu.

— Quando em desgraça com a sorte e aos olhos dos homens.

— Não diga. Bem, eu teria tentado "Posso compará-la a um dia de verão" em seguida. *Em vez de* "Quando em desgraça".

— Você é atriz.

Se ela já não amasse esse homem por tê-lo mais ou menos inventado, e portanto conhecesse todos os seus ardis, apreciados e insubstituíveis, ela agora estaria de quatro por ele. (Bem feito para Ed Metzer.)

— Dê um charuto ao homem — ela disse. — Acertou de primeira.

(Ed Metzer tinha sido namorado dela no segundo grau. Ele a chamava de Panqueca e passava horas beijando-a, sem tentar mais nada. Um bom rapaz, ele entrou para a Marinha britânica, como sempre dissera que faria. Na véspera de sua partida, ele a levou para a casa vazia da tia e eles se deitaram completamente vestidos numa cama e se beijaram enquanto ele ofegava como um cachorro e dava tapas nela em toda parte, não com muita força, mas quase. "Espere por mim, Panqueca", ele disse. "Vou esperar", ela disse, em parte acreditando que esperaria, em parte pensando: "Vai atrás.")

Ela continuou a fazer testes para papéis que jamais conseguiu enquanto inventava para Gordon que estava tirando umas férias da sua exaustiva carreira teatral. Algumas semanas antes do casamento, ela anunciou (e não estava brincando) que tinha desistido do teatro para sempre. Porque senão eles jamais veriam um ao outro, ela disse. Porque o salário era uma vergonha. Porque ela estava cansada de mentir para os pais sobre isso. E assim por diante. As verdadeiras razões eram as seguintes: o limite para a quantidade de rejeição que uma pessoa pode agüentar e o custo da passagem de trem.

— Não quero mais saber das luzes da ribalta — ela disse, e Gordon beijou-a tão apaixonadamente quanto é possível para um homem cujas mãos não perdem o rumo.

Como Ed antes dele, Gordon respeitou a castidade dela. Para seu alívio, para sua decepção. Ela era o tipo de moça que tinha sido criada para tomar banho no escuro. Em confiança, ela aceitava o fato de que devia ter sido vista sem roupa durante a sua vida, mas quando imaginava a mãe trocando sua fralda, ela imaginava um fotógrafo trocando o filme da máquina — usando uma caixa, agindo pelo tato. Além disso, o máximo do romantismo para Ed tinha sido um tanto frustrante. Quando ela e Gordon se beijavam, o corpo dela ficava cheio de desejo. Quando ela refletia sobre o que seu corpo estava desejando, ela se encolhia. Desejando e encolhendo-se, ela foi dançando esta rumba até o altar. Que acabou sendo a estante de flores na sala de estar dos seus pais. Seu pai não arranjava emprego fixo desde o início da Depressão, então foi só uma cerimônia íntima na sala.

Depois, após os sanduíches frios e a limonada, Doris e Gordon partiram debaixo de um temporal e beberam metade da garrafa de uísque contrabandeado que foi presente do padrinho de casamento. Doris jamais havia ficado bêbada antes. Ela tinha achado que aquilo iria relaxá-la, mas, ao contrário, ela ficou tão nervosa que gritava cada vez que ouvia uma trovoada.

Ela gritou quando Gordon a ergueu no colo e foi cambaleando até a porta do prédio vitoriano decrépito que era o novo lar deles. Ele subiu os três lances de escada com ela no colo. Ela tapou a boca para não gritar e acordar os outros inquilinos. Ele a pôs no chão para abrir a porta, depois tornou a erguê-la e carregou-a para dentro do pequeno apartamento mobiliado. Mais cedo, ela e a mãe haviam limpado o apartamento, ainda se podia sentir o cheiro de desinfetante. Ele fechou a porta com o pé, foi até a cama e colocou-a lá. Ela soltou um único grito alto, puro, como uma chaleira fervendo, e ouviu o som de aplausos, mas era apenas a chuva caindo dentro do quarto. Em volta da cama havia um dossel de goteiras. Ele se deixou cair ao lado dela. "Não estou enxergando nada", ele disse. A resposta dela foi tirar os óculos dele, uma liberdade que ela nunca havia tomado antes.

Ela os colocou cuidadosamente em cima da mesinha-de-cabeceira. Ela se sentia muito calma agora. Mais do que calma, ela sentiu um formalismo frio, uma estranha habilidade, como se seu trabalho fosse desmontar aquele homem peça por peça, membro por membro, e espalhá-lo sobre a cama para o bem da ciência. Na cabeça dela, uma voz com sotaque alemão cantava *O osso da canela está ligado ao osso do tornozelo, o osso do tornozelo está ligado ao osso do pé, escuta a Palavra do Senhor.* Ela já ia soltar a gravata dele quando ele se virou para ela e começou a tirar os grampos que prendiam a grinalda de flores cor-de-rosa ao seu cabelo.

Com a ajuda dela, ele conseguiu. Ele deu um tapinha na cabeça dela e murmurou:

— A noiva. — Ele a beijou. Ainda beijando-a, sua mão escorregou pelo cabelo dela, até a frente do pescoço, e depois mais para baixo, e ela desabou na carne que cercava os seus seios, ela era só seios sobre uma almofada de carne, mas ele ergueu a mão e quando tornou a pousá-la foi em volta da cintura dela. — Fina — ele disse, dando a ela a oportunidade de apreciar o comprimento dos dedos dele. Então ele rolou de costas e fechou os olhos.

— Benzinho? — Ela o sacudiu. Sacudiu-o com mais força. — Benzinho. — Desistiu. Vamos confessar, apesar de toda a sua valente disposição, ela estava bem aliviada.

A noite seguinte foi a primeira vez. Ela não tinha planejado isso, mas acabara vestindo a camisola da noite de sábado que sua mãe tinha costurado e embrulhado em papel de pão e deixado debaixo do travesseiro dela dois dias antes do casamento. De flanela grossa, colarinho alto, comprida até o chão, estampada de moranguinhos... com uma abertura na frente que você desabotoava. Doris sabia para que ela servia. Quantas manhãs de domingo ela tinha visto a camisola branca e simples de sábado da mãe lavada e pendurada no varal do porão? (Nunca no varal do lado de fora.) Mas os moranguinhos foram uma surpresa. Uma ousadia por parte de sua mãe. Será que Doris iria usá-la? Sua reação ao abrir o saco foi um resmungo envergonhado e ofendido. Ela a tinha amassado e enfiado de volta no saco.

Mas ela a tinha posto na mala junto com o enxoval, não tinha? E naquela segunda noite, quando Gordon deu o tom saindo do banheiro com um pijama de algodão cinzento *e* um robe, ela perdeu totalmente a coragem e estreou a "geringonça", como eles vieram depois a chamá-la.

— Não ria — ela disse.

— Eu não estou rindo — ele disse e apagou a luz.

Passaram-se oito meses antes que ela tivesse coragem de tocá-lo lá embaixo. Foi em fevereiro. Ela se lembra porque, mais cedo, no mesmo dia, a irmã de Ed tinha ligado para dizer que o navio de Ed, HMS *Exmouth*, tinha naufragado e que Ed "tinha afundado defendendo o Império contra os nazistas".

— Oh, não me diga — Doris disse, embora de algum modo a notícia parecesse velha. Ela imaginou Ed se debatendo no mar enquanto afundava.

— Você quase foi uma viúva de guerra! — A infeliz irmã disse satisfeita, como se, largando Ed, Doris tivesse jogado fora sua única chance de glória.

Quando, horas depois, Doris envolveu o pênis de Gordon com os dedos, o impulso foi para ter algo em que se agarrar no mundo. E para verificar se ser a receptora desta coisa era toda a glória que ela ou qualquer mulher precisava ter. Isso não foi verificado, não de forma conclusiva, mas a sensação que ela vinha tendo há meses de que o pênis dele não era nenhuma cenoura foi.

Ela não era completamente inocente, tinha ouvido dizer que o órgão de um homem devia ser duro, não ser tão murcho. O dele *funcionava* perfeitamente bem, ele ejaculava, só que aquilo exigia um bocado dele. Um suor tão abundante que ela às vezes estendia a mão para ver se não era o telhado vazando água. O coração dele disparava. Quando ele parava para respirar, ela nunca sabia se era isso ou se ele estava tendo um infarto ou se tinha terminado.

Aquela noite, como em todas as outras noites, ela esperou pela descarga quente entre suas pernas. Era ela que costumava gritar quando isto acontecia, de tanto que ficava feliz por ele, por si mesma, por seu prazer prolongado. Como sempre, seu orgasmo tinha acontecido muito antes, decorrente do esforço que ele fazia para conseguir ter uma ereção e penetrá-la.

Em outras palavras, o pênis dele não era nenhuma decepção. Longe disto. Uma outra vantagem era que transar não doía. Para ela, pelo menos, era algo bom e fácil. Do lado dela, era bastante sensual, apesar de tão trabalhoso do lado dele, o que o tornava um acontecimento realmente agradável. A maioria das mulheres tem de estar grávida antes de sentir esse ímpeto de amor protetor que o pequeno invasor cego do seu corpo é capaz de provocar.

Quando ela *ficou* mesmo grávida, sentiu-se tão comovida com o pênis dele — sua coragem desamparada — que estava sempre armando-o: esfregando-o nos seios nus (a "geringonça" há muito tinha virado um frangalho) e beijando de leve sua cabeça, que parecia um capacete germânico. De alguma forma ela não se surpreendeu pelo fato de seus lábios serem capazes de torná-lo ereto. O que não quer dizer que seus sentimentos não tenham ficado feridos. Ela descobriu que suas partes íntimas eram insossas — esta foi a conclusão a que chegou — e começou a lavá-las com uma solução de vinagre que a deixava insensível e que em poucos dias deu uma coloração alaranjada aos seus pêlos pubianos. Depois disso, ela passou algum tempo sem tocá-lo, mas acabou não conseguindo resistir. Voltou a esfregar e apertar. E a dar beijinhos.

Quando ele ejaculou pela primeira vez em sua boca, ela cuspiu o sêmen todo na barriga e no saco dele. Ela podia jurar que havia litros daquilo. Ficou horrorizada. Mas no mesmo momento em que ele estava se desculpando e limpando as tiras de líquido ligando os lábios dela a ele, mesmo enquanto ela o assistia tocar aquela harpa, uma veia pulsava entre suas pernas e ela se sentia como se tivesse acabado de bombardear Berlim, olhando da estratosfera para aquele espetáculo esplêndido, dizendo para si mesma: "Veja o que eu acabei de fazer!"

Será que ele alguma vez *a* beijou lá embaixo? Dezessete anos depois, Harmony faria esta pergunta a ela. "Você está louca?", Doris iria responder. Ela podia imaginar quase tudo, mas não podia imaginar Gordon fuçando-a como um cachorro.

Até Harmony aparecer, ela tinha pensado que era muito artificial uma mulher ser amada daquela maneira. Ela nem sabia ao certo se aquilo era permitido. A pessoa tinha de ser um tanto demente, ela pensava, para querer sentir os lábios de alguém em suas partes íntimas. No entanto, lá estava o pensamento, esgueirando-se em sua cabeça durante o ato sexual com Gordon, surgindo em seus sonhos onde nove vezes em dez quem beijava era uma mulher. Num dos primeiros sonhos deste tipo a mulher era a sua tia-avó Beatriz! Doris, dormindo, tinha pensado "Ora, tudo bem, tia Beatriz está morta", e tinha decidido divertir-se. Ela acordou horrorizada, tendo um orgasmo.

Estes sonhos continuaram por toda a sua vida, uma ou duas vezes por semana. Ela estava numa reunião de pais na escola ou no salão de beleza, e de repente estava agarrada com uma mulher. Como em sonhos em que você está nua em público, ninguém prestava atenção. E mais, os orgasmos que a faziam acordar deixavam no chinelo os que ela tinha com Gordon. Portanto, ela não estava falando de pesadelos. Às vezes um pouco de vergonha ao despertar, mas a vergonha não era inevitável. Como ela podia mandar nos sonhos?

Será que ela podia mandar nos *devaneios*? Mais ou menos na época em que Gordon parou de transar com ela (foi antes disso, mas ela usava esta versão), ela estava numa reunião de pais de verdade, não era sonho, e se viu olhando para Harriet Barker e imaginando-a passando a ferro ou limpando o fogão vestida com um *negligée* preto transparente. Harriet era do tipo alto, magro e sofisticado. Só vestindo-a com uma camisola sexy e com um cigarro enfiado na boca é que Doris podia imaginá-la fazendo tarefas domésticas. Quando Harriet não estava, Doris olhava para Libby Burt, que era arrumadinha e perfeita, uma bonequinha de Dresden cheirando a loção Jergens. Ela gostava de imaginar Libby pendurando roupa no varal de calcinha branca e com um sutiã de renda branca. Fazendo beicinho e suspirando, inclinando-se para pegar uma toalha, ficando na ponta dos pés para pendurá-la na corda.

Durante pelo menos um ano, não passou disto. Visões de lindas mulheres executando tarefas domésticas de roupa de baixo e camisola. E então, um dia, ela se colocou na cena. Aparecendo inesperadamente, sendo convidada a entrar. (Foi por isso que quando Robin apareceu na porta da casa dela ela soube o que fazer!) E então as mulheres dos sonhos dela não eram mais conhecidas. Mulheres que via no ônibus, recepcionistas, enfermeiras, mulheres que via nas revistas enquanto procurava cupons para recortar. Mulheres que eram apenas desenhos! A mulher do ScotTissue com sua calça apertada de zebra e suéter vermelho com gola branca de pele. A mulher da locadora de carros Hertz! "Ela tem o conceito Hertz", dizia o anúncio. O que queria dizer isso? Embotada de desejo, Doris tentou decifrar a legenda, como se a própria mulher tivesse sido a autora, mas a mensagem era impenetrável. A mulher tinha o Conceito Hertz, só isso estava claro, e por causa deste conceito a testa da mulher estava suada e sua boca estava aberta e sua língua — tão vermelha quanto os lábios — estava esticada para fora como que para aparar gotas de chuva.

Quer ela pudesse ou não evitá-los, os devaneios de Doris a envergonhavam, embora não a ponto de fazê-la resistir muito ou de deixá-la atormentada. Eles não provocavam mais do que uma careta disfarçada, uns poucos segundos ajustando-se ao fato de que ela era de um jeito e o mundo era de outro. Ela poderia ter se preocupado mais, mas não parecia haver motivo para isso. Devaneios como os dela eram comparáveis a ver formas malucas em nuvens — como, digamos, Winston Churchill usando uma touca. Qual era a chance daquela cabeça de um quilômetro de largura lá em cima começar a berrar "Nós lutaremos nos campos de batalha!", aterrorizando os inocentes passantes? Até conhecer Harmony, ela diria que seria mais fácil ganhar um milhão de dólares do que beijar outra mulher na boca, quanto mais abaixo do pescoço.

Então Harmony foi um milagre. A ausência de vergonha e culpa foi um milagre. Houve medo, mas só depois e só de ser descoberta. Sob as mãos de Harmony, o corpo de Doris transformou-se em sinos. Ela só podia ficar lá deitada, inocente, enquanto Harmony a instruía na declinação de sua própria carne.

— O que é isto? — Harmony perguntou, tocando no bico do seio de Doris. O bico repicou.

— Meu seio — Doris disse, timidamente.

— Seu bico do seio — Harmony corrigiu. Ela pousou a mão sobre a vagina de Doris. — E isto?

— Você sabe.

— Fique parada, Carneirinho. O quê? O que é isto?

— É... lá embaixo.

— Boceta — Harmony disse.

Doris deu uma risada envergonhada.

— Repete — Harmony disse. Ela não estava brincando.

— Boceta — Doris disse alto pela primeira vez na vida.

Harmony tocou-a com o dedo.

— E isto?

— Não sei.

— Fica parada. Eu nunca vi uma mulher tão agitada. Você não sabe o que é isto?

Doris sacudiu a cabeça.

— Estes são os seus lábios. Seus grandes lábios, para ser mais específica.

— Grandes lábios — Doris disse, sentindo-se como Tarzan.

— Pequenos lábios — Harmony disse, continuando.

Sexo também era outra coisa. Escorregadio, equatorial. Para Doris, ele quase restaurou a sua crença em Deus, porque as músicas que tocavam em sua cabeça quando ela se aproximava do orgasmo eram os hinos da velha escola dominical e porque depois dos orgasmos ela se sentia inspirada a cantá-los (com Harmony cantarolando ao lado), sentindo que finalmente ela compreendia o que era "glória nas alturas" e "alegria divina", e o que era estar santificada e aliviada. No trem de volta para casa, a expressão "abominação da solidão" não saía de sua cabeça. Ela não conseguia dormir. Quando amanhecia, ela estava parada entre os carros, assistindo à surra interminável que os postes e fios davam no céu, enquanto todas as canções de amor jamais escritas martelavam em seu cérebro. Harmony tinha dito a ela que as lésbicas não eram tão raras quanto Doris pensava, e talvez fosse verdade, mas Doris duvidava que o mesmo pudesse ser dito de mulheres que enfeitavam os seus seios com folhas de ouro. Ela imaginou se levasse folhas de ouro para casa conseguiria convencer Gordon a cobri-la com elas.

— E então, benzinho, que tal me borrifar de mel e depois me lamber? Depois que as crianças forem para a cama, é claro.

Cenários improváveis eram a especialidade de Doris, mas este estava fora da sua competência. De todo modo, Gordon não era Harmony, mesmo que você bebesse um bocado de rum com Coca-Cola e ficasse de olhos fechados. Da mesma forma, Harmony não era Gordon. Ninguém era outra pessoa, embora as pessoas se parecessem umas com as outras e se dessem as mãos como bonecas de papel.

Se ela sabia disto, então por que depois de todos estes anos ela insistia em pensar em Cloris Carter como sendo outra Harmony La Londe? Como sendo Harmony mas com a urgência de Robin? Isso era mau. E era mau pensar em si mesma como costumava ser nove anos antes. Longe de ser uma beldade, mas uma conquista espetacular para uma mulher negra. No dia do infarto de Gordon, quando Doris apertou o braço de Cloris, ela pode ter achado que estava ultrapassando os limites, mas ao mesmo tempo acreditava que Cloris não achava nada disso.

DEZESSEIS

BILLIE HOLIDAY NA VITROLA portátil — *Gimme a Pigfoot and a Bottle of Beer*. No sofá-cama prateado, Doris e Cloris tomando chá gelado e fazendo uma nova tentativa de comer os biscoitos de gengibre que Doris tinha levado de presente quase seis semanas antes. Para lá de passados. Cloris parte-os como se fossem nozes, com os dentes da frente. "Hmm-mmm", ela diz. Ela é amável. Estupenda. Está usando calça cor de malva e uma blusa amarela de mangas curtas, e várias pulseiras de prata que fazem dos seus braços ciclones.

Tem meia hora que Doris chegou com seu vestido preto de luto. O vestido é para impressionar Cloris, explorar a perda. (Ainda assim, foi uma perda. Doris até que chorou muito por uma mãe que no seu último ano de vida cortou fora a cabeça de todas as fotos da filha que estavam no álbum de retratos e substitui-a pela cabeça da Rainha Elizabeth na idade apropriada, o que nem sempre garantia que o tamanho fosse o mesmo.) Agora Doris está arrependida de ter posto aquele vestido. Está muito apertado debaixo dos braços e está grudado nela como piche, porque a onda de calor pode ter terminado lá fora, mas não no apartamento de solteira de Cloris em cima da Lavagem a Seco Hollywood. Uma coroa de contas na linha do cabelo parece ser toda a transpiração de Cloris, enquanto Doris se sente como um sistema de irrigação. Ela está pensando em colocar o bloco na rua e perguntar se Cloris se importa que ela tire o vestido e o pendure no banheiro para secar, mas e se dois segundos depois o telefone tocar e alguém tiver morrido? Uma das meninas desta vez? Não é preciso ser supersticioso para saber que as coisas acontecem em três.

Não, eis o que a está realmente refreando. E se Cloris não estiver a fim? Um mês antes ela juraria que Cloris estava a fim. Por quê? Ela não se lembra por que tinha tanta certeza disto. Não consegue acreditar que estivesse tão confiante. Uma criança embevecida, estendendo a mão para uma estrela, quando tudo indicava tratar-se de uma lamparina. Cuidado, ela está dizendo para si mesma agora. *Cuidado* é o verso solitário que ressoa em seu cérebro, tão soberano que não precisa de música.

Ela ainda está pensando em Cloris como outra Harmony, mas está levando em conta que Harmony já estava entrando na menopausa quando se interessou por mulheres, e que Cloris não pode ter muito mais de trinta e cinco anos. Para descrever o estado de espírito de Doris, poder-se-ia dizer que ela está imaginando três cenários: Parece Bom, Parece Mau, Não Sei Dizer. Em Parece Bom, Cloris está parada na porta, gritando "Doris!", como se elas fossem irmãs que não se vêem há anos, e em seguida elas se abraçam com tanta força que suas espinhas rangem. Cloris ri e diz: "Meu Deus, eu quebrei a costela do meu marido desse jeito", e isto (o marido, não a costela quebrada) fica em Parece Mau por um ou dois segundos, até ela acrescentar que deu o fora naquele filho-da-mãe em Detroit. O fato de que a fotografia que está sobre a TV é do irmão dela fica em Parece Bom. Da mesma forma, o fato de Cloris parecer ficar fascinada com tudo o que Doris diz. Em Não Sei Dizer, será que ela olha para todo mundo assim? (Pensando bem, do mesmo jeito que Joan.) O branco dos olhos dela é coberto de pequenas veias vermelhas. Será genético ou de tanto sofrer? Em Parece Bom fica o fato de que, quando Doris perde o fio do pensamento pela segunda vez, porque Cloris a está encarando e exclama: "Seus olhos são um caso sério", Cloris dá uma gargalhada com a boca tão aberta quanto a da mulher da locadora de carros Hertz.

Um instante depois, o rosto de Cloris é só tristeza e solidariedade. Ela quer dizer a Doris o quanto lamenta a morte da mãe dela. Um lindo murmúrio no fundo da garganta quando ela agarra a mão de Doris (Parece Bom). Ela diz que não pode nem imaginar a *sua* mãe morrendo.

— Aquela mulher é a minha fortaleza — ela diz. Por um momento, isso Parece Mau, ela freqüenta a igreja, mas acontece que, como Harmony, ela perdeu a fé porque Deus é homem e ela não quer mais saber de homens. — São todos umas víboras. — Parece Muito Bom, embora Doris se sinta obrigada a observar que existem exceções.

— Eu estou falando também de homens brancos — Cloris diz. Ela franze a testa olhando para o chão e depois seus olhos tornam a encontrar os de Doris. — *Principalmente* homens brancos.

— Ah, homens brancos podem ser uns filhos-da-mãe — diz Doris, adotando o plural de Cloris tão inconscientemente quanto adota os sotaques dos outros. O tom de voz dela sugere que ela sabe de uma ou duas histórias a respeito. Ela na verdade não sabe, mas poderia facilmente inventar algumas ali na hora.

Cloris não pergunta nada.

— Amém — ela diz, estendendo a mão para pegar um biscoito. Ela sacode o braço e as pulseiras começam a soar como um bando de grilos. — Parece que você tem um homem bom — ela diz.

— Gordon? Não existe ninguém melhor do que Gordon. As nossas filhas simplesmente o adoram... — Ela suspira. — Mas, você sabe... — Ela torna a suspirar e olha diretamente para Cloris, com os olhos cheios de desejo.

Cloris também olha para ela, firme. Lança relâmpagos vermelhos. Isso continua por tanto tempo que Doris acha que elas devem ter cruzado a linha, e está quase dizendo "Ele *é* um homem" quando Cloris diz:

— Parece que não existe um único homem que não tenha algum *mas* atrelado a ele. Ele é um bom provedor, *mas* é um idiota. Oh, ele é bonito, e como, *mas* é um bocado preguiçoso!

— Ela ri. Seixos movendo-se debaixo d'água. Ela tem um único bloco de ouro, nenhuma obturação que Doris possa ver. Que dentes brancos.

Doris finge rir também. Ela abana as coxas com a saia. Então, subitamente inquieta, ela se levanta e começa a andar de um lado para outro, dizendo: "Não liga para mim, estou com formigas nas calças." Ela apalpa o colarinho engomado do uniforme de enfermeira de Cloris que está pendurado na porta do banheiro. Vai até a quitinete e examina uma fileira de caixas que estão na bancada. Chisitos, Flocos de Milho, Bolachas Ritz, mistura para bolo Pillsbury, detergente Dash. O problema é que ela precisa que Cloris tome a iniciativa, mas se Cloris for nova nisso, então a iniciativa tem de ser dela e ela simplesmente não tem coragem.

— Quanto a isso, nem há dúvida — Cloris diz. Ela está dizendo que veio para Toronto para ganhar mais no Hospital Infantil, ela é uma enfermeira pediátrica, e para recomeçar a vida, mas vai precisar se acostumar com o preconceito existente. Não é do tipo agressivo, é do tipo idiota, burro, contente. O superintendente que a chama de "Jemimah". O hospital todo achando que ela e o único interno preto do hospital devem estar fazendo sacanagem como um par de cães. Doris sacode a cabeça, estala a língua, registra semiconscientemente o uso de "preto" em vez de "negro", o tempo todo respirando fundo para evitar o ataque que sente que está se aproximando. Alguma espécie de convulsão, talvez uma crise de espirros. Está um forno lá dentro. Agora ela está ofegante. Talvez seja um derrame, a terceira calamidade vai ser a morte *dela*.

"Sente-se, meu bem", diz Cloris. "Você parece esfogueada. Perto da janela. Aqui, eu vou virar o ventilador para você."

Doris se senta, com o "meu bem" agindo nela como uma dose de uísque. Já faz tanto tempo que uma mulher não a chama de "meu bem". Será uma paquera? O que *ela* acha? Ela reza para que seja uma paquera, e ela está louca para ouvir mais. Queijo

Cremoso, Carneirinho, Suco de Manga, Favinho de Mel — os nomes que Harmony usava para ela eram como uma iguaria fina.

— Benzinho, você está bem? — diz Cloris, e sua mão está sobre a coxa de Doris. Uma mão menor do que ela esperava, e mais velha, ondulada como casca de árvore. Será que *isto* é uma paquera? Doris sabe que está sendo impaciente demais, ou melhor, vulgar. Até mesmo a maioria dos homens teria a decência de não tentar nada tão cedo. Mas ela não consegue evitar. Ela tem vontade de chorar. Mas tem uma idéia melhor, e como seu coração parece uma trupe de sapateadores, não é um completo fingimento. Ela começa a se levantar da cadeira e então representa um desmaio, coisa que aprendeu quase trinta anos antes e que, finalmente, se mostrou útil.

Só que o apartamento apertado de Cloris não é um palco. Em vez de bater no chão, a cabeça de Doris bate num suporte para livros em forma de cabeça de cavalo que ela não tinha notado que estava debaixo da cadeira, projetado para fora, e ela realmente apaga. Ela jura que no mínimo durante meia hora, porque enquanto está inconsciente ela sonha que ela e Cloris fazem amor.

O sonho começa com ela enroscada numa cama, no meio de lençóis cor de laranja, exatamente os mesmos que Harmony tinha. Ela ergue a ponta do lençol para verificar se está nua e nota que a cor de laranja faz a pele dela parecer sedosa e esticada, anos mais moça. Ela gostaria de saber onde se compram estes lençóis. Outra coisa: como foi que Cloris conseguiu erguê-la do chão e colocá-la na cama? Bem, Cloris é enfermeira, Doris diz a si mesma, e enfermeiras são fortes. Ela larga a ponta do lençol.

E ouve alguém respirando. Depois registra a quentura desta respiração na sua nuca. E alguma coisa roçando as suas costas. Bicos de seios. Ela conhece esta sensação. Numa deliciosa câmera lenta, ela sente os bicos dos seios pressionarem, cedendo lugar aos seios, que se achatam em suas costas enquanto seu traseiro encaixa numa barriga, uma onda de carne que se espalha sobre ela.

Ela não se move com medo de acordar, caso esteja sonhando. Não, ela não pode estar sonhando! Não se vêem cores em sonhos! Uma perna se introduz entre as suas e começa a fazer uma suave pressão. Uma mão desce pelo braço dela até o quadril, tocando-a bem de leve. Ela escuta as pulseiras. Isto resolve o problema, ela tem de estar acordada. Será que num sonho desses ela se lembraria de incluir as pulseiras? E além disso, se ela estivesse sonhando, Cloris já estaria rolando junto com ela. Todos os sonhos de Doris com mulheres tendem a ser do tipo violento. Elas a fazem *rolar*. Elas não perguntariam, como Cloris acabou de fazer:

— Podemos nos beijar, Benzinho?

Daqui em diante é *como* se fosse um sonho, o que para Doris é outra prova de que não é um sonho. Enquanto fazia sexo com Harmony, Doris sempre fantasiava que as duas estavam em alguma aventura marinha. O que ela e Cloris se tornaram foram estrelas-do-mar. Ela, albina; Cloris, escura. Suas línguas se enroscam em espirais incrivelmente longas. A mandíbula de Doris parece sair do lugar, de tanto que ela abre a boca, até estar com o queixo de Cloris todo dentro de sua boca. Então Cloris chupa o queixo de Doris para dentro de *sua* boca. Elas devoram o corpo uma da outra. Uma concha do mar enfeitada com uma luz submarina. Quando Cloris escorrega sobre ela, suas bocas agarram-se nas vaginas uma da outra como se levadas por marés e pelos princípios da física. Tudo o que Cloris faz, Doris faz também, esta sincronização uma lei natural. Doris roça os lábios pelos lábios vaginais de Cloris, ela torna a sua língua tão macia e gorda e molhada quanto os lábios vaginais de Cloris, ela afaga o clitóris de Cloris com mais ternura do que costumava beijar seus próprios filhos quando eram bebês. E embora esteja com a boca cheia, ela fica repetindo "Cloris", e Cloris fica repetindo "Doris", em vozes muito claras mas distantes, como se estivessem perdidas uma da outra.

— Cloris.

— Doris?

— Cloris. — E lá está o rosto de Cloris, de cabeça para baixo sobre o dela. Como foi que isto aconteceu? Quem foi que acendeu a luz? Cloris está vestida. Essa foi rápida. Doris vai tocar a própria têmpora e toca a mão de Cloris. O que é que Cloris está fazendo? Está doendo um bocado ali. "Mama may have", Billie Holiday canta, "and Papa may have..."

— Como você se sente? — Cloris pergunta.

— Quanto tempo eu fiquei desmaiada? — Ela examina os olhos da sua amada atrás de alguma pista. OK, ela estava sonhando, mas não é impossível que Cloris tenha tido o mesmo sonho. Veja o que aconteceu com ela e Sonja no trem, na viagem de volta de Vancouver!

Cloris consulta o relógio.

— Quase quatro minutos.

Ela deve estar brincando.

— Mais um minuto — Cloris diz — e eu teria chamado uma ambulância.

— Quatro minutos? — Doris ainda está excitada, sua vagina pulsando junto com a canção em sua cabeça (*If you get me going, you get what's coming...*) e a veia em sua têmpora, onde Cloris está aplicando gelo. — Em cima do que eu caí, afinal?

— De um suporte para livros. Meu Deus, você está com um galo enorme na cabeça.

Doris engole em seco.

— Você não está enjoada, está? — Um olhar alerta, com as pupilas contraindo-se. Seu olhar de enfermeira, Doris pensa, e se sente tão desamparada que solta um pequeno gemido. — Vamos sentar você — Cloris diz, começando a levantá-la.

Doris resiste.

— Não, eu estou bem. Se eu pudesse ficar deitada aqui mais um pouco.

Cloris torna a deitá-la.

— É claro que pode.

— Só quatro minutos? É mesmo?

— Shush. Não fale agora.

Doris olha para ela. Aqueles maravilhosos lábios cor de malva que há um minuto — sem que soubessem! — a estavam beijando. Os olhos que a viram nua em pêlo. De cabeça para baixo, os olhos de Cloris são reptilianos, inescrutáveis. Doris não consegue se conformar com o fato de que Cloris tenha perdido tudo aquilo! Doris mal pode resistir ao desejo de se virar e cheirar a vagina de Cloris, atrás daquele cheiro de nozes. Por que ela não faz isso? A intenção do desmaio era que ela fosse parar nos braços de Cloris, ou melhor ainda, no colo dela.

Doris pensa um pouco e mal pode acreditar. Aos poucos, ela vai ficando horrorizada. O que ela estava tentando fazer? Uma mulher velha como ela tentando se aproveitar daquela linda moça. Ela se lembra de Cloris dizendo "Você é a primeira amiga branca que eu tenho em Toronto", e se sente terrivelmente corrupta. Ela se sente como um saco de lixo que alguém deixou cair no colo de Cloris. Ela se senta — depressa demais — e geme.

— Vá com calma — Cloris diz.

— Eu estou bem. — Embora tenha uma bola de boliche rolando dentro do crânio dela. — Deixe-me segurar isso — ela diz a respeito do saco de gelo, e quando seus dedos tocam os de Cloris, ela fica excitada de novo. Ela não consegue se livrar da sensação de que ela e Cloris realmente fizeram amor. Ela se sente abençoada por isso. Só que como só *ela* sabe que elas transaram, ela também se sente repugnante e triste. E protetora. Querendo proteger sua nova amante da dona de casa faminta por sexo que está à solta naquela sala.

— Quer um copo d'água? — Cloris pergunta, aproximando-se dela.

Doris olha para ela.

— Um copo d'água?

Cloris sorri, um sorriso sábio e carinhoso, tão igual ao que Joan exibiu para ela aquela vez no porão da vovó Gayler, que o rosto dela parece perder a cor e a idade.

— Ou você prefere mais chá? — Cloris diz.

Doris fica sem fala. O sorriso de Cloris a deixou bestificada.

— Chá *gelado* — Cloris diz.

— Umm... — Doris consegue dizer. Seu coração dá um salto no peito. O que quer dizer um sorriso como aquele? Como você pode saber se foi só para você ou para a idéia de alguém como você? Ou se é *você* que está fora de questão? Se você se tornou transparente a ponto de ela ver o objeto amado através de você?

— Você escolhe — Cloris diz.

— *Você* escolhe. — Uma coisa ela decidiu, todas as decisões de agora em diante serão tomadas por Cloris.

— Chá gelado. — Ela vai para a quitinete, as sandálias batendo no chão, as pulseiras tilintando.

— Depois é melhor eu ir embora — Doris diz, mas não de modo que Cloris ouça.

DEZESSETE

ENROLADA DEBAIXO DO TAPETE cor-de-rosa do *closet* que Joan chama de lar está a camisa branca em que Marcy escreveu AL ESTEVE AQUI. No dia em que Sonja encontrou esta camisa, Joan a estava observando de trás do sofá e de baixo dos tanques da lavanderia. Ela estava enroscada em cima do velho tapete de banheiro, imitando baixinho os sons mais distantes possíveis: um barulho de trânsito a duas ruas de distância, o apito de um trem, uma batida entre um carro e o trem numa passagem de nível, sirenes, o latido de um cachorro cujos olhos tinham saltado para fora e estavam pendurados nos nervos (não que ela soubesse disto, embora soubesse do cachorro por Marcy). Apesar da umidade, ela era atraída para a lavanderia porque lá não tinha janelas e porque ela tinha descoberto que em porões os sons mais agudos são suavizados. (No porão da vovó Gayler o som era tão aveludado que crescia para fora como mofo!)

Quando Sonja começou a revirar a bolsa de trapos, Joan parou de latir e começou a imitar o cantarolar sem sentido de Sonja. Não havia como resistir a isso. Joan tinha registrado o alcance da audição de toda a família em decibéis, de modo que ela conseguiu ficar fora do alcance da audição de Sonja. O batimento do seu próprio coração ela retardou para acompanhar o ritmo lento, dois por quatro, do canto de boca fechada de Sonja. O berro de Sonja, que foi como alguém arranhando a marcha de um carro, ela imitou alto o suficiente para revelar onde estava escondida caso Sonja não estivesse tão amedrontada. A própria

Joan ficou amedrontada, uma vez que todos os ruídos súbitos ou altos a afetavam como se fossem fogos de artifício. Normalmente ela teria corrido para se esconder, mas ali ela já estava escondida, e o barulho, afinal de contas, vinha da sua querida Sonja. Que agora estava recuando para fora da lavanderia.

Com as solas dos próprios pés, Joan imitou o barulho de Sonja subindo a escada. Depois, curiosa, ela foi até onde estava a camisa que Sonja tinha largado no chão.

Ela viu as letras. Rapidamente, alisou a camisa e o que *ela* leu foi ALL (TUDO) ESTEVE AQUI.

Tudo esteve aqui. Fazia sentido. Pelo menos nos últimos quatro anos dos seus seis anos de vida, ela tinha consciência de como tudo estava à mão para ela, de como tudo o que ela desejava parecia estar próximo dela. "Sai daí", Marcy dizia. Por que ela sairia? O que havia no quarto que não estivesse no *closet*? Tudo estava no *closet*. Tudo estava lá.

Joan não é nenhuma colecionadora de bugigangas, mas resolveu guardar aquela camisa.

Ela nunca tirou a camisa de baixo do tapete. Nunca precisou. Ela tem total consciência de sua vibração calmante, que é tão parecida com Sonja que é uma Sonja substituta.

Para Joan, o mundo todo vibra — objetos, pessoas, climas, tonalidades de luz e estação, e os próprios sons com suas amplitudes e oscilações. Pelo menos a metade de todas as freqüências, não importa a sua amplitude, machuca, especialmente quando são novas para ela, mas se ela for submetida muitas vezes a uma vibração dolorosa, nada impede que ela se transforme numa vibração agradável.

Uma pena que isso não tenha ocorrido com a luz. A luz continua a doer, o sol mais do que a luz artificial. A luz do sol soa como o motor do dentista e agride seus olhos como se fossem agulhas, enquanto que o motor do dentista, desligado, tem um som suportável, assim como o dentista, Dr. Jhar. Quando o motor é ligado, dentro do seu zumbido tortuoso existe uma ressonância que acalma, aproximando-se daquela da escuridão. A escuridão ronrona. Da mesma forma que os porões, ela suaviza todas as vibrações. Papel branco também ronrona. Papel verde tilinta. A bala Allsorts, a cortina do chuveiro e uma menina chamada Gail tilintam como uma gargalhada de mulher.

Até onde Joan sabe, tudo vibra como alguma outra coisa. As exceções são cadáveres, música e ela mesma. Ela não vibra de jeito nenhum, e sabe disso por causa do seu reflexo. O espelho vibra, mas não ela no espelho, muito embora o reflexo das outras pessoas soe exatamente como elas próprias soam. Ela acredita que esta ausência é o motivo pelo qual ela é linda. Tendo ouvido a vida toda o quanto ela é linda, ela acredita que as pessoas estão se referindo à sua calma absoluta, ao seu silêncio profundo, e que elas acham isso tão agradável quanto ela própria acha.

Ela sempre pensara que cadáveres também não vibravam. Ou que eles retumbariam como queijo velho — alto demais, profundo e lento demais. Mas a vibração do cadáver da vovó Gayler foi tão rápida que formou um único som, longo, mavioso, que irradiava uma gloriosa luz prateada, que não feriu os olhos de Joan. Luz celestial, foi o que ela concluiu.

No entanto, não houve uma música celestial. Ela gostaria que tivesse havido. Será que ela teria vibrado de uma forma diferente? A música terrena só vibra como ela mesma e faz com que Joan se agite junto... porque ela mesma é oca, é isso que ela pensa. Esta agitação é agradável quando a música é boa, mas parece um choque elétrico quando a música é desafinada ou grosseira. Música ruim vinda da televisão é a pior. Mesmo desligada, a tela emite um rufar descendente, que ela acredita que deve ter inspirado riso gravado. Depois de escutar música ruim, ela costumava prestar atenção na própria circulação e digestão enquanto procurava captar os sons mais distantes que pudesse, para a frente e para trás, aquela longa sístole do próximo e do remoto funcionando como um analgésico. Agora o que ela faz é tocar piano, e isto é literalmente uma injeção no braço, em cada braço, de freqüências altas e baixas fluindo das teclas para os seus dedos, subindo pelos seus braços e se derramando pela sua pele até que as freqüências estejam equilibradas, quando a dor então desaparece.

A palavra impressa é o oposto da música ruim. A palavra impressa é um colírio para os olhos. Ela lê três livros por semana emprestados da biblioteca (isto não inclui um livro ou dois por mês que Gordon lê para ela) e tem perto de cem livros e o dobro de revistas, que pertencem só a ela.

Ela vem lendo desde os três anos, um ano antes de Doris organizar a sala de aula. Como Doris é sua queridinha, ela fingiu não saber ler por mais um ano para que Doris pudesse pensar que a estava ensinando.

Todo mundo perguntava por que ela se recusava a escrever. Por que ela se recusava a falar. Ela não poderia ter contado mesmo que quisesse. Na época em que estavam perguntando isto, ela ainda estava muito longe de perceber que as palavras têm cores na cabeça dela mas não do lado de fora, nem que a perda de cor não é uma redução da palavra e sim uma transformação que ela acha importante demais para manipular.

No entanto, ela irá escrever números. Números são diferentes, eles são quase sempre sem cor. A menos que sejam azuis. Certos números têm uma tonalidade de azul-escuro, que é o azul da respiração das pessoas quando ela sonha que tem uma multidão dentro do seu *closet*. Ela tem um outro sonho recorrente, o sonho em que ela está falando. "Eu odeio você", ela diz nesse sonho. E em seguida: "Eu sinto muito." Não, ela não odeia! Não, ela não sente muito! Ela não tem a menor idéia do que é sentir ódio ou se arrepender.

Ela acabou aprendendo que esses sonhos são pesadelos, e que pesadelos são espíritos maus que oprimem as pessoas enquanto elas dormem.

A palavra "pesadelo" não está registrada na seção de "Informações Gerais" da *Pears Cyclopaedia*, que foi onde ela a procurou primeiro. Não está listada em nenhuma das seções, conforme ela descobriu quando leu a enciclopédia toda, uma página por dia, desde o dia 1º de janeiro de 1961 até o dia 8 de fevereiro de 1963. No outono de 1965, ela soube do traço genético responsável por ela ter se aventurado a tanto. Naquele mês de setembro, alguns dias depois de ter voltado para casa do hospital, o seu querido Gordon contou a ela que o homem Al Yothers era o seu verdadeiro pai.

— Eu gostaria que Al pudesse ouvi-la — foi o que ele disse. — Imagine só ter Glenn Gould como filha e nem mesmo saber que ela existe.

"Mister Sandman é Al Yothers" foi o primeiro pensamento de Joan. (Ela é rápida.) Quando ela tinha três anos, Sonja disse que ela e um gigante de cabelo cor de laranja chamado Seu eram os verdadeiros pais dela. Mais tarde, quando Joan ouviu pela primeira vez a canção "Mister Sandman", ela enfiou na cabeça que Mister Sandman era Seu. Isto foi mais ou menos na mesma época em que Gordon contou a ela sobre um homem chamado Al Yothers que gostava de ler a enciclopédia todinha. Então, sua reação imediata depois de juntar Mister Sandman e Al Yothers foi de que fazia sentido. Ela podia não *parecer* filha de Mister Sandman, mas quem podia saber? Ambos liam a enciclopédia.

Sua reação, depois de refletir, foi mudar seu nome de Joan Seu para Joan Sandman e checar a palavra "esquisito" no dicionário, porque ela se lembrava de Gordon tê-la usado uma vez relacionada a Al Yothers, bem como a um bar. Considerando que Gordon volta e meia mencionava o que vinha a ser o seu "desejo sexual por um membro do seu próprio sexo", mais especificamente Al Yothers, ela presumiu que Al Yothers (Mister Sandman) fosse igualmente esquisito. No entanto, ela ficou na dúvida se além disso ele seria ainda "excêntrico" ou "ligeiramente insano".

Mister Sandman. Seu querido. Ele é tão fascinante.

Mas quem não é para ela? *O que* não é? Até mesmo a dor, até mesmo seus pesadelos, até índices e sumários são coisas fantásticas, inesquecíveis! Durante muitos anos ela achou que ler e decorar eram a mesma coisa. Uma vez, depois de ter acabado de estudar um livrinho sobre jogos de cartas, Marcy fez um teste de memória com ela, que na época Joan achou que era um teste de leitura da mente, uma vez que Marcy tinha estado ali vendo-a ler, e, portanto, decorar, o livro.

Marcy folheou o livro.

— OK — ela disse, parando numa página do meio. — Aqui tem uma boa. Quantas mãos de pôquer existem num baralho de cinqüenta e duas cartas?

Aquele número era azul. Joan não podia escrevê-lo. Ela encostou o lápis nos lábios.

— Nós sabemos o que estamos pensando — Marcy disse.

"Dois milhões, quinhentas e noventa e oito mil, novecentas e sessenta", Joan pensou.

— Nós estamos pensando se devemos dar a resposta certa, porque então todo mundo vai saber que temos uma memória incrível e vai dizer que nós somos tão inteligentes que temos de ir para a escola.

Será que Joan estava pensando isso? Ela presumiu que sim, já que Marcy tinha dito.

— Nós não vamos contar a ninguém — Marcy disse.

Joan escreveu "52".

Marcy suspirou.

— Cinqüenta e dois. Oh, claro. — Ela fechou a revista e Joan foi obrigada a bater na própria coxa para imitar o barulho. — Nós nunca damos uma resposta direta — Marcy disse. — Somos muito irritantes.

Quando Marcy saiu do *closet*, Joan procurou a palavra "irritante" no dicionário. Era outra forma de dizer "que causa impaciência ou aborrecimento". Ela já sabia o que eram impaciência e aborrecimento. Eram como ruídos altos. Ela sabia que uma resposta direta era uma única resposta à qual você se agarrava. Por exemplo, "Você é feliz?", Sim. "Mesmo?", Sim. "Você não está dizendo isso só por dizer?", Não.

Mas há tantas respostas para uma pergunta como essa — às vezes, talvez, sim, não, sim e não. Qual é a direta? Gordon está sempre perguntando se ela é feliz, e para dizer a verdade a ele, ela às vezes muge, outras vezes estala a língua. Sacode os ombros. Ele só quer fazê-la feliz. Foi por isso que deu ao produtor da CBC o teipe dela tocando piano.

— Eu só queria fazê-la feliz — ele disse.

Depois ele disse:

— Eu realmente meti os pés pelas mãos, não foi? — e esta foi uma pergunta à qual ela pôde dar uma resposta direta.

Hora do jantar, novembro de 1965. Espaguete e molho de tomate, pão branco empilhado num prato, margarina tão ofuscantemente amarela que Joan não consegue olhar para ela enquanto Doris não apaga a luz do teto.

— Um jantar gostoso e macio — Doris diz. (Jantares macios são os que eliminam o barulho da mastigação.) — Ao contrário da noite passada — ela diz, referindo-se às cenouras malcozidas. Ela cutuca Joan e Joan pisca de volta para mostrar que ouviu enquanto olha para o reflexo do seu rosto no novo saleiro de alumínio. Ela está tão fascinada pelo seu reflexo ligeiramente deformado que não vê Gordon estender a mão para ligar o rádio. O clique dá um susto nela. Ela o imita estalando a língua.

Tem música tocando, os últimos acordes do que ela reconhece ser o *Prelúdio e Fuga Nº 5 em Ré Maior*, de Bach, tocado por Glenn Gould. Então um homem diz: "O que vocês irão ouvir vai deixá-los estarrecidos". A voz dele é grave como o som de alguém soprando sobre uma garrafa, mas a freqüência dentro dela é aguda como um mosquito.

"Autodidata", ele diz. E "Apenas oito anos de idade quando fez esta gravação". Entre o rosto dela no saleiro e aquele zumbido de mosquito, Joan está distraída demais para ouvir mais do que aquelas palavras. Mas basta uma nota e ela compreende. Basta aquela primeira nota.

O coração dela dispara. Esta aceleração a faz perder o fôlego. Involuntariamente, ela abre tanto a boca que tem a impressão de que a palavra que ela não quer falar está ali na cavidade, em letras de fôrma endurecidas, enfiadas entre os seus molares.

— Gordon, desliga isso — Doris diz. Mas antes que ele possa fazê-lo, o som desliga sozinho. Bem como a luz do corredor e o motor da geladeira, tudo ao mesmo tempo. E também as luzes da rua, mas só Joan percebe isso, porque só ela se dá conta do súbito silêncio dos transformadores elétricos. Ela cobre os ouvidos com as mãos. Escorrega da cadeira e corre pelo corredor, a escuridão indicando-lhe o caminho como mil mãos. No chão do *closet*, atrás de uma pilha de livros, ela se enrosca.

O tempo passa, ela não tem idéia de quanto. Talvez ela tenha dormido e seus queridos a tenham acordado. Eles estão falando perto da porta do armário. Gordon diz que houve um blecaute. Doris diz: "Acho que você não tem a mesma queda que a sua mãe pelas luzes da ribalta." Sonja diz: "Pobre coelhinha, pobre coelhinha." Marcy diz: "Eu *disse* a eles para não fazerem isso."

Joan mantém as mãos tapando os ouvidos, e mesmo assim ouve tudo o que eles dizem. Por cima do berro submarino da sua circulação, as vozes deles são claras e finas, como crianças mortas chamando. Ela imagina se o que causou o blecaute foi ela estar no rádio — aquela terrível freqüência.

Mais tarde naquela noite, ela escuta no seu rádio transistor que toda a Costa Nordeste sofreu uma interrupção de energia. Ela ainda se pergunta se foi ela. Nessa altura, cinco pessoas telefonaram para dizer que ouviram o início da transmissão. Pela conversa unilateral de Doris, Joan depreende que as duas últimas pessoas a ligar a estão convidando para tocar em algum lugar. Ela torna a tapar os ouvidos, na expectativa de evaporar. Estranhos demais em volta dela — muitas vibrações estranhas, humanas —, e ela vai se dissolver como uma nuvem e se transformar no ar que eles respiram. Não ia ser um espetáculo e tanto? Mas isto a assusta. Não pela primeira vez, ela se sente grata por todas as fivelas e fitas que, ela tem certeza, Marcy prende na cabeça dela para evitar que ela se dissolva.

Daquela noite em diante, ela pára de tocar piano quando a janela está aberta ou quando tem alguma visita na casa. Ela não busca a fama. Ela não pode suportá-la, nunca mais ela vai gravar a si mesma tocando piano. Não que ela tenha feito isso mais de três vezes. Todas aquelas fitas empilhadas num canto do *closet* não são dela.

Apesar do que supõem os seus queridos. "Você está organizando uma boa biblioteca de teipes aí", Gordon diz, e ela percebe o desejo na voz dele. Como ele gostaria que ela tocasse alguns daqueles teipes para ele ouvir!

Ele vai ter de esperar, nem ela ouviu ainda os teipes. Um dia ela vai ouvir, vai reunir a família inteira e, todos juntos, irão escutar uma seleção daqueles teipes. Quando vai ser esse dia e como ela vai organizar a seleção ela ainda não sabe. Enquanto isso, os teipes são propriedade particular dela.

Ela tem quarenta e quatro teipes gravados em quatro pilhas e onze anos de idade quando lê um artigo na revista *Maclean's* sobre um compositor chamado David Rayne, que compõe música a partir de conversas gravadas. Ele faz isso extraindo certas palavras e fazendo-as tocar mais depressa ou mais devagar para produzir o tom e o ritmo desejados, e em seguida juntando os diversos sons para criar uma melodia. Em um teipe separado, palavras ou expressões repetidas e às vezes frases inteiras servem para marcar o compasso e a harmonia. Para finalizar o produto, ele toca os dois teipes ao mesmo tempo e grava isso.

— É um processo arriscado — diz o Sr. Rayne —, porque o tempo todo o teipe da melodia e o teipe do acompanhamento têm de estar perfeitamente sincronizados um com o outro.

Com uma única leitura rápida, Joan não só apreende esta técnica como também imagina um meio de adaptá-la a uma composição sua. O coração dela dispara. Ela verifica o relógio para monitorar a aceleração, e por um instante fica absorvida pelo grau de excitação em que claramente se encontra.

O último disco do Sr. Rayne chama-se *Expresso transônico*. Essas duas palavras descem pela espinha de Joan em espirais, causando uma vibração que só encontra eco quando ela vê uma foto de "David Rayne trabalhando no seu estúdio". Na foto, vêem-se três gravadores em pé, que podem ser do mesmo modelo que o mais novo dela, o seu Philips. Ela ergue os olhos da revista e examina o *closet*. Talvez se ela tirasse todos os seus livros. Não, tem mais espaço no porão. Uma mesa comprida como a dele, um banquinho... Ela estuda a foto. Fones de ouvido, ela vai precisar de fones de ouvido para ter privacidade. O que mais? E se ela deixar essa parte para Gordon, que só quer que ela seja feliz? E se ela deixar que Sonja, a "Srta. Ricaça", pague a conta?

Nas noites em que está em casa, Gordon ainda lê para ela livros da biblioteca. Esta noite, quando ele vem buscá-la no *closet* e diz:

— O que vai ser, Bates ou Beckett? — (eles alternam sempre entre dois livros) ela estende a revista para ele, dobrada no artigo sobre o Sr. Rayne.

"Você quer que eu leia isto?"

Ela faz sinal que sim com a cabeça e fica na ponta dos pés para poder cheirar melhor o rosto dele. Com base em certas coisas que ele contou a ela durante suas visitas antes do jantar, bem como na coincidência do cheiro do seu corpo nessas ocasiões, e por ter lido um artigo sobre sêmen no *Scientific American*, ela chegou à conclusão de que um cheiro de álcool-alvejante-suvaco indica que ele ejaculou recentemente com um homem, um homem que (nunca se sabe) pode ter sido Mister Sandman. Desde o Natal que ela não sentia aquela combinação de cheiros em Gordon. Ela fecha os olhos e aspira-o como se fosse ar puro — aquele cheiro! —, o mais próximo que ela jamais chegará do seu verdadeiro pai.

— Tem certeza? — Gordon diz.

Ela abre os olhos. Quanta certeza ela tem? Absoluta? Bastante? Será que ela tem mesmo certeza? Enquanto as opções passam pela sua mente, ela tenta apreender a fraca freqüência do esquisito com quem Gordon ejaculou. (Ocasionalmente, quando você toca em alguém, a freqüência da pessoa ressoa no seu corpo durante algum tempo.) Um zumbido é o que ela deseja ouvir. Ao longo dos anos ela convenceu a si mesma de que Mister Sandman emite uma vibração fraca, melodiosa, exatamente como o zumbido do gravador.

Não, não tem nada, mas enquanto tenta escutar um zumbido, ela tem uma idéia tão boa que apita como uma sirene.

— Vou aceitar isso como um sim — Gordon diz e eles saem pelo corredor na direção do porão.

Ela continua a apitar por causa da idéia, que é a seguinte: Mister Sandman vai poder estar na composição dela, afinal de contas! Ele pode ser o zumbido! Ela não precisa escutar os teipes para saber que em todos eles, no fundo, tem o som dela mesma reproduzindo o zumbido do gravador. Então, se o seu zumbido puder representar Mister Sandman, as vozes de todos os seus queridinhos estarão na música!

DEZOITO

NO VERÃO DE 1968, Marcy informa à família e aos amigos que, dali em diante, o nome dela passaria a ser Marcia. A garota paranóica que namorava machos cabeludos com ereções às quais se agarrava como se fossem bengalas brancas, *essa* era Marcy.

Marcy era uma garota que desabotoava o sutiã e se desvencilhava dele mais depressa do que Houdini, depois se inclinava para a frente e cruzava os braços para dar a impressão de que seus seios eram tão cheios quanto pareciam sob o enchimento, e para os namorados isto significava apenas que ela estava tão arrebatada pela paixão que não podia esperar enquanto eles se atrapalhavam com o fecho. Até onde ela podia dizer, seus namorados nunca perceberam que o sutiã dela tinha enchimento. Nenhum deles (e isto inclui Chuck, o cara velho) jamais a acariciou com a finura que a levaria a acreditar que eles estavam comparando medidas.

Marcia, por outro lado, não é nenhuma artista de circo. Ela não tem de ser, a vida dela é mais rígida, mais calma, mais limitada, restrita a um único namorado chamado Paul. Enquanto Marcy só via os seus namorados direito a vinte centímetros de distância, e mesmo assim só em suas partes foliculosas, Marcia, através de suas novas lentes de contato, enxerga Paul imediatamente e à distância. Quanto a usar um sutiã acolchoado, ela contou logo a ele que usava. No terceiro encontro que tiveram, eles decidiram morar juntos em Vancouver depois de terminar o segundo grau e talvez até se casar mais adiante, e ela não conseguia ver-se abraçando a si mesma durante os próximos cinqüenta anos para fingir que tinha seios grandes. De qualquer modo, esse foi um dos motivos.

Contar a ele não foi fácil. Teria sido mais fácil confessar que ela era uma assassina ou que estava morrendo de câncer. Dizer que não era mais virgem, coisa que ela fez no primeiro encontro deles, foi muito mais fácil. Partir o coração dele quinze meses depois, nem para isso ela precisou fumar dois baseados para acalmar os nervos.

Ela os fumou sentada no vaso sanitário, acendendo um na guimba do outro. Depois usou o seu FDS para refrescar o ar. Como estava chapada, deixou a lata de FDS no banheiro, onde Joan, que estava esperando do lado de fora para esvaziar a bexiga, encontrou-a e alguns minutos depois foi apanhada pela mãe aplicando-o no lugar certo (como se uma reclusa de onze anos de idade precisasse de uma vagina com cheiro de flores do campo). Nessa hora, Marcy cambaleou de volta até o banheiro e estava um bocado alta, mas se lembra da mãe tirando a lata da mão de Joan, lendo o rótulo, e então, ao ver que Marcia estava ali, perguntando com uma voz estranhamente empertigada:

— Isto aqui é seu?

— Não — Marcia mentiu sem esperar que ela acreditasse. *Quem mais* poderia ter uma lata de spray desodorante feminino naquela família?

Mas a mãe disse:

— Então acho que eu devo tê-la deixado aqui — e deu uma risadinha.

O quê? Sua mãe usava FDS? Seus pais ainda faziam sexo? Enquanto o banheiro entrava em órbita, Marcia se agarrou na porta e tentou agir normalmente.

— Ei, talvez Angela tenha esquecido aqui — ela brincou (Angela era a nova melhor amiga da mãe, uma ruiva glamourosa, divorciada, que às vezes passava a noite lá no sofá-cama da sala, por ter bebido um pouco além da conta), e sua mãe lançou-lhe um olhar penetrante e deixou cair a lata, que rolou em câmera lenta para baixo do vaso, e Joan se apressou em imitar o barulho da queda e do chão arranhado.

Mais tarde, por volta da meia-noite, num estacionamento ao lado da via expressa, o Dodge conversível 59 de Paul, com bancos quebrados e um buraco no chão que dava para Marcia enfiar o pé descalço por ele e esfregar a sola nos dentes de leão.

Eles fumaram um baseado. Ela o masturbou (porque estava nervosa demais para transar). Ela contou a ele. Depois de ficarem vendo os carros passando na via expressa, carros e mais carros pelo pára-brisa. A mão esquerda dele batuca no painel, a direita põe e tira os grampos do aplique que ela está usando. A última coisa que ele disse foi "Mercy".* Isso foi antes, quando ele ejaculou, e embora seja o que ele diz normalmente depois de gozar e, segundo a interpretação dela, menos como uma brincadeira com o nome dela (Marcy) e mais como uma conseqüência de quando ele só ouvia *rhythm-and-blues*, ela resolveu interpretar isto como uma mensagem divina de que ele estava com a disposição adequada para ouvir sua confissão. (Ela não acredita mais em Deus, mas se comporta como uma pessoa que fala uma língua nova e sonha na velha.)

— Acho que você precisa saber que eu uso sutiã acolchoado — é assim que ela fala.

Agora, depois de um longo silêncio, ela está imaginando todo o tipo de conseqüência, desde ele querendo de volta o colar dele de unhas (aparas das unhas vermelhas da mãe dele coladas numa tira de camurça formando sinais de paz) até ele rasgando o sutiã e arrancando o enchimento. Finalmente, ela não consegue mais suportar.

— E então? — ela diz.

— Então o quê? — Preguiçosamente. E então ele grita: — Ahh! — quando o aplique sai na mão dele. — Merda! — ele grita e o atira para fora do carro.

* Misericórdia. (N. da T.)

Eles procuram por ele no meio do mato. Ele diz que pensou que fosse um passarinho morto.

— Toda garota que eu conheço usa um aplique — ela diz, à beira das lágrimas. Duas garotas que ela conhece usam. Mas ela nunca imaginou que alguém achasse que apliques fossem cabelo de verdade, da mesma forma que cílios postiços. Meu Deus, será que ele pensa que os cílios *dela* são de verdade? Ela sente um bolo na garganta. Ela vê a si mesma caindo aos pedaços, literalmente, a mão gorducha e implacável de uma criança arrancando fora os seus olhos, o seu nariz. No jardim-de-infância, eles levavam limpadores de cachimbo, botões, lã, retalhos de pano, enfiavam-nos em batatas e faziam bonecas. Quando as batatas começavam a apodrecer, eles tiravam os botões e o resto das coisas e tornavam a guardar numa caixa de sapatos. As batatas eles punham no peitoril da janela para ver o mofo crescer.

— Aqui, passarinho, passarinho — Paul chama o aplique. Agachado, ele passa os braços de vara de saltar pela grama. A grama parece meio marrom, as luzes cor de margarina do estacionamento bronzearam todo o cenário. O cabelo *dele* é mesmo comprido e louro. Brilha como metal. Vendo, naquele ângulo e naquela luz, uma garota melhor do que ela acha que *ela* é, ela simplesmente desiste.

— Você quer terminar comigo? — ela pergunta.

Ele endireita o corpo.

— Hein?

— Tudo bem se você não quiser mais sair comigo — ela diz, irritada por ser obrigada a repetir.

Ele entorta a cabeça para um lado e para outro.

— Por que eu não iria mais querer sair com você?

Ela desabotoa o sutiã e o tira fora.

— Por causa disto aqui — ela diz, atirando-o para ele.

Ele o tira de cima da cabeça.

— O que tem ele?

— É acolchoado, OK?

— É? — ele diz. — E daí?

É como se ela tivesse pulado de uma grande altura e aterrissado num colchão macio. Ela está viva. Fica ali parada, respirando, esperando pelo alívio.

Que parece retardado por uma espécie de lama. Subitamente grudado em seu coração, um tampão grosso onde deveria estar um coro cantando aleluia. Ela aperta o coração com a mão e a sensação surpreendente da sua carne sem enchimento parece ser a razão pela qual Paul grita: "Ei!"

Ele tem razão, parece mesmo um passarinho morto. Ele o segura suspenso no ar, com o sutiã dela pendurado no pulso da mesma mão.

Depois daquela noite, quando estão transando, ela se sente livre para ficar de sutiã ou para tirá-lo, ele não liga. Quando eles dois estão sozinhos, ela dispensa os cílios postiços. Marcia é uma garota que usa um aplique e lentes de contato, mas sozinha com ele ela não é *obrigada* a usar. "Use o que é seu", ele diz. Ele pode dizer isto porque tem bastante cabelo.

Os garotos da escola costumavam fazer piadas com o cabelo comprido dele, mas mesmo quando o chamavam de "docinho" ou de "mariquinha" ele simplesmente sacudia a cabeça com seu jeito calmo, meio distraído, e após alguns meses alguns desses mesmos garotos estavam deixando seus cabelos crescer ao estilo dos Beatles. Nem há dúvida de que ele é popular. Além de ter um conversível *e* uma motocicleta, ele é campeão de salto com vara, tem um metro e noventa e é magro. Sendo o primeiro hippie de verdade da escola, ele devia ser um intruso. Sendo, além de hippie, um atleta, ele é mais como um embaixador de um lugar que talvez não seja tão depravado assim, afinal de contas. Uma grande vantagem para Marcia, a grande vantagem inicial, foi o fato de ela não ter crescido junto com ele. Com a maioria dos rapazes bonitinhos da classe, ela partilhava uma história sexual humilhante. Cuspir na boca um do outro e achar que aquilo era um beijo francês, por exemplo. Agora, ali estava um garoto que vinha de três mil milhas de distância. Ele nunca tinha sido namorado dela, nunca tinha dado o fora nela, não a odiava, não tinha nenhum motivo para dar um chute na cabeça de um cachorro medonho e depois mandar para ela, pelo correio, um retrato do cadáver com as palavras "De quem foi a culpa?" rabiscadas atrás.

Ele tinha dezenove anos. Estava no mesmo ano que ela porque tinha levado bomba, mas não na turma dela, portanto, de setembro até maio ele foi para ela pouco mais do que um borrão nos corredores. Ela só usava óculos na sala de aula, e assim mesmo como se fosse um *lorgnon*, olhando através de uma das lentes quando era necessário enxergar o quadro. Em maio, ela comprou lentes de contato. Gastou todas as suas economias. Na véspera de ela usar pela primeira vez as lentes de contato na escola, ela e sua amiga Pammy iam atravessar a rua quando Paul passou voando na sua motocicleta, tão perto que se Pammy não a tivesse puxado para trás, ela teria sido atropelada.

— Você não o viu? — Pammy gritou.

Não, Marcia não tinha visto. No dia seguinte ela iria vê-lo. Ali parada, apertando os olhos para tentar ver seu cabelo louro esvoaçante, ela soube quem seria o primeiro garoto para o qual ela dirigiria seus olhos perfeitos.

Quando colocou as lentes na manhã daquele grande dia, ela teve a sensação um tanto arrepiante de que se tratava de um milagre. Do dedo de Deus, não o dela mesma, revestindo seus globos oculares. Ela caminhou até a escola maravilhando-se com cada folhinha e pedacinho de grama. Quando se aproximou de Paul antes do primeiro período, sua claridade subatômica o fez parecer embaraçosamente vulnerável, como se ela o estivesse vendo nu através de lentes de raios X. Atrás dela, Pammy dava risadinhas. Um minuto antes, quando Marcia dissera que ia pedir para dar uma volta na motocicleta dele, Pammy tinha dado gritinhos histéricos só de pensar na ousadia.

— Não é ousadia — Marcia tinha dito.

— E o que é? — Pammy disse.

— Não sei. Mas não é ousadia. — Instinto, ela pensou, embora, evidentemente, não pudesse dizer isso a Pammy.

Foi sete horas depois disto, fumando seu primeiro baseado num campo cercado de álamos e cheio de carneirinhos espalhados, que a idéia de ser completamente honesta com um rapaz atravessou-lhe a mente. Ela e Paul estavam deitados sobre florezinhas roxas, sob pequenas bolas brancas de nuvem que ela identificou como sendo os pensamentos inocentes dos carneirinhos. Borboletas brancas, como uma evolução destes pensamentos, esvoaçaram ao longe e floresceram diante dos seus olhos, uma delas pousando em sua mão quando ela foi pegar o baseado. Será que a vida podia ser mais doce do que isto? Instalados no seu ninho de árvores, ela e Paul eram seres novos, puros.

Havia tudo aquilo, o cabelo louro dele, comprido e ondulado. Um dia, muitos anos depois, ao olhar uma foto dos dois, ela não descartaria a possibilidade de ter-se confessado e depois de ter-se dedicado exclusivamente a ele apenas por causa da semelhança dele com Jesus. Mas talvez fosse apenas o fato de ele ter aparecido na vida dela quando ela estava entrando numa fase de namoro com a verdade e a monogamia.

— Eu não sou virgem — ela disse, começando com força total, e a campina e o céu pareceram alargar-se, como que para acomodar uma platéia.

— Não tem mais virgens em lugar nenhum — ele disse com uma voz rouca no meio de uma tragada.

— Eu sou um crânio — ela disse. — Eu finjo que vou passar raspando, mas a nota mais baixa que tive até hoje foi setenta e nove.

— Ótimo — ele disse. — Você pode me ajudar com o meu dever de casa.

— Eu não falo como se tivesse a mente suja, mas tenho.

— Melhor ainda — ele disse, rolando para o lado dela, e ela, com o cigarro entre os lábios, desvencilhou-se rapidamente do sutiã.

Eles fizeram sexo, outra diferença, uma vez que para não comprometer sua reputação ela nunca tinha ido até o fim com um garoto da escola. Dois dias depois, comovida pela forma como ele usou a mão como anteparo para acender um cigarro ao vento, ela disse a ele que o amava e disse que tinha a sensação de que ele também a amava, e ele inclinou a cabeça para um lado e para outro e depois resmungou "É", e confirmou isto balançando lentamente a cabeça.

Mas vamos com calma. Ela sempre amou todos os seus namorados, a partir de Dug. Não amou necessariamente quem eles são; quem eles são conta, mas ela é capaz de passar por cima de qualquer tipo de personalidade. Antes de um rapaz falar com ela, seu coração já está transbordando... pelo modo como ele se deita sobre a carteira, por exemplo. Não precisa muito mais do que isso. O enternecimento que ela costumava sentir por rapazes com mãos que pareciam pás fazendo o delicado trabalho feminino de tomar notas, enquanto olhavam de vez em quando pela janela para avaliar o mundo lá fora. Como se estivesse sendo roubado, um garoto ficava parado com as mãos encostadas na janela da sala na aula de história, olhando para fora, e ele não era mais o Michael, não para ela, ele era o Bem-Amado.

Ela se apaixonou por um garoto chamado Norman por causa de suas batatas da perna cabeludas, de centurião romano. Pêlos nas batatas das pernas e nos antebraços a deixam louca. E um pomo-de-adão é capaz de hipnotizá-la. Ela tem vontade de pôr o dedo sobre ele. Como ela pode deixar de pensar no pênis dele, formando igual saliência? Não existe quase nenhum garoto que ela já não tenha amado por causa do seu pênis. Apenas a idéia de um simples e pequenino pênis (simples se comparado com o cérebro, pequeno se comparado com uma perna) tem o poder de puxar junto o garoto todo, içá-lo como uma formiga carregando cem vezes o seu peso. Quando um garoto dá o fora nela, normalmente por causa de uma garota mais bonita, ela mentalmente se despede dele com um beijo e com a frase "Al esteve aqui" (tendo o sentido dessa frase mudado de "tomar cuidado" e de "ferir os sentimentos de alguém" para um estado de melancolia estóica) enquanto se consola em saber que há muito mais Bem-

Amados no lugar de onde ele veio. Normalmente ela tem mais dois de reserva.

Até Paul, ela tinha por hábito ter um namorado da escola ou público (que ela levava para conhecer os pais dela) e mais dois namorados secretos. O namorado da escola costumava ser certinho, um tanto tímido. Quando tentava apalpá-la abaixo da cintura, ficava tão arrependido quando ela afastava a mão dele que quase batia com o carro num muro. Os outros rapazes ela conhecia em festas promovidas em outras escolas. Ela os conhecia no ônibus de Broadview, em lojas. No verão anterior ela arranjou um num hospital público onde fingiu que tinha fugido de casa para poder receber as pílulas anticoncepcionais que estavam distribuindo lá.

Ela fazia sexo com esses namorados clandestinos em seus carros e casas. Eles eram perigosos porque pareciam andar no limite, embora normalmente ainda estivessem na escola e cumprissem as leis. O perigo estava mais no que ela via neles, alguma qualidade como a que transparece num homem que ajeita os ombros antes de atravessar a porta de um *saloon*. Rapazes melancólicos também a excitavam, assim como um olhar (desde que não fosse dirigido a ela) capaz de matar. Da mesma forma, ela também gostava de um sorriso cínico, imaginando que ele fosse o indício de uma tendência má. Isso nunca foi verdade. Longe disso, seus namorados clandestinos, por mais que tivessem uma aparência malvada, eram cheios de fraquezas. Eram do tipo que gastava o próprio dinheiro para alimentar um gato careca e raquítico que aparecia no quintal e que tinha um monte de cacoetes. Eles partilhavam uma cama de solteiro com um tio que estourou metade do cérebro depois de ter prendido bolas de gás no revólver para que ele flutuasse para longe do cadáver e desse a impressão de que alguém (mais exatamente o seu sócio) o tivesse matado. Mas antes de ouvir a história toda, Marcia se dava conta da esquisitice e pensava "De novo, não".

O namorado que dormia com o tio com lesão cerebral era Ed Oates. Tanto Ed quanto o tio murmuravam coisas pelo canto da boca como se fossem espiões, e como um espião Ed operava um rádio de ondas curtas do seu quarto no porão. Quando ela contou a Ed sobre os tios birutas, os gatos, irmãos etc. dos seus outros namorados e imaginou qual seria a história dele, ele resmungou: "Você é como um operador de rádio de ondas curtas no Alasca. Você capta o único sinal que chega até você."

O que será que ela capta de Paul? Do rapaz por quem largou Ed e dois outros Bem-Amados? Que ele nasceu calmo e que ele e Sonja são as duas pessoas mais contentes que ela já viu. "Estou feliz", ele anuncia quando está parado sem fazer nada. Mas ela já o viu zangado. Curtos acessos de raiva tão inesperados e deslocados no meio de uma conversa aparentemente tranqüila que se ela não tivesse ouvido os palavrões ela teria achado que havia algo engasgado em sua traquéia. Esses acessos só ocorrem quando ele fala sobre o pai.

No dia em que Paul fez quinze anos, o pai dele morreu de cirrose. "Um pequeno planeta", é como ele descreve o tamanho da barriga do pai nessa ocasião, e diz que o pior é que o pai não conseguia manter as calças no lugar. Em uma ocasião ou outra, todo mundo na vizinhança tinha visto o pai dele na rua com a calça em volta do tornozelo, vociferando e cambaleando, e "Todo mundo fica com pena". Isto é Paul, ainda brando. "Tudo o que vêem", ele diz, "é um pobre bêbado pedindo esmola para fazer uma operação no cérebro, na Inglaterra. Esta era a história dele... ele tinha um tipo raro de tumor cerebral. E metade dos incautos acreditava na história, ou talvez não, mas davam uma ajudinha ao velho Jim, que costumava consertar seus carros. E o que o velho Jim faz? Compra uma garrafa de aguardente, vai para casa e dá uma surra na minha mãe." Paul parece estar apenas recordando. Um movimento de cabeça agita o seu cabelo antes de ele dizer: "Aquele monte de merda sádico daquele filho-da-mãe", com uma voz engasgada de ódio. Voltando à sua voz normal, ele acrescenta: "Se ele não tivesse morrido eu teria acabado com ele, cara."

Então metade da birutice da casa *dele* está morta, e não parece ter sido alguém que Paul amasse cegamente. Esta honra pertence à outra metade. A mãe dele.

— Pode me chamar de Brandy — ela diz a Marcia quando se conhecem. Ela fala como se fosse um gângster. Depois tem um acesso de tosse.

Durante o acesso (que não pára nunca), Paul se debruça sobre o canto da mesa da cozinha para bater nas suas costas magras, entre as omoplatas pontudas que têm sua contrapartida ligeiramente maior no sutiã antiquado que ela está usando. Quando ela passa a emitir ruídos que parecem ser uma risada amarga, ela chupa a fumaça do cigarro e em seguida abre caminho no meio da fumaça para agarrar o pulso de Marcia.

— Você é só pele e osso — ela resmunga. E em seguida: — Usa um bocado de maquiagem. — De novo, olha só quem está falando. Cílios postiços grossos como saias de hula-hula, sombra roxa nos olhos, batom vermelho-sangue, base laranja rachada nas bochechas como uma parede de tijolos.

Os olhos dela são iguais aos de Paul, só que de um tom mais claro de azul e embaçados. Para tentar provocar algum sentimento amigável em si mesma, Marcia imagina a infeliz levando uma surra e pensa: "Pobre senhora." Em voz alta, ela diz:

— Estou muito contente em conhecê-la.

— Você é uma, como é mesmo o nome? — Brandy responde. Suas unhas vermelhas e pontudas espetam o pulso de Marcia.

— Uma o quê? — Marcia olha para Paul, que continua a sorrir como um casamenteiro.

— Você sabe... — Brandy diz de mau humor. Ela solta o pulso de Marcia e enfia um dedo através do laquê do seu penteado volumoso. E coça bem lá no fundo. — Uma... uma... uma... ah, merda. — Ela olha para Paul. — Uma como é mesmo o nome — ela grita para ele. — Você sabe, intocada.

— Uma virgem — Paul sugere. Ele se serve de um dos cigarros dela.

— Uma virgem! — Brandy grita para Marcia. — Você é uma virgem?

Marcia faz sinal que sim com a cabeça. Ela não olha para Paul.

Brandy aperta os olhos.

— Não tente me enganar — ela resmunga e enfia uma das mãos por baixo da mesa.

Marcia sacode a cabeça — não, ela não tentaria enganar Brandy. Quando a mão de Brandy sai de baixo da mesa sem um revólver, Marcia começa a respirar de novo.

— E então — Brandy diz — ele contou que nós somos um time, eu e ele?

— Um time?

— Nós somos como unha e carne. — Ela cruza os dedos. — Aonde ele vai, eu vou. — Ela se volta para Paul. — Certo?

— Isso mesmo, Brandy.

Brandy resmunga e torna a olhar Marcia de cima a baixo. Seus olhos parecem dizer, melhora essa fachada, irmã. Ela apaga o cigarro e limpa a garganta enquanto rasga um pedacinho do canto do jornal amarelado que está espalhado por toda a mesa. Marcia olha para Paul. Paul ergue dois dedos no sinal de paz. O punho ossudo de Brandy cutuca o braço de Marcia.

— O que você acha disso? — ela diz.

— De quê?

— De eu e Paul sermos um time?

— Oh! — Marcia diz. — Ótimo. Eu acho ótimo.

Brandy balança a cabeça. Um movimento que parece querer dizer espertinha, hein? Com um movimento de mão que inclui Paul, ela resmunga:

— Vão cuidar da vida.

— Eu não estava mentindo — Marcia murmura para Paul do lado de fora. O que ela quer dizer é que nunca levou a mal gente como Brandy. Isto é, onde seus namorados vão, normalmente não vai uma Brandy junto com eles? Pelo menos a mãe de Paul não é uma retardada que tortura você com imitações intermináveis de Jack Benny. Mas e quanto aos amigos americanos de Paul que fugiram do serviço militar, os três caras que Paul diz que vão dividir uma comunidade com eles em Vancouver? Será que eles não vão se importar se ele aparecer com Brandy?

Marcia não pergunta, não imediatamente, talvez porque aquela idéia de comunidade com fugitivos do serviço militar pareça irreal para ela. Quando ela finalmente pergunta, suas visões do futuro estão sempre se esquecendo de incluí-lo e ela chegou ao estágio de juntar uma sobra do futuro que ele possa catar depois que ela for embora.

(A resposta dele irá deixá-la deprimida. "Você está brincando?" — ele vai dizer. "Outra garota para cozinhar?" Que ele imagine que ela *saiba* cozinhar, ela acha tocante, que ele imagine que Brandy *vá* cozinhar, ela acha patético.)

Depois de conhecê-lo há alguns meses, ela se dá conta de que nunca viu Brandy no fogão. É Paul quem prepara todos os jantares, variando entre bife grelhado e chili. Duas porções, dois pratos, mas só para exibir. Porque no fim ele sopra a cinza de cigarro para fora da porção de Brandy e come-a também.

Enquanto isso, Brandy continua a ler o *Toronto Star*. Sentada à mesa da cozinha, ela o lê do princípio ao fim, cada palavra, inclusive o número das páginas. O jornal dos dias de semana demora três dias para ser lido, o exemplar de sábado demora cinco dias. Quando Marcia a conhece, ela ainda está lendo o jornal de 1966, berrando cabeçalhos sobre as greves em Watts e o primeiro coração artificial.

Em resposta, Paul diz:

— Puxa — ou — incrível. — Dependendo.

— Mas do que é que você está falando? — Brandy às vezes reclama com ele. — Isso tudo já é passado. — E um minuto depois ela vai ler que a carne está em liquidação no Dominion e resmunga que devia comprar uns dois bifes.

Parece que Brandy começou a ler os jornais cerca de um ano antes da morte do pai de Paul.

— Ei, é a fuga dela — Paul diz. — Ajuda a mantê-la desligada. — Ele vive dizendo o quanto ela é desligada, "que mulher desligada" acaba se tornando sua única contribuição em qualquer conversa sobre ela. Pelo tom de admiração dele, dá a impressão de que ele está se referindo às suas tortas de cereja. Na opinião de Marcia, Brandy é mais maluca do que desligada, mas ela vai levando até Paul conhecer Joan e dizer que *ela* é desligada. Marcia fica rígida.

— O que você quer dizer com isso?

— Muito esquisita — ele diz.

— O que você quer dizer? — ela repete.

— Vive do lado de fora.

— Joan não vive do lado de fora. Ela nunca sai de casa.

— Estou falando sobre onde a cabeça dela está, cara.

Ele põe o braço em volta dela. Ela se solta.

— Como você pode saber onde ela está? — ela diz.

— Está na cara. É só olhar para ela.

— O que você quer dizer com está na cara? — Ela sente um nó na garganta. — Joan usa óculos escuros! Estava escuro lá!

— Não tão escuro assim.

— O que é que você está dizendo? — ela grita. — Que Joan é igual a Brandy?

Ele pensa a respeito, gosta da idéia.

— As duas lêem tudo de fio a pavio. Certo? Você disse que Joan lê sumários, certo?

Marcia engole em seco.

— A página de créditos até *o* fim — Paul diz com satisfação. — Cara, isso é um bocado esquisito.

E é mesmo. Marcia pensa pela primeira vez. Pela primeira vez no que se refere aos hábitos de Joan, é bom esclarecer. Por outro lado, não é novidade para ela que Joan é diferente. O fato de Joan poder ser biruta é que é a má notícia. Ela reflete... e lá vêm eles, surgindo como índios no horizonte — Cedric Short, o cachorro de Ziggy, o tio de Ed, o pai de Paul, Brandy. Toda aquela gangue de birutas. Cuidadosamente, ela enfia Joan no meio deles.

E torna a retirá-la imediatamente. Joan não é um deles! É? *É?* Em sua mente ela segura uma Joan do tamanho de um saleiro logo acima do blablablá. Respira fundo e olha para o grupo com mais atenção. Eles são mesmo tão horríveis? Enfia alguns globos oculares, endireita aquela cabeça, levanta aquela calça. Pronto. Assim está melhor. Sentindo-se quase feliz agora, ela diz a si mesma que mesmo nas famílias supostamente perfeitas existem mancos e cleptomaníacos, tarados, algum gênio maluco.

Ela pensa isto mas não consegue agir, não consegue traçar uma linha.

— Bem, a semelhança termina *aí* — ela diz para Paul.

— É isso aí — Paul diz. — Duas garotas desligadas.

O fato de ele ter visto Joan é algo de novo. De todas as amigas de Marcia, só Pammy conheceu Joan, e assim mesmo só a viu uma vez. Nenhum dos outros namorados de Marcia jamais a conheceu. De forma geral, eles nem sabiam da existência dela.

Mas com Paul, pelo menos durante o primeiro ano, o ideal de não ter segredos para ele funciona para Marcia mais como uma droga do que as próprias drogas. Ela quer que ele saiba tudo sobre ela e sua família. Com uma espécie de sede, ela exibe os álbuns de fotografia. Ela abre as gavetas de roupas de baixo, suas e de Sonja. "Veja!", ela insiste com ele. A palavra que está sempre em seus lábios não é "amor" e sim "veja". Veja as espinhas dela, as obturações, a cera do ouvido, o sangue menstrual em sua calcinha. Ele estica o pescoço para olhar. Ele diz: "Uau." Na cama dele, ela pode ficar deitada como uma estrela-do-mar, com as pernas e os braços estirados. Até conhecê-lo, ficar deitada nua, de costas, era impensável, porque seus seios ficavam achatados.

(Ela admite para si mesma que encontrar uma boa posição para um orgasmo era difícil antigamente. E quanto a dizer aos seus antigos namorados o que ela queria que eles fizessem com ela, nem pensar. Se ela tivesse fumado maconha na época, talvez a história fosse outra. Bastava umas duas tragadas e ela pediria qualquer coisa, diria qualquer coisa, não haveria como impedi-la. Quando está alta, ela chega a achar que maconha seria capaz de fazer Joan falar. Esta é uma boa hora para contar como ela tentou fazer Joan dar uma tragada. Joan aceitou o baseado, rolou-o entre os dedos, cheirou-o, mas não houve jeito de colocá-lo na boca. "Talvez quando você for um pouco mais velha", Marcia disse, sentindo-se aliviada. Afinal de contas, Joan só tinha onze anos. Quando ela tivesse dezesseis, dezessete, quem sabe? Porque, apesar de ser teimosa, Joan pode mudar de idéia de uma hora para outra.)

Com relação a conhecer Paul, ela mudou de idéia depois de passar um ano mugindo "Não." Enfiando-se no *closet* e fechando a porta quando ele aparecia, apesar de gostar do som da motocicleta dele — pelo menos de longe. De fato, Marcia sabia que ele estava chegando, e chegando de motocicleta e não de conversível, quando Joan subia na escrivaninha e encostava o ouvido na cortina da janela, e um minuto depois Marcia ouvia o zumbido que podia ser de qualquer motocicleta mas que nunca era e logo depois escutava um rugido no portão. Nesta altura, Joan já estava outra vez dentro do *closet*.

Durante um ano inteiro, Joan resiste a conhecer o motorista daquela motocicleta, e então, em segundos, ela cede por causa de um fio de cabelo dele. O cabelo está enrolado no botão do casaco amarelo de Marcia, que está pendurado na maçaneta da porta do *closet*. A caminho do *closet*, Joan vê o fio de cabelo, fica olhando para ele, retira-o do botão. Erguendo os olhos do dever de casa e vendo aquela operação meticulosa, Marcia diz:

— Deve ser de Paul.

Joan examina toda a extensão do fio como se fosse uma fita impressa. Ela acende a lanterna que está presa no seu visor e o ilumina.

— Tem mais de onde este veio — Marcia diz. A luz bate no seu olho esquerdo. — Nós poderíamos trazê-lo até aqui — ela diz cautelosamente, protegendo o olho com uma das mãos. — Poderíamos sentir o quanto sua cabeça é sedosa.

Joan estala a língua.

— É mesmo? — Marcia diz calmamente para não assustá-la e provocar um mugido. — Não estamos brincando? — A luz permanece firme. Se Joan não está sacudindo a cabeça, também não está concordando. — Amanhã à tarde — Marcia sugere com sua voz mais doce. Quer dizer, ela pensa.

DEZENOVE

A MAIORIA DAS TARDES VOCÊ encontra Joan trabalhando na sua mesa de edição no que costumava ser a lavanderia. A mesa é comprida e baixa, e Gordon a construiu a partir de uma porta. O assento é um banquinho de bar cujas pernas foram amputadas pela metade. Ele pendurou a lâmpada uns vinte centímetros acima da mesa, mas algumas semanas depois, aparentemente porque ela a estava atrapalhando, Joan o fez retirá-la. Nessa altura, ela tinha roubado a lanterna dele e a tinha prendido com montes de fita crepe na beirada do visor verde dele, o que ele usava nos anos 30 quando era revisor. Primeiro, entretanto, ela cortou e encurtou o elástico atrás e então o costurou usando linha vermelha e fazendo um ponto de cruz perfeito, que Sonja disse que não tinha sido *ela* quem ensinou.

É estranho que Joan tenha tido tanto trabalho com a luz, uma vez que raramente a acende. No andar de cima ela às vezes a acende, mas no andar de baixo, exceto quando consulta o manual que o Sr. Rayne enviou para ela pelo correio (cinqüenta páginas datilografadas), ela fica sentada no escuro e examina os teipes. Ouve, pára, rebobina, ouve, pára. Como ela usa fones de ouvido e deixou claro que os teipes são sua propriedade particular, ninguém poderia jurar sobre a Bíblia a respeito do conteúdo deles, mas até Marcia acha que deve ser Joan tocando piano. Quatro anos tocando para si mesma quando está sozinha. O que mais poderia estar gravado neles? O gravador dela nunca saiu do *closet* mais de uma ou duas vezes. Ela não era capaz de carregá-lo para lá e para cá. A família acha que o que Joan fez foi abrir o *closet*, sentar-se ao piano e gravar do outro lado do quarto, e se isso prejudicou a qualidade, não tem mais importância agora. Porque eles também acham que o objetivo dela é separar as peças, nota por nota, e reorganizar as notas numa colagem moderna, dissonante, inspirada pelas composições bizarras de David Rayne.

Quando Gordon finalmente compreendeu por que Joan estava tão hipnotizada por aquele tal de Rayne, seu coração delicado (sempre saltando no peito por causa do Reverendo Jack Bean) começou a bater nos seus ouvidos como se fosse um canhão. Todo entusiasmado, ele próprio consultou Rayne sobre o equipamento que ela ia precisar, sobre os princípios de edição de som. Na casa luxuosa de Rayne em Rosedale, ele escutou os discos de Rayne, que o velho regeu como se estivesse querendo fazer um avião pousar enquanto gritava acima da música que as suas composições eram histórias contadas na linguagem do som puro e caprichoso.

— Se você pensar na entoação das pessoas como sendo palavras — Gordon explicou depois para Doris —, então, extrapolando a partir daí, uma série de entoações é uma frase. Uma série de frases, ou uma melodia, é uma oração. E assim por diante. Você está entendendo aonde eu quero chegar? O que Joan pode estar tentando fazer, e Rayne concorda comigo, é encontrar um meio realmente sofisticado de se comunicar conosco. Uma linguagem formal.

Tal era o seu entusiasmo que ele encontrou um colecionador para comprar sua mesinha-de-cabeceira (que era uma pilha de sessenta centímetros de altura de vinte e dois anos de correspondência entre ele e um antigo autor que havia sido contratado por outra editora e se tornado muito famoso) e usou o dinheiro para retirar a lavadora-secadora da lavanderia e colocá-la debaixo da escada do porão. Ele comprou um tapete preto (escolha de Joan) e os três gravadores último tipo que Rayne havia recomendado.

— Seu coração! — Doris gritou.

Ele berrou:

— Para o inferno com o meu coração! — E carregou a velha porta para baixo para fazer a mesa de edição. Ele carregou galões de tinta. Depois de escurecer as paredes e o tanque, ele pendurou um espelho oval entre duas máquinas de edição, na altura dos olhos de Joan, e depois colou um pedaço de fita prateada fosforescente ao longo da beirada da mesa para que ela não desse um encontrão nela. (Como se ela fosse dar!)

Quando Paul apreende todo o cenário — o tapete, o escuro, o espelho, a faixa prateada levitando e a criaturinha mínima com fones de ouvido e óculos escuros de gatinho grandes demais para ela, seu cabelo branco cheio de fitas e fivelas, sua testa ostentando um chifre branco — ele murmura "Uau", num tom de voz reverente que, para Marcia, sobrepuja todos os seus arrebatamentos anteriores.

Eles ficam parados do lado de dentro da sala, perto da porta, que está aberta. Assim que Paul fala, Joan se vira rapidamente e aponta a lanterna para eles.

— Joanie, este aqui é o Paul — Marcia diz suavemente.

Joan pára o teipe, depois imita o som que acabou de fazer. Crava o raio de luz nele. Marcia o cutuca para que ele chegue mais perto, e ele o faz, curvado e na ponta dos pés, dizendo bem alto:

— Como vai? — Com o raio de luz no olho, ele não vê Joan se encolher toda, mas Marcia vê e murmura:

— Não fale tão alto.

— Você se importa de apagar isso? — Paul fala entredentes. Clique. Pronto. Um segundo clique idêntico é a unha de Joan batendo no fone de ouvido. Paul, sempre disposto a participar, *diz* clique — Clique, clique, clique. — É como o final de um filme... a fita parando com um clique, as luzes se acendendo, uma chuva de poeira cinzenta cuja fonte são as janelas da sala de projeção. — Bela operação — Paul diz, olhando em volta. Joan inclina a cabeça. Como Marcia sabe, ela está examinando o cabelo dele. — Belo vestido — Paul diz.

Trata-se de uma marinheira sem mangas com um grande colarinho quadrado e um ziguezague de cadarço vermelho no pescoço.

— Ele era meu — Marcia diz — quando eu estava no jardim-de-infância.

— Não brinca — Paul diz. E em seguida: — Ei — dirigindo-se a Joan. — Por que você não está cantarolando?

— Ela só cantarola no *closet* — Marcia cochicha. Isto não era uma confidência, mas o ouvindo falar parece que é. — Ela quer tocar no seu cabelo — ela diz, puxando o braço dele. — Abaixe-se.

— Estou me abaixando, cara. — Ele segura a beirada da mesa e se agacha de modo a ficar na mesma altura que Joan. Ela enfia os pés calçados com meias debaixo da trave do banquinho, que bate no meio das pernas de gafanhoto dele. — Sirva-se — ele disse, inclinando a cabeça. — Pode tocar.

Primeiro ela torna a acender a lanterna. Clique. Clique. A luz desliza sobre o crânio e os ombros dele. Pára sobre o repartido. Uma varinha de condão branca, equilibrada num ângulo traiçoeiro. O braço dela, outra varinha de condão branca, que ela estica e levanta numa saudação nazista e em seguida vai baixando até sua mão tocar o cabelo dele.

— Continue — ele diz a ela —, pode despenteá-lo. — Ela pega mechas de cabelo entre os dedos e analisa-as debaixo da luz da lanterna. Ela esfrega a palma da mão no alto da cabeça dele. — Isso, pode enfiar a mão — ele diz. Ela parece pensar a respeito e resolver acariciá-lo. Devagar, suavemente. Como se ele fosse uma criança adormecida, Marcia pensa. Depois ela pensa, um amante. Depois, um moribundo. O cabelo dele é liso e tem a textura de madeira clara. Por quatro vezes, Joan o acaricia em todo o seu comprimento. — A sensação é ótima — ele diz. Imediatamente ela pára e apaga a luz.

— Terminou? — ele diz. Ele olha para ela. Seus rostos estão bem próximos, o dela a metade do dele. A respiração deles soa como a de pessoas em respiradores. Ela se aproxima ainda mais e começa a farejar. Marcia conhece esse tipo de investigação.

Vendo-o submetido a ela, o rosto dela coça. Interesse totalmente mudo, telepaticamente isso é tudo que ela está captando.

Passam-se dez, quinze segundos. Quando Joan gira subitamente no banquinho, Paul cai para trás sobre as mãos.

— Isto foi fantástico — ele diz, levantando-se. — Eu estava vendo pombas e lindos... oh, uau, olhos elétricos.

Joan torna a ligar o gravador. Está acabado.

— Vamos — Marcia diz.

Paul ergue uma das mãos.

— Foi uma viagem — ele diz para as costas de Joan.

— Vamos — Marcia diz, puxando-o pela outra mão.

— Então, Joanie, eu posso vir visitá-la um outro dia?

— Deixe-nos em paz — Marcia cochicha.

— Hein? — Ele olha para ela.

— Quer dizer, deixe-*a* em paz.

Não é verdade, ela quer dizer "nós". Na forma como Joan tratou Paul — completa absorção, mas só enquanto ele foi totalmente absorvente para ela —, Marcia viu o inocente esgotamento dos seus próprios instintos. Agora, puxando Paul para fora da sala, ela está vendo todos os garotos aos quais renunciou em nome da monogamia e um vento está soprando através de suas costelas.

No entanto, passam-se mais três meses antes que ela tome um ônibus para o Village e em frente ao Lar dos Velhos (cabeludos andando na calçada, velhos sentados em cadeiras de rodas no gramado) aborde um garoto musculoso chamado Lance. Olhos que zunem, cachos avermelhados onde ela enfia os quatro dedos da mão e usa por um segundo como se fossem um soco inglês. Ficam altos com baseados do tamanho de charutos. Ele salta na ponta dos pés. Ele é mais baixo do que ela, mas só a cada meio segundo. Ele fala depressa sobre a guerra do Vietnã, sobre a revolução, sobre o *black power*. Ele faz um gesto como se estivesse tirando o pino de uma granada e atirando-a sobre um carro de polícia. "Porcos!", ela grita para impressioná-lo. O olhar dele assovia pelo torso dela, laça sua calça jeans apertada. Ele fica batendo com a mão no bolso da camisa onde pode haver uma granada de verdade. Mas não há... como ela fica sabendo na mansão dos pais dele.

A caminho de lá, no ônibus, eles dividem um comprimido de ácido para o pouso na Lua. Ela finge que não é a sua primeira viagem. Quando salta do ônibus, ela é uma giganta segurando a mãozinha de um boneco que anda, e todas as árvores são mulheres de cabeça para baixo mostrando suas vaginas. Ela e Lance vão diretamente para a estufa, passando pela cozinha, onde pega um pote de mel, e saindo pela porta dos fundos. Tem uma floresta lá, flores estourando como fogos de artifício, árvores crescendo como chafarizes, parreiras vivas, cheiros exóticos que ela chamará de espicanardo e açafroa e cálamo, gritos que ela atribuirá a damas escandalizadas antes de ver os pássaros. Ele diz "Fica assim", e estica os braços dela como se ela estivesse numa cruz. Os dedos dela roçam em folhas de samambaia, gigantescas línguas verdes. A pele dela secreta botões de cristal. Em nome da simetria, ela estende as pernas para fora.

Parada assim, um cara poderia atirar facas nela. Mas não desta vez, não ele. Ele tira a saliência do bolso, abre-a e derrama sementes douradas dos ombros dela até os pulsos. Quase que imediatamente, pássaros cor de água-marinha e de pêssego pousam em seus braços. Os pássaros se agarram e dão bicadinhas, como se fossem pequenos amantes, fazendo cócegas. Mas isso não é nada. Em seguida ele a leva até as anêmonas, abre o pote e molha a parte de dentro dos lábios com o mel, e surgem do nada três pequenos helicópteros. Não, beija-flores! São beija-flores! Eles o estão beijando na boca.

— OK, eles estão em velocidade máxima — ele diz, desviando a cabeça do próximo da fila. Com um dedo enorme como um zepelim, ele molha os lábios dela. Os beija-flores zumbem perto do rosto dela como se fossem moscas. — Eles furam o seu batom — ele diz quando a primeira língua entra em sua boca.

"Excita você?", ele diz depois do terceiro pássaro.

Sim. Por quê? As línguas deles são como palitos. Mas é uma sensação incrivelmente erótica. Quando chega no último pássaro, o corpo dela está todo vibrando.

Quando termina, ele a beija na ponta dos pés. Suas bocas ficam grudadas. Ela desabotoa a braguilha dele e seu pênis sai, comprido como suas pernas, branco como uma raiz. Sobre o chão de concreto, numa cama de cocô de passarinho, ele prende os braços dela e agita as suas entranhas. Depois vão para dentro da casa e ligam a TV e ficam vendo astronautas saltando na Lua.

Ninguém pode dizer que a primeira vez que ela passou Paul para trás tenha sido uma transa qualquer. A segunda e a terceira vez são mais nessa linha. São com outro rapaz depois que o rapaz dos passarinhos não retorna os telefonemas dela. Até onde ela sabe, nenhum dos dois rapazes tem um doido dentro de casa, mas quem sabe? Ainda assim, aquele parece ser o fim dessa fase. Junto com a fase monogâmica. E com a fase sem segredos.

Ela não mente exatamente, apenas não diz nada a Paul até ele perguntar. Nessa altura, um mês depois, a recusa dele em enxergar as pistas parece-lhe corajosa, já que elas devem estar batendo na testa dele. "Em lugar nenhum", ela responde quando ele pergunta onde ela esteve na noite anterior. "Um cara lá na cidade", é como ela explica o seu acesso ao LSD. A pele dela está toda marcada de feridas e manchas roxas, ela fede a coisas que não se deu ao trabalho de lavar — loção pós-barba Brute, sexo forte como mau hálito.

Que verão sufocante aquele. Não é só ela. Todo mundo parece estar drogado, todo mundo parece ser exibicionista. Sua mãe tinge camisetas para a família toda, usa a dela sem sutiã, de modo que o que você tem é uma mulher cujos seios vão do pescoço até a vagina. Sua mãe pinta o cabelo de *platinum blonde*. Aos sábados, no quintal, ela esfrega loção bronzeadora nas coxas sardentas da sua amiga Angela. Ela enfia os dedos por baixo das alças do biquíni de Angela. Por baixo do cós da cintura.

Sozinha na cozinha, ela canta "You Give Me Fever" e começa uma dança lenta, sinuosa, movendo os braços como cobras, que faz Marcia gritar de vergonha. Seu pai deixa as costeletas crescerem e começa a fazer ginástica na frente da TV antes do café. Marcia preferiria morrer do que dizer a ele que quando ele salta dá para ver a sombra do pênis dele batendo sob a calça do pijama. Sua irmã Sonja não parece notar, continua a sorrir para a mesa de jogo em frente a ele. Marcia pensa, será que Sonja tem alguma idéia de como *seja* um pênis? E, no entanto, mesmo com Sonja, tem um momento naquele verão em que se você não a conhecesse, pensaria que ela estava ali sentada tendo um orgasmo. Marcia acabou de chegar em casa do trabalho e entra na sala, e Sonja está prendendo grampos na cartela em alta velocidade, mas ela está reclinada na cadeira, toda vermelha e gemendo e suas pálpebras estão batendo.

— Você está bem? — Marcia diz.

— Hmm? — Sonja diz.

— Eu disse, você está bem?

— Eu sou uma bolha — Sonja diz, endireitando o corpo na cadeira. — Uma bolha borbulhante, elástica.

— Você está chapada? — Isto seria tão fantástico quanto ela ter um orgasmo.

— O que quer dizer isso?

Marcia olha para os círculos vermelhos desbotando no rosto de Sonja. Quando você desliga a TV, você obtém aquela mesma implosão até só restar um pontinho.

— Nada — ela diz, mas está considerando a possibilidade de Sonja ser capaz de veicular não se sabe que programas surpreendentes. — Esquece — ela diz.

— Como foi o seu dia? — Sonja pergunta.

Marcia tem um emprego de verão de datilógrafa e arquivista numa grande agência de empregos numa casa vitoriana restaurada. O patrão, um robusto homem de meia-idade, com cabelos pretos gordurosos, um hábito de anunciar a si mesmo através de suspiros trágicos na porta, dá palmadas na bunda dela e a faz prometer que jamais usará cinta. A secretária dele, que também está beirando os cinqüenta, e é casada, anota o que ele dita com uma das pernas pendurada no braço da cadeira. Uma noite depois de Marcia ter transado pela primeira vez com o filho tímido e efeminado da secretária, é a noite em que Paul pergunta.

Eles estão deitados, nus, na cama dele. É tão imediatamente após ele ter dito "Mercy" que ela ainda nem cuspiu o sêmen dele. Sem querer, ela o engole, e a sensação que tem é que ele age como um soro da verdade, porque antes de se dar conta ela está dizendo: "Sim. Estou saindo com dois outros caras no momento. No entanto, desde que as aulas terminaram foram quatro, perdão, cinco ao todo."

Ele está apoiado num cotovelo, com o cabelo caindo como uma cortina sobre a cama. Ele vira a cabeça para um lado e depois para outro como costuma fazer, mas parece que demora horas fazendo isso, e então sacode a cabeça como que para deslocar uma reação. Que, no fim das contas, é:

— Eu pensei que você fosse um tanto complexada por causa dos seus seios.

— Não sou mais. — Ela olha para ele, seu amor uma aflição maternal. — Graças a você.

Ele franze a testa.

— Eu amo você — ela diz. — Isso não mudou. Você ainda é o meu bem-amado.

— Você ama algum deles?

Ela balança a cabeça afirmativamente, puxando o lençol cinza e fedorento até o pescoço. Ela se sente transparente de honestidade.

— Quantos?

— Todos eles. Eu não teria feito nada com um garoto que eu não amasse.

— *Todos* os quatro?

— Não tanto quanto eu amo você. — Lá vêm as mentiras, ela pensa.

Na cozinha, Brandy sacode o jornal e tosse. Nunca em um ano ela quis saber o que os dois estavam fazendo ali.

— Cara — Paul diz. Ele estende a mão para pegar os cigarros, tira um do maço e acende. — Eu conheço algum desses gatos?

Ela sacode a cabeça. Ele conhece um deles.

— Sabe — ele diz —, não é uma questão de possessividade, cara, mas, cara...

Com a ponta do dedo ela toca no braço dele.

— Isso não quer dizer que eu não queira mais você. E se *você* quiser ter outras namoradas, tudo bem.

Ele olha para ela.

— Foda-se.

Um novo tom de voz que a faz tremer entre as pernas. Ela rola sobre ele, mas ele se afasta.

— Você nem é tão bonita assim — ele diz. — É pequena demais. Eu odeio o modo como você fala, como se fosse uma maldita bibliotecária. E, aliás, você é uma merda de óculos.

Ela ri, chocada.

— Dá o fora — ele diz e salta da cama.

Enquanto ele veste o jeans, ela fica lá deitada procurando alguma ferida. Nem um arranhão. Ela observa enquanto ele abotoa a camisa. Ele empaca num botão. Ela pensa no pai dele morto e na mãe doida e seu coração começa a rasgar-se. Por que ela não pode ser fiel a ele? Por que não pode deixar todos os outros deuses por ele, ser uma freira por ele?

— O que é que você quer? — ela pergunta. Seja o que for, ela fará.

— O que eu quero? Você quer saber o que eu quero? — A voz dele está excepcionalmente aguda. — Eu queria que você não tivesse dito que me amava. Eu quero que você nunca mais diga a alguém que o ama porque você não sabe o que é o amor, cara! — Ele está gritando. O botão sai e ele o atira em cima dela, depois pula em seu pescoço. — Eu quero isto... — Ele agarra o colar e o sacode como se ele fosse um colarinho. Ela engasga. Ele a solta. — Eu quero que você dê o fora da minha casa, sua vagabunda!

Ela não pode desdizer o que disse, que o amava, mas devolve para ele o colar de unhas com o símbolo da paz, sai da casa dele e nunca mais diz a um garoto que o ama.

Embora ela saiba o que é o amor. Embora ela o ame.

VINTE

EM JUNHO, MARCIA FORMOU-SE em segundo lugar entre 197 alunos e ganhou uma bolsa de estudos para a Universidade de York. Seus pais presentearam-na com a *Encyclopaedia Britannica* em vinte e quatro volumes, acondicionados num estojo de mogno de dois andares, e seu pai segurou os ombros dela e a afastou para que ela pudesse ter uma visão panorâmica.

— Tente lê-los antes de Joanie — ele brincou. Em julho ele resgatou um título do Canada Savings para comprar livros didáticos para ela. Mas em agosto ela diz a ele que resolveu continuar trabalhando na agência de empregos.

— Eu preciso de um tempo longe da escola — ela diz enquanto ele toca nos ladrilhos do teto com as pontas dos dedos. É uma coisa que ele faz quando a notícia é ruim. Talvez um dos ladrilhos seja uma porta mágica. Ele a erguerá e a fará passar por ela e anjos usando barretes a levarão até a sala de matrícula. — Papai — ela diz —, eu sei o quanto você está orgulhoso e tudo o mais, mas eu estou cansada de ser uma estudante.

— Você não pode evitar isto — ele diz. — Você é uma estudante nata. — Ele puxa uma cadeira e se senta diante dela na mesa da cozinha. — Vou fazer uma pergunta a você. Você está tomando drogas?

— É claro que não! — Ela quer dizer que as drogas não têm nada a ver com isso.

— Bem — ele diz. Ele puxa as costeletas novas, que cresceram como chumaços de algodão. — Desculpe, mas eu precisava perguntar.

Quando sua mãe descobre, a pergunta dela é:

— É por causa de você e Paul?

Boa idéia.

— Suponho que sim — Marcia diz, arriscando. — Quer dizer, eu estou tão deprimida.

— Benzinho, Paul era um garoto muito interessante, muito simpático. Eu não gostava muito do cabelo dele, mas isso não vem ao caso. Mas ele não é o único garoto do mundo! Garotos são como ônibus. Você perde um e vinte minutos depois — ela estala os dedos — lá vem outro.

Marcia morde o lábio como se não estivesse pensando que vinte *segundos* é o mais certo. Ela dá uma risada e sua mãe ri e diz:

— Escuta o que eu estou dizendo! Ônibus! — E estala os dedos de novo.

Usando como desculpa o coração partido, Marcia convence os pais a concordarem que ela fique um ano sem estudar. Isso é o que *eles* pensam. Ela jamais irá para a universidade. O que o pai dela não sabe é que a "estudante nata" que ele permitia que saísse de noite durante a semana porque ela parecia ser uma daquelas pessoas sortudas que conseguiam tirar A sem estudar, aquela estudante nata fazia o dever de casa até as duas, três horas da manhã no chão do quarto, sob a nesga de luz que vinha do *closet* de Joan, e agora está mais cega do que nunca. O que ele não sabe é que ela precisa de um contracheque para poder continuar a surpreender seus namorados com pequenas lembranças — cigarreiras, cachecóis de seda, cintos, luvas. Não há nada melhor do que vê-los todos agitados e felizes. Ou aturdidos. Assustados! Abrindo a caixa como se fossem especialistas em demolição.

Para manter a lenda do coração partido, ela precisa guardar segredo a respeito dos dois namorados do momento, mesmo do que a mãe vem empurrando para ela desde que ela tem quinze anos. Andy McPhee, o rapaz católico e bem-apessoado que mora em frente e chama as mulheres de "madame" e que estudou no

St. Mike's, onde foi um famoso zagueiro conhecido como "As Mãos". Sempre que ele descia a rua de uniforme, sua mãe dizia:

— Se eu tivesse menos trinta anos... — e revirava os olhos na direção de Marcia.

— Quantas vezes eu tenho de dizer que ele está namorando firme a Susan Boyle — Marcia dizia. Ainda diz, embora, como ela descobriu recentemente, isso não deveria tê-la impedido. — Eu gostaria que Sooze fizesse isto — ele geme quando ela está com o pênis dele na boca. Ele segura a cabeça dela entre as mãos e ela pensa: Será que ele está pensando numa bola de futebol ou quando segura uma bola de futebol ele pensa na cabeça dela?

Depois ele fica preocupado, com medo de tê-la machucado. Ele não consegue parar de passar a mão nas manchas roxas que ela tem nas pernas e na parte superior dos braços.

— Que tipo de sujeito... — ele resmunga.

— Eu fico roxa com facilidade — ela diz, mas ele está convencido de que ela está protegendo algum vagabundo porque *ele* não a machuca. (Ela não consegue dizer que ele nunca a toca abaixo da cabeça quando fazem sexo.)

Ele diz a ela que quando ela era pequena e seus olhos estavam sempre inchados os pais dele achavam que o pai batia nela.

— Eu tinha terçóis! — ela diz. — Oh, meu Deus, é terrível que eles pensassem isso!

Ele diz:

— Nós rezávamos por ele. Ensine o Sr. Canary a ser um pai paciente e bondoso.

Ele ri. A risada é por causa da oração, não do ato de rezar. Ele ainda vai à missa e está sempre rezando. Antes de enfiar a mão num saco de pipocas, ele diz: "Por tua generosidade, Senhor, eu sou verdadeiramente grato." Antes de fazer sexo, ele diz: "Perdoe-me, Jesus." Antes de gozar, é: "Doce Jesus!" Depois de gozar é passando a mão nas manchas roxas dela e dizendo dez vezes que-tipo-de-sujeito, se-eu-puser-a-mão-nesse-sujeito. Ele é tão antiquado. Ela compra um pôster da Ursula Andrews fantasiada de mulher da caverna para ele prender na parede atrás da cama. Ela compra para ele quase uma réplica da coqueteleira em forma de dançarina de hula-hula que o pai dela costumava ter.

— Para mim? — ele diz, maravilhado. — Você não devia ter feito isto. — Ele *diz* isto.

Ele está estudando educação física com uma bolsa de estudos de futebol. Ele mora na faculdade, então eles têm um lugar para se encontrar, só que o colega dele de quarto está sempre atrapalhando e tem o risco de Sooze, que é estudante de enfermagem, aparecer de repente. Por duas vezes eles foram a um motel vagabundo na Kingston Road, por sugestão de Marcia. É o mesmo motel onde ela vai com o outro namorado, e como ela diz a Andy da primeira vez, quando ele torce o nariz na hora de se registrar: "Você não chama o seu motel de Coceira dos Sete Anos se não estiver querendo atrair romances ilícitos."

Seu outro namorado, Chuck, não é exatamente um namorado. É um homem casado com três filhas. Ele diz que tem trinta e cinco anos, e mesmo que ele não tenha subtraído uns cinco anos, ela chegou à conclusão de que está interessada em garotos da idade dela. Pele macia, testículos pequenos e firmes. Recém-saídos da embalagem, é assim que ela quer os seus namorados.

Chuck, no entanto, foi o seu primeiro amante, e quando se encontraram por acaso na rua (ele estava conduzindo um poodlezinho branco tão raspado que parecia um poodle feito com bolas de encher torcidas) ele implorou. "Pelos velhos tempos", ele disse. "Por mim", ele disse finalmente, "faça isso por mim", e considerando que um dia ele a tinha salvo do que na época ela teve certeza de que seria um linchamento, ela se concentrou nas suas rugas de expressão e conseguiu espremer um pouco de amor. Além disso, ele paga o almoço dela e é um especialista em sexo oral (ele o chama de *balling*), o que ela nunca esperaria de um operador de escavadeira a vapor.

Foi assim que ela o conheceu: ela tinha dezesseis anos. Estava no meio de julho e ela ainda não tinha conseguido um emprego de verão. Então, numa revista que a amiga de Sonja, Gail, deixou no banheiro, ela leu um artigo que tratava de como os jovens poderiam ganhar um dinheiro extra no verão. "Produzir vestidos de papel e vender de porta em porta." "Produzir aventais de vinil e vendê-los para restaurantes." Será que eles eram birutas? Em comparação, "Preparar caixas de almoço e vendê-las em fábricas e obras" pareceu uma idéia tão boa que ela ficou imediatamente preocupada, achando que todas as garotas da escola já tinham pensado nisso. Especialmente porque, no fim da rua, havia um canteiro de obras.

Naquele mesmo dia ela pediu doze dólares emprestados a Sonja e comprou duas fôrmas de pão, três latas de atum e três de salmão, um vidro grande de maionese, um pé de alface, uma cesta de maçãs e outra de cenouras, duas tortas de maçã, papel vegetal e sacos de papel. Na manhã seguinte, sua mãe ajudou-a a preparar os sanduíches. Vinte para começar.

— Vamos tirar as crostas — sua mãe disse. — Justifica o preço. — Foi por sugestão dela que Marcia escreveu na frente e nas costas de uma velha camisa branca do pai "Almoços frescos feitos em casa. Apenas $1.00" e vestiu-a por cima do short e da blusa.

Às onze e quarenta e cinco, Marcia subiu a rua puxando o carrinho de feira da mãe com os almoços dentro. A camisa ia até os joelhos dela. Suas pernas estavam de fora, ela usava sandálias de couro e o aplique de cabelo no formato de um pãozinho francês. Um jeitinho sensual, só que ela desconfiava que suas pernas finas o arruinariam. E se os trabalhadores rissem dela? Alguns deviam ser estrangeiros. E se eles odiassem atum? O estômago dela deu um salto. "Al esteve aqui", ela cantarolou para si mesma porque tinha se lembrado daquela outra camisa em que tinha escrito quando tinha seis anos e porque estava ouvindo as palavras de uma forma diferente e apaziguadora — "Al esteve aqui, Al esteve aqui" —, como se um órfão chamado Al que vendia almoços prontos há muitos anos, em condições terríveis, revelasse a sua vida.

A construção estava cercada por um muro de madeira. Na entrada ela parou e apertou os olhos (isto foi quase dois anos antes de ela comprar suas lentes de contato). Um buraco enorme. Escavadeiras, uma pá mecânica, um *trailer* branco e comprido.

Um rugido que chacoalhou seus ossos e uns vinte homens de capacete vermelho movendo-se como autômatos numa névoa bege que ela tentou pôr em foco piscando os olhos. Ela entrou e caminhou sobre uma prancha de madeira, parando ao lado de um sanitário. Ela teve a impressão de que algumas cabeças se viraram na direção dela. Ela alisou a frente da camisa para chamar atenção para a mensagem.

Primeiro alguém assobiou. Depois um homem baixo, de cabelos pretos (sem capacete) correu na direção dela, esmurrando o ar com os dois punhos e gritando com um forte sotaque:

— Mocinha! O que está fazendo! Mocinha! Nada de sanduíches aqui! — Ele chegou tão perto que ela ficou toda coberta de cuspe.

— Eu vim... eu pensei... — ela gaguejou, recuando.

— Não pode vender! — ele gritou. — Nada de sanduíches! — Ela recuou, ele avançou. — Eu tenho uma licença para vender aqui! — ele gritou. Ele bateu no próprio peito. Fez um gesto na direção de um caminhãozinho, um vagão-restaurante, ela percebeu, embora não passasse de um borrão. — Quem você pensa que é, mocinha? — Ela enxergou o fundo da garganta dele. Seus dentes eram grãos de milho. Ele berrou: — Isto aqui é propriedade particular, mocinha! — O tempo todo ela foi recuando pela prancha de madeira e empurrando o carrinho de feira atrás dela, mas ele avançava junto como se fosse um *partner* enfurecido de dança flamenca.

Nessa altura os operários estavam agrupados em volta deles, rindo e gritando na linguagem deles.

— Eu chamo a polícia! — o homem berrou. A raiva dele só aumentava. — O que me diz, mocinha?

Nada. Ela não podia nem abrir a boca senão ia chorar.

— Deixe-a em paz, Giovanni — uma voz simpática, sem sotaque, disse.

Não precisou mais nada. Giovanni virou-se como um sonâmbulo na direção da voz. Os operários abriram caminho como o Mar Vermelho e apareceu um operário igual a eles, só que mais alto.

Quando ele olhou para ela, seu sorriso franco e paternal a fez cair em prantos. Conforme ela veio a saber depois, ele não era o patrão, era apenas um operador de escavadeira a vapor, mas tinha liderança. Ele a levou para dentro do *trailer*, serviu-lhe café numa xicrinha de isopor. Deu-lhe vinte dólares pelos sanduíches e devorou três deles junto com duas fatias de torta. Disse: "Benzinho, você faz uma torta de maçã deliciosa." Deu um tapinha na sua barriga inchada de cerveja. Deu um tapinha no joelho dela. Deu um tapinha na coxa dela. Trancou a porta do *trailer*.

Quatro anos depois, devido a uma lesão nas costas, ele dirige um táxi. Ele a apanha a um quarteirão de distância do trabalho, e ou eles estacionam por um dólar num estacionamento subterrâneo e fazem amor no banco da frente ou, se ele teve uma manhã lucrativa, ele paga três dólares por meia hora no Coceira dos Sete Anos. Em alguns sábados ela se encontra com ele no barranco aonde ele leva o cachorro, Perky, para passear, e enquanto Perky fica de guarda eles se deitam na grama alta.

Em novembro ela já está cansada dele. Suas qualidades — generosidade, bondade, coragem — não dizem nada a ela, embora ela as reconheça e saiba apreciá-las quando ele não está entre as pernas dela. A questão é que ele é velho demais, é uma visão em *close-up* dos corpos que podem estar reservados para ela dentro de vinte anos. Não é uma visão agradável. De todo modo, ela nunca apreciou muito ser a receptora do sexo oral. Ultimamente, quando ele está lá embaixo esvoaçando, ela sente repulsa e ansiedade. O que passa pela cabeça dela é que ela está morta, exceto pela língua dele, que entrou em fibrilação. Ela finge orgasmos instantâneos.

— Uma última vez — ele implora.

É um sábado. Eles estão parados na calçada no fim da rua com Perky enroscado nos tornozelos deles. Por acaso, os pais dela e Sonja estão passando a tarde numa feira de inverno em Uxbridge, para a qual Sonja doou cem toucas de lã para serem dadas como brinde para quem contribuir para a Sociedade Humanista local. Então, como vai ser mesmo a última vez e está frio demais para fazer isso ao ar livre, Marcia diz que eles podem ir para a casa dela.

— Eu nunca fiz isso na minha própria cama — ela diz, gostando da idéia.

Ela volta para casa sozinha e entra pela porta da frente, e cinco minutos depois Chuck e Perky chegam na porta dos fundos, atravessando o bosque que fica atrás do quintal dela. Na escada, Chuck a cutuca e aponta para baixo, seus olhos indicando mais do que simples ansiedade. Ela contou a ele que Joan está na lavanderia. Nos últimos meses, ela corrigiu as histórias (Joan era deformada, retardada) que ele tinha ouvido das filhas dele. Mas quando ele aponta, é como se fosse para perguntar, É lá que vocês guardam a retardada deformada?, e o pouco de amor que restava em Marcia desaparece. Ela teria dado um tapa na cara dele se não estivesse se sentindo de repente tão livre dele que seria como bater num pedaço de carne crua. Se não estivesse sentindo a superioridade de sua família inteira sobre a dele (suas filhas idiotas, sua mulher frígida) junto com uma sensação de que ela própria não fazia parte de sua família — o que de algum modo o desculpava — embora fosse capaz de matar por ela.

— Não se preocupe — ela diz na porta do quarto. — Ela não vai subir.

Bem, ela sobe sim. Sobe flutuando, talvez, porque Perky só late quando ela arrasta o banco do piano.

Marcia cobre Chuck rapidamente com o lençol. No pé da cama, Perky late e salta como um cão num trampolim, as orelhas erguidas.

— Mas que diabo? — Chuck empurra o lençol. — Merda. — Lá vem o lençol de volta. Agarrando-o na altura do pescoço, ele se vira e se arrasta até o travesseiro.

Joan também está latindo. Um eco fraco e impecável que após um ou dois minutos faz Perky calar. Joan o encara por mais alguns segundos. Depois ela se vira para o teclado e começa a tocar as *Variações Goldberg*.

— Vista-se — Marcia cochicha.

— Ela está sentada nas minhas roupas.

— Shh.

— Shh. — Da parte de Joan. Fora isso é como se ela não soubesse que eles estão lá. O que está acontecendo? Ela demorou um ano para tomar coragem para conhecer Paul. — Joanie? — Marcia diz suavemente e é ignorada. — Joanie, pára um pouquinho, está bem?

— Quantos anos você disse que ela tinha? — Chuck pergunta.

— Shh.

— Shh. — O eco.

Chuck cruza os braços no peito.

— Essa garota é inacreditável — ele cochicha alto.

— Acho que vamos ter simplesmente de esperar. Ela normalmente só toca essa peça uma vez.

Quando chega na quarta variação, o pé de Chuck é um metrônomo e ele está passando a mão na coxa de Marcia. No meio da quinta variação, ele mergulha debaixo dos lençóis.

— Não — Marcia o empurra.

— Ah, qual é — ele diz. — É como transar na frente do cachorro.

Quando chega a primavera e o pai dela começa a persegui-la por causa do formulário de matrícula na universidade que ela ainda não preencheu, ela resolve sair de casa. Um dos motivos é ele. O outro é o fato de ela precisar de um lugar onde possa receber seus namorados. Ultimamente, no banco da frente dos carros, ela tem vontade de se expandir, de enfiar o pé pelo vidro da frente. O Coceira dos Sete Anos é legal, mas três dólares de cada vez pesam, e aqueles quartos não são nenhum paraíso. A água é cor de Coca-Cola, os colchões vibratórios soltam fumaça e dão choque.

Ela teria saído de casa antes do Natal se não fosse por Joan. A questão é que ela ainda dorme na cama de Joan. Será que ela deve acreditar quando ouve "Vai?". Ela nunca duvidou antes que a voz em sua cabeça, quando está olhando diretamente para Joan, é de Joan.

— Temos certeza? — Marcia diz. — Não vamos sentir saudade demais? — Segurando o rostinho branco de Joan entre suas mãos. Pele fria como pedra, olhos invisíveis atrás das lentes verde-escuras dos seus óculos de gatinho. Tudo o que Marcia vê é o próprio rosto. Bem ali. Sombrio e com os olhos maiores, como que emerso de uma mente tão altruísta que tudo o que ela absorve ela reflete, não só melhorado mas em dobro.

Ela vai ver um apartamento de subsolo, mobiliado, num prédio na Rua St. George. O senhorio é um bandido italiano de meia-idade chamado Danny Vitalis, que diz: "Se alguém lhe causar algum problema, eu estou aqui dia e noite." "Aqui" significa bem em cima do apartamento, numa sala de estar cheia de caixotes de cerveja e pelo menos dez fotos emolduradas dele mais jovem, quando era lutador de boxe.

— Uma garota bonita como você — ele diz — não quer ter nenhum vagabundo rondando por aqui. Caras bacanas, por que não? Não vejo nenhum problema nisso. Você é jovem. Tem mais é que se divertir.

É como se ele a conhecesse.

Lá só tem uma geladeira, um fogão, uma mesa de jogo e duas cadeiras, mas quando seus pais finalmente compreendem que ela não vai mudar de idéia, eles a presenteiam com móveis e utensílios. Todos os pertences da vovó Gayler — a poltrona marrom e o tapete mofado e as cortinas de brocado que cheiram a brócolis, seu guarda-roupa, sua cama com o enorme retrato da Rainha Vitória colado na cabeceira, sua prataria com o "G" gravado que Marcia costumava pensar que era de *Grandma*,* suas fronhas e toalhas de linho bordadas à mão, sua chaleira elétrica enferrujada, seu relógio elétrico com o rosto da Rainha Elizabeth, sua torradeira enferrujada cujos lados abrem para você poder virar o pão, suas panelas amassadas. Com alguma

* Vovó. (N. da T.)

cerimônia, sua mãe lhe dá o aparelho de porcelana que pertencia a vovó Canary.

— Isto era *dela*? — Marcia diz. Quem poderia relacionar o estampado de botões de rosa com a Mulher Briguenta, como a mãe de Marcia se refere, afetuosamente, à velha de olhos insanos do álbum de retratos?

Quanto aos pertences da própria Marcia, eles se limitam a livros e roupas. E suas bonecas. Ela contempla as bonecas enfileiradas na cama, com seus vestidos rosa e cheios de babados, umas encostadas nas outras como debutantes bêbadas. Ela as vê através dos olhos dos namorados e diz que vai jogá-las fora.

— Oh, não — sua mãe exclama. — Você as guardou por todos estes anos. Um dia vai querer dá-las para as suas filhas.

Suas filhas. Marcia pensa nisso. Cabeças de recém-nascidos em forma de bolas de encher vêm à sua cabeça, mas explodem quando ela tenta se concentrar nelas. Ela olha para a mãe e recua um pouco, porque a expressão furiosa da mãe a faz sentir-se como um tubo na extremidade do qual estão valiosas netas. Pela primeira vez, Marcia se dá conta de que, uma vez que Sonja e Joan provavelmente nunca terão filhos, cabe a ela tê-los, senão os Canary desaparecerão. Pelo menos aquele ramo deles. Eles serão como um daqueles países extintos em mapas antigos.

— Guarde-as — a mãe diz.

Marcia pega a Belezinha e a coloca de cabeça para baixo no saco de lixo. Um gemido por parte da mãe.

— Eu tenho vinte anos — Marcia diz. — É doentio ter guardado estas bonecas até hoje. — Ela sente um nó na garganta. — As bonecas são *minhas* — ela diz zangada. — Posso jogá-las fora se quiser. — Ela as agarra pela cabeça, pelos sapatos brancos. Suas pernas duras arranham seu pulso quando ela as enfia no saco. Uma mão fura o plástico, os dedos espalhados. É Betsy Wetsy. Sua mãe suspira e sai do quarto. Marcia pega outro saco, enfia as últimas três bonecas lá dentro. Cindy, a boneca do Mardi Gras, fica por cima, com um dos olhos fechados e com a mão levantada, como se estivesse acenando. Ela está sorrindo.

Marcia leva os sacos para fora e os joga dentro da lata de lixo. Estrondo.

Só no outro dia, depois que o lixo foi retirado, é que a mãe de Marcia diz:

— Oh, nós devíamos ter dado as bonecas para o Exército da Salvação.

Para a mudança, o pai dela pede emprestado um caminhão de entregas no trabalho. Passam a manhã toda colocando os móveis no caminhão, Sonja carregando as peças mais pesadas, dizendo *Upsadaisy* enquanto levanta sozinha o guarda-roupa de madeira maciça (para poupar o pai, que tem o coração fraco).

— Vamos sentir falta de você por aqui — seu pai diz.

— Eu virei aqui todos os domingos — Marcia lembra a ele. Ele brinca com as costeletas. — Papai — ela diz —, eu estou fazendo a coisa certa.

E ele diz num tom de voz meio perplexo, como se estivesse testando o que está dizendo, vendo se aquilo se adapta à ocasião:

— Pois os filhos deste mundo são em sua geração mais sábios do que os filhos da luz.

— Francamente — ela diz, irritada. Ela já ultrapassou a sua fase religiosa.

E ele também, quarenta anos antes, e agora está em outra. Uma fase estranha, indiferente, segundo parece a ela. Ele vai à igreja e está tendo aulas particulares de estudo da Bíblia com o Reverendo Bean, seu antigo pastor, mas ele confessa que não reza e não acredita em Deus.

— Eu ainda estou tateando — ele diz. — Mantendo uma mente aberta.

Bem, a vida é dele. Ela não tem nada a ver com isso agora que está saindo de casa e não vai mais ter de ouvir suas citações da Bíblia. Ela odeia admitir que elas a perturbam. É como ouvi-lo ler suas velhas cartas de amor. É como ser forçada a lembrar o que viu no cara que as escreveu.

Ela adota uma dupla personalidade. Uma para o dia e outra para a noite. De dia são saias mais compridas e óculos. Quase nada de maquiagem. De dia ela é a profissional séria que em parte é realmente. Ela está acostumada a trabalhar duro para ser a primeira. Ela diz ao patrão que gostaria de subir na companhia, e ele diz que vai ajudá-la — como recompensa por não usar cinta, ela é promovida imediatamente a aplicadora de testes de datilografia e de Q.I. para candidatos a emprego. Então, agora, ela dispara um cronômetro e diz:

— Vai.

Em novembro, ela recebe um aumento de trinta e cinco dólares por semana, mais dinheiro para gastar com os namorados. Primeiro, entretanto, ela compra uma minissaia de couro vermelho para usar no Curral, uma boate de estudantes decorada para parecer um estábulo. Os rapazes montam cavalos mecânicos e mastigam pedaços de feno. Olham para ela com os olhos apertados. De noite é sutiã acolchoado e aplique de cabelo e cílios postiços. Ela levou anos para isso, mas finalmente entendeu que, para os rapazes, a ilusão perdura mesmo depois que tudo isso fica espalhado pelo quarto. É na manhã seguinte que eles acordam. Abrindo os olhos e vendo-a parada no pé da cama, pronta para trabalhar, um rapaz perguntou onde estava a Marcia. — No hospital — Marcia disse. — O apêndice dela estourou mas ela disse para não acordá-lo.

Ela ainda acha que três namorados é o número ideal. Três de cada vez. Quando ela perde um, há inevitavelmente o espaço de uma noite para que a vaga seja preenchida. É isso mesmo, "vaga". Ela os testa, ajusta o cronômetro, por assim dizer. Um rapaz que não consiga ter uma ereção ou que não consiga mantê-la está fora do páreo. Bem como rapazes que queiram casar com ela, que queiram tê-la só para eles. Rapazes que sejam maus para ela ou que comecem a agir de forma estranha ela não dá tempo nem para se vestirem. Quando um vaqueiro bateu com o cinto na palma da mão e disse que "ia gostar muito de surrar o traseiro dela", ela não quis saber se ele estava ou não brincando e gritou:

— Danny! — pela grade, e seu senhorio italiano berrou:

— Sim? — e o rapaz saiu pulando atrás das botas.

Se Danny acha que ela é uma prostituta, ele não diz nada. Se sente atração por ela, não demonstra.

— Se alguém lhe causar qualquer problema... — é só o que ele diz quando a encontra no corredor, esteja ela sozinha ou não. Ela diz a Pammy que ele é o seu anjo da guarda.

— Do tipo que Deus manda quando você pára de acreditar nEle.

— E que tipo é esse? — Pammy pergunta.

— Cabeludo.

Pammy ergue os olhos para o teto.

— Eu não conseguiria dormir à noite se fosse você.

— Se você fosse eu, teria coisas melhores a fazer do que dormir.

— Oh, não fale assim! — diz Pammy. Que já ficou suficientemente chocada ao saber que Marcia não era virgem. Que, e é por isso que Marcia ainda é amiga dela, se sente igualmente chocada por ainda sê-lo.

Pammy vem nas manhãs de domingo para passar aspirador no apartamento e lavar a roupa, arregalando os olhos e prendendo a respiração ao encontrar bolas endurecidas de Kleenex entre os lençóis e guimbas de maconha no cinzeiro. Esses sustos dão a Marcia a impressão de que a casa dela está sendo ventilada pela retidão, então para que a igreja? Enquanto isso, na mesa da cozinha, Marcia reescreve os trabalhos de Pammy para os cursos sobre literatura americana do século XX e sobre poetas românticos. Nas tardes de domingo, ela toma o metrô até a Estação Broadway, onde seu pai a apanha de carro. Ele é o único homem que ela conhece que aprecia sua aparência comportada do período diurno.

— Você está ótima — ele diz entusiasmado.

— Você também — ela diz, mas como ele está diferente. Mais diferente a cada semana.

Todos eles, exceto Joan. Joan, que vai fazer quinze anos, que era quem devia estar mudando, está congelada num corpo de seis

anos de idade. Mas não é a isso que Marcia se refere quando diz a Joan: "Nós não mudamos nada." A Joan que está diante dos seus olhos é a Joan que esteve em sua mente a semana inteira... a vida inteira de Marcia, ao que parece. Como o relógio da cozinha e os pratos de folha de flandres com a borda azul-escura, Joan é uma surpresa porque lá está ela — a mesma! Ou talvez não exatamente a mesma, apenas *reconhecível.*

Em comparação, seus pais e Sonja mudaram. Todo domingo eles estão mais altos, mais baixos, mais gordos, mais barulhentos, mais inteligentes, mais burros do que no domingo anterior. Como eles eram antes de ela se mudar? Ela não consegue se lembrar. Quem eram eles, os velhos moradores daquela casa, que também é um país estrangeiro do qual ela se sente uma refugiada? Ela nunca notou enquanto morava lá que assim que você entra pela porta da frente você sente um cheiro de batata. Ela não costumava ficar incomodada com o fato de que, não importa o que estivessem comendo no jantar, sua mãe colocasse na mesa um prato de pão branco fatiado. Há cabides de patinho na parede da cozinha. Na sala, há um banquinho feito de velhos manuscritos. Tirem ela dali!

Quando o pai a leva de volta até a estação do metrô, ela fica ansiosa com medo de não conseguirem chegar até lá por algum motivo — o carro ter uma pane ou ele. O carro fede a peru ou presunto do enorme saco que a mãe a obrigou a aceitar. Nada é tão primitivo quanto aquele pacote quente e fedorento no seu colo. Como é o hábito daquelas pessoas atrasadas mas bondosas, elas a presentearam com uma cabeça de bode. Um útero grávido de porca. Ela vai jogar tudo numa lata de lixo da estação do metrô.

Passam-se meses. Um ano e mais outro. Joan faz dezessete anos e suas aulas com Doris e Gordon chegam ao fim. Doris diz que tem a sensação de jamais haver ensinado àquela criança uma única coisa que ela já não soubesse. "Quem está enganando quem?", ela pergunta a Joan. Ela arranja um emprego de meio expediente na loja de lingerie da sua amiga Angela, em Danforth, então, agora, Joan passa dias inteiros na lavanderia ou "no seu escritório" como Gordon passou a chamá-la depois que levou os livros e as revistas dela lá para baixo.

A família toda desistiu de conjeturar quando ela irá terminar sua composição. Um barulhinho constante e irregular já foi há muito tempo absorvido pelo subconsciente de todos, de modo que se tornou indistinguível do silêncio. Este clique sobe pelos dutos de ar frio. É Joan iniciando e interrompendo a gravação e é o eco que ela faz de cada clique. Se você é Sonja e está sentada ao lado do duto, diretamente acima da mesa de edição, aquele é o som das suas agulhas de tricô indo mais devagar, parando. Não é um som que você registre, exceto no nível em que você sabe que o mundo é bom e que um clique significa "sim".

Sonja faz tricô para ganhar a vida agora. Em 1970, quando Schropps comprou uma máquina de prender grampos nas cartelas, ela ligou para um homem que uma vez se havia oferecido para vender algumas das suas toucas e cachecóis para lojas de departamentos, e este homem paga pela produção semanal dela mais do que Marcia ganha depois de descontados os impostos, embora Marcia tenha sido promovida a gerente e tenha a sua própria secretária.

Sonja poupa o seu dinheiro. Marcia gasta o dela. Não só em roupas, mas em livros (sua ambição é ler todos os clássicos, de Austin a Zola), pratos de porcelana, lençóis e toalhas de boa qualidade, lembrancinhas para os seus namorados. Ela come em restaurantes que possuem guardanapos de linho e cartas de vinho e se mudou do subsolo para um apartamento de dois quartos, acima do de Danny Vitalis, e que ele mesmo reformou.

— OK — ele avisou a ela antes de mostrar-lhe o apartamento —, este é de classe. — E ela entrou numa sala toda atapetada de vermelho ("Cem por cento sintético", Danny se gabou), com papel de parede de veludo vermelho e um lustre todo enfeitado.

O tapete vermelho está em toda parte, inclusive no banheiro, que tem torneiras de ouro, não de verdade ("Você está brincando") e um espelho no teto sobre a banheira. Ao longo de uma parede inteira do quarto principal tem uma lareira falsa feita de mármore falso. A pessoa gira um botão e as toras de plástico acendem uma luz vermelha. A parede oposta é um espelho.

— Para você — Danny disse —, eu vou baixar o aluguel. — Ela ficou comovida. — Uma garota como você — ele disse —, uma profissional, precisa de um lugar que anuncie: Ei, eu não preciso de ninguém.

Mais uma vez, foi como se ele a conhecesse.

Ela não o alugou apenas para não ofendê-lo ou porque quisesse ficar no prédio dele. Ou para fingir que estava em Las Vegas. Ela *resolveu* gostar dele e então gostou (como às vezes tinha uma quedinha por um tipo de rapaz de quadris sinuosos que se vestia como cafetão, deixando-se convencer pela versão dele de quem ele era, uma vez que a versão dela não os levaria a lugar nenhum). Seus hóspedes de uma só noite dizem "Você mora *aqui*?", e param de susto na porta, mas depois do sexo, deitados, nus, no clarão das toras de plástico, eles se espreguiçam como se fossem Hugh Hefner. Há os rapazes meigos que vêem o lugar através dos olhos de Danny e que têm medo em tocar em qualquer coisa, e eles valem todos os choques eletrostáticos que o tapete dá nela.

Seus hóspedes de uma só noite preenchem a vaga do terceiro namorado. Ela sempre supôs que a vaga seria por um período curto mas permanente, mas não foi isso que aconteceu e agora ela está satisfeita. Ela encontra um rapaz bonito na rua, no ônibus, e se ele está disposto, ela o leva para casa. Isto acontece cinco, seis vezes por ano. Na maior parte do tempo ela se contenta com dois namorados fixos, que a visitam em noites alternadas e conhecem um ao outro. Como ela, eles se apaixonam constantemente. A última coisa que eles são é ciumentos. Quando ela elogia a beleza do corpo de algum outro rapaz, eles parecem considerar isto como um cumprimento pessoal. Eles a beijam com carinho. Ela acha que sabe como eles se sentem. Quando eles comentam a respeito da bunda em formato de coração ou sobre os mamilos grandes e marrons de alguma outra garota, ela não fica zangada. Ela fica fascinada e muitas vezes excitada, mas, principalmente, tem a sensação de ser apreciada. Se eles amam garotas de todos os formatos e tamanhos, isso não inclui também a ela?

Na aparência, seus dois namorados não têm nada em comum um com o outro. Um é alto, magro, de cabelos pretos, olhos meigos, pensativo. Ele está estudando comunicação. O outro é da altura dela, musculoso, engraçado, e tem cabelos louros e crespos, que são na verdade lisos, mas quando ela o conheceu ele tinha acabado de fazer permanente. Ele trabalha na sapataria do pai. Os dois estão sempre duros, então ela paga a conta quando eles saem. Ela está começando a conhecer vinhos e pode aconselhá-los. "Um Bordeaux branco combina com truta." Ela empresta a eles livros de autores que acha que eles vão gostar — Durrell e Greene, Kerouac. O moreno manuseia os livros dela da mesma forma que manuseia os seus seios — como peças delicadas e valiosas que ele não acredita que ela possa deixar soltas por ali — e os devolve lidos. O louro folheia. E os devolve, *quando* os devolve, maltratados.

À meia-noite ela vai para a cama sozinha. Pouco depois de se mudar para o terceiro andar, ela descobriu que dorme melhor sozinha num quarto. Meia-noite é hora de fechar para os seus hóspedes de uma só noite também, não importa o quanto ela esteja se divertindo. Alguns rapazes ela tem de empurrar porta afora e eles tornam a enfiar o pé na porta como caixeiros-viajantes. Ela tranca a porta, apaga a luz e vai até a janela da sala de jantar para ouvi-los descer as escadas. Quando é o moreno, poderia ser um ladrão. O louro e os hóspedes de uma só noite, que vão embora de má vontade, fazem um barulhão, sacodem o prédio. Só o rapaz moreno é que nunca bate a porta da frente. De três a cinco segundos depois, eles estão na calçada. Da janela, caso eles se dirijam para o metrô, ela pode vê-los caminhar até a Rua Bloor. Ela os ama tanto! Lá vão eles. Embora. "Não olhe para trás", ela pensa. Eles nunca olham.

VINTE E UM

POR VOLTA DAS ONZE horas da manhã de terça-feira, 30 de julho de 1974, Joan desliga dois gravadores. Meia hora depois, ela tira o visor, sobe e entra no seu *closet*. Leva mais uma meia hora até que Sonja registre subconscientemente o silêncio, e quando o faz, ela fica apavorada. Mas o medo é algo tão pouco familiar para ela que ela o confunde com fome e despeja amendoins diretamente do pote para a boca. Isso não ajuda. A sensação é oca e elétrica, percorrendo-a em pequenas explosões. Descendo pelo seu lado esquerdo, indo pela perna esquerda até os pés, e subindo pela outra perna.

— Mas o que será isto? — ela diz e pára de tricotar. Ela se sente como um letreiro de cinema.

Ela fica em pé. Torna a cair sentada na cadeira, o coração disparado. "Oh, eu estou tendo um ataque cardíaco", ela pensa, quase aliviada. Ela bate no peito, distraidamente, consciente agora de alguma outra coisa. Não dentro *dela*, mas dentro da casa, como um homem mau. "Joanie", ela pensa, e seu corpo todo acende, em pânico. Ela torna a ficar em pé, derrubando a cadeira como fez quando sua bolsa d'água arrebentou (a única vez que ela sentiu algo parecido com isto). Ela vai até o alto da escada. "Joanie", ela chama, e como daquela outra vez, a voz dela é um relincho e não adianta nada gritar. Segurando-se no corrimão com as duas mãos, ela desce a escada. Como nunca fez quando estava em trabalho de parto, ela respira fundo várias vezes. "Joanie!" Nenhum som vem lá de baixo. Nem um clique.

Ela está voltando para o alto da escada quando a porta da frente se abre. É Doris, chegando da loja para preparar o almoço.

— Joanie não está no escritório dela — Sonja grita.

— E daí? — Doris diz, mas vai atrás dela.

Joan está deitada de costas, com as mãos cruzadas no peito. Lembrando-se do episódio do caixão de vovó Gayler, Sonja cai de joelhos, com um estrondo que faz uma janela bater. Ela levanta os óculos escuros de Joan. Os olhos de Joan estão abertos e focalizados, mas ela não pisca nem com o estrondo nem com a janela batendo e não se mexe quando o suspiro aliviado de Sonja faz o seu cabelo esvoaçar.

— Entra — Doris diz, dando um empurrão em Sonja. As duas estão resfolegando como trens. Sonja engatinha para o outro lado de Joan. Doris põe a mão na testa dela. — Ela está fria — ela diz, embora não tenha muita certeza. Está quente ali e a mão dela está fervendo. Joan aperta os olhos e Doris põe de volta os óculos escuros sobre os olhos dela.

— Coelhinha, você tirou o seu visor — Sonja diz. Ela puxa as mãos dela para os lados do corpo. Assim está melhor.

— Você estava tirando uma soneca? — Doris pergunta, incomodada por estar fazendo esta pergunta para alguém que nunca dorme. Ela pensa nas doenças das quais Joan escapou, sarampo, catapora, caxumba, gripe. Esta é uma criança que não apanha nem resfriado. Fisicamente, ela é atrasada (põe atrasada nisso), então quem sabe ela esteja finalmente manifestando uma dessas viroses infantis? Mas como ela a teria apanhado?

"Que tal uma xícara de sopa de tomate?", Doris pergunta.

Sopa de tomate geralmente provoca alguns ruídos de engolir. Não desta vez.

— Quer que a traga aqui? — Doris diz. — Você gostaria disto?

Nada.

— Joanie? — Ela bate palmas.

— Mamãe — Sonja geme. Joan nunca imitou uma palma.

Esqueça o Dr. Ackerman, ele vai dizer para esquentar o traseiro dela. Doris então telefona para a médica lésbica que

Angela consulta e a elogia como sendo prática e humilde. Dra. Amelia Shack. Que diz no telefone que alguns anos antes leu um artigo sobre Joan numa revista médica.

— Ela nunca fica doente — Doris diz, e a Dra. Shack diz que sim, que isso estava no artigo.

Ela chega meia hora depois. Correspondendo à sua reputação, ela não se importa de ficar agachada no *closet* abafado. Depois que termina o exame, Doris conta a ela o que o endocrinologista pediatra havia dito, que Joan talvez não chegasse aos vinte anos se fosse um tipo raro de anã.

— Associado ao infantilismo — a Dra. Shack explica, mas sacode a cabeça e diz que não, que não há sinais disso. Não há sinal de nada fora do normal. Quem sabe um resfriado chegando? Doris pergunta. Seu primeiro resfriado? Ou talvez uma gripe? A Dra. Shack levanta os ombros. — A temperatura dela está mais para baixa — ela diz. O que ela recomenda, caso Joan esteja na mesma amanhã, é que liguem para ela. E manda darem muito líquido para ela beber.

Doris torna a esquentar a sopa que continuava intacta ao meio-dia. Ela apóia Joan em travesseiros e enfia a colher entre os lábios dela. É como tentar alimentar um bebê grogue, a sopa escorre pelo queixo dela.

— Oh, meu bem, o que está havendo? — ela diz, assustada. Ela coloca a palma da mão no alto da cabeça de Joan, sobre duas fivelas cor-de-rosa em forma de laço. Dezoito anos depois, ela ainda tem a sensação de que aquele local precisa de proteção. — O que está havendo? — ela sussurra. Sim, é ela que sempre diz que telepatia é para os passarinhos, mas já que a mão dela está mesmo ali, quem sabe ela consegue captar uma mensagem.

Ela não consegue. Segundo Marcia (que foi chamada por Sonja), é porque Joan desligou-se. No seu caro terninho de linho cinzento, Marcia está deitada no *closet* ao lado de Joan e pensa "O que está havendo? Conta para nós. Por favor. Por favor". Na noite passada ela teve um pesadelo horrível com Joan, em que ela ia diminuindo até ficar do tamanho de um camundongo e as pessoas quase pisavam nela.

— O que ela diz? — Doris pergunta.

Marcia se apóia num cotovelo. A fé da sua mãe na sua capacidade em ler a mente de Joan também a está deixando assustada.

— Isto nunca aconteceu antes — ela diz. — Eu sempre a escuto, mesmo que não seja através de palavras. Mas não há nada. É como se ela não estivesse aqui.

Então Gordon chega e diz a elas para se acalmarem. Sendo o único que não teve nenhuma premonição, ele não está impressionado.

— Eu tenho a impressão de que ela está meditando — ele diz, depois de dar uma olhada nela. — Há uns dois dias ela estava lendo um artigo sobre Gandhi. E provavelmente ela também está jejuando. Por que não a deixamos sozinha por algumas horas?

É o que fazem. Eles comem comida congelada diante da TV e assistem ao noticiário das seis. A história principal é o provável *impeachment* de Nixon.

— Espero que sim — Doris diz. — Um mentiroso desses não merece ser presidente.

Às oito horas, quando Marcia vai dar uma olhada em Joan, vê que ela molhou as calças. Ainda deitada de costas, ela encharcou o tapete. E não se mexe. Sonja a carrega para a cama, um peso morto, e então Gordon sai do quarto enquanto Sonja, Marcia e Doris trocam a roupa dela.

— Eu não posso acreditar nisto — Marcia diz, puxando o short cor-de-rosa, molhado, pelas pernas de Joan.

— Ela aprendeu a usar o banheiro com dezoito meses! — Doris diz, quase chorando.

— Oh, ela é igual a um bebê! — Sonja murmura, porque Marcia acabou de tirar a calcinha de Joan e Sonja fica chocada ao ver que ela ainda não tem nenhum pêlo pubiano.

Ninguém consegue dormir direito. Marcia, que passa a noite na cama de Joan, não dorme nada. "O que foi que aconteceu?", ela começa pensando isto, mas depois troca para "Por que estamos fazendo isso?" Não passa nada para ela, a não ser o sentimento de que se Joan quisesse poderia sair daquele estado.

— Sua monstrinha! — Marcia diz finalmente. Ela a sacode pelos ombros e depois começa a chorar ao ver como a cabeça dela está mole. Ao amanhecer, ela abre os lábios dela e despeja suco de maçã em sua boca. Que se dane que ele escorra por todo o lençol. Joan engasga, mas quando Marcia tapa a sua boca com a mão e empurra a sua cabeça para trás, ela não tem outro remédio senão engolir. — Experimenta só morrer de sede — Marcia resmunga, e uma delas, ela não sabe se ela ou Joan, ficou espantada com a raiva com que as palavras são ditas. — Tenta só.

Às oito e meia da manhã, Doris liga para o consultório da Dra. Shack.

— Leve-a para o Toronto General Emergency — diz a Dra. Shack. — Eu me encontro com vocês lá.

Os exames dela estão normais. Sangue, urina, raios X, eletrocardiograma. Mas mesmo assim a Dra. Shack a interna para observação.

— Vocês podem se despedir dela depois — ela diz —; sinto muito, mas todos terão de sair e voltar no horário de visitas. Nós ligaremos se houver alguma mudança.

O que ela está fazendo de óculos escuros? E com as fivelas de volta no cabelo? A Dra. Shack disse que tudo isso seria retirado no hospital.

— Não, ninguém nos ajudou — uma enfermeira diz com uma vozinha infantil. — Nós devemos ter feito isso sozinhas!

— Nós já temos quase dezoito anos — Marcia diz friamente, sem se dar conta de que ela também está usando o plural. — Portanto — ela diz para Joan —, nós *podemos* nos mexer. Nós sabíamos disto.

— A senhora acha que *é* mesmo psicossomático? — Gordon pergunta à Dra. Shack.

— Eu não posso dizer o que é. Até o fim da semana, nós vamos ter uma idéia melhor do que seja.

— O fim da semana! — Doris grita. — Eu achei que ela só ficaria aqui até amanhã!

— Até logo, Coelhinha — Sonja diz. Ela cobre Joan com um cobertor fininho e prende-o em volta dela. Ela quer ir embora. Ela acabou de se lembrar de Hen Bowden dizendo que pessoas de cabelo branco não vivem muito e está se sentindo outra vez como um letreiro luminoso de cinema. Como era mesmo o nome da garçonete de cabelos brancos? Ela esqueceu. "Joanie era Alice", ela repete para si mesma. No caso de ser um sinal o fato de pensar nessa garçonete. "Joanie era Alice", durante todo o percurso até o estacionamento.

No carro, ela tira da bolsa as agulhas e um novelo de lã angorá verde-musgo e começa a tricotar um cobertor quente para Joan. Ninguém quer apostar com ela que ela consegue terminá-lo até a noite. Gordon leva Marcia até o escritório, depois deixa Sonja e Doris em casa antes de voltar para a cidade.

É uma e meia. Muito tarde para Doris ir para a loja. Ela faz apressadamente três sanduíches de manteiga de amendoim com geléia para Sonja (ela própria não conseguiria comer nada), e então vai lavar a roupa. Decide o que fazer com o carpete manchado do *closet*. Vai puxá-lo e levá-lo lá para baixo, para o gramado, onde o lavará com a mangueira.

A urina secou, mas deixou uma mancha. Onde os livros estavam, o pêlo do tapete ficou completamente achatado. Ela fica satisfeita de os livros não estarem mais lá, isto torna o trabalho dela bem mais fácil. Só restou o velho rádio... as almofadas, o cobertor, uma centena de bolas de poeira. E o diapasão! Então era lá que ele estava. Oh, e um pedaço de giz e uma fivela azul. Ela atira tudo dentro do quarto e levanta uma das pontas do tapete.

O que é isto? Alguma coisa guardada ali embaixo. Ela a desenrola. Uma camisa, parece uma das camisas de Gordon. Escrita nas costas. As letras estão quase apagadas. Ela enxerga "HLL". Ela reflete por alguns instantes, e lê a mensagem em voz alta: "HLL ESTEVE AQUI."

HLL? Harmony La Londe? "Mas que diabo?", ela diz.

Quem escreveu isso? Não foi Joan, isso com certeza. Deve ter sido Marcia. Mas, por quê? Bem, Joan costumava gostar de tocar nas iniciais em alto-relevo dos envelopes de Harmony. Então talvez Joan tenha feito Marcia escrever as letras. Mas por que numa camisa? E aquilo também não fazia sentido: o "esteve aqui". Harmony nunca esteve lá. E o que aquela camisa estava fazendo debaixo do tapete?

Um soluço sobe-lhe à garganta. Ela fecha a porta para Sonja não escutar. "Por favor, meu Deus", ela soluça, "eu sinto muito não acreditar no Senhor. Não se vingue em Joanie. Eu sinto muito ter parado de escrever para Harmony. Se eu parti o coração dela, eu sinto muito. Eu sinto muito. Eu sei que eu sou má. Mate a *mim*. Leve a *mim*. Torture-me primeiro. Mande-me um câncer incurável. Mas não... não..." Ela não consegue nem pensar nisso.

Ela decide não lavar o tapete. Se não está cheirando mal, para que o trabalho? Ela enrola a camisa e a coloca de volta onde estava. Ela vai ter de se lembrar de perguntar a Marcia sobre isso.

Mas ela esquece. Marcia chega no hospital uma hora depois deles e começa a chorar assim que vê Joan presa no soro.

— Isso dói — ela diz, entregando um buquê de pequenos cravos cor-de-rosa para Doris guardar. — Oh, Deus! — ela diz, e pára de chorar. Ela enxuga as lágrimas. — Foi Joan quem me passou isto! — Ela se inclina sobre Joan e ergue seus óculos escuros. "O que mais?", ela pensa. Joan fecha os olhos. Suas pálpebras parecem ter ficado transparentes, como as asas de um inseto. "Qual é o problema?", Marcia pensa.

Nada. Só que dói.

Marcia olha para o pai.

— Ela tem de ficar com isso?

— Ela ainda está se recusando a ingerir líquidos, meu bem. — Lá fora, no corredor, um carrinho de refeições faz um barulhão e ele vai até a porta e a fecha. Uma coisa boa foi que eles conseguiram transferir Joan para um quarto particular, por causa do plano de saúde da companhia dele.

— Será que ela está tentando cometer suicídio? — Marcia exclama.

— Marcia! — a mãe diz do banheiro, com severidade.

— Ela não o tirou fora — Gordon diz, referindo-se ao soro. — Se pôde, não o fez.

— Lembra quando ela subiu no caixão da vovó Gayler? — Marcia diz. — Bem, e se ela tiver vontade de morrer?

— Já chega! — Doris grita.

Marcia esfrega os olhos debaixo dos óculos. Ela se senta na beirada da cama e fica espantada com a maciez erótica do angorá contra a parte de trás de suas pernas. Como se alguém a tivesse bolinado. É então que ela nota que ele ainda está sendo tricotado. Ele está cobrindo Joan, mas Sonja está inclinada para a frente em sua cadeira no pé da cama, acrescentando mais carreiras. Marcia enfia um dedo na mão de Joan. "Aperta", ela pensa, e se lembra de ter desejado o mesmo milagre com suas bonecas.

— Ela teve alguma melhora? — ela pergunta.

Gordon puxa a costeleta.

— Não piorou. Eles fizeram mais exames de sangue e estavam todos normais.

— Quem poderia pensar que o sangue dela é normal? — Marcia diz.

Isso continua por três dias. Nem melhor, nem pior, nenhuma reação, nenhum movimento. Especialistas são consultados e pedem mais exames de sangue. Antes de Joan ser internada, ela já era um caso famoso no meio médico — a menina cujo atraso no desenvolvimento físico não era explicado por nenhuma síndrome. A idiota sábia em miniatura. Agora ela parece estar atraindo a atenção de todos os jalecos brancos da cidade, principalmente de inúteis caçadores de curiosidades ou de pesquisadores agindo em proveito próprio, na opinião de Gordon, mas ele não podia reclamar porque sempre havia uma chance de que algum deles pudesse ajudá-la. Cada um deixa a sua marca na parte interna do braço dela. Braços pouco mais grossos do que o tubo do soro, dando a impressão de que uma agulha poderia estilhaçá-los. Será que ela sempre fora assim tão magra? Bem, não se pode dizer a Gordon que ela sempre foi assim tão branca. Não se trata da brancura habitual dela, é mais como um glacê, um esmalte.

— Ela está tentando virar uma boneca — Marcia diz depois de passar uma hora olhando para ela e não conseguindo se comunicar, e depois indo até lá fora fumar um baseado e voltando para olhar para ela por mais uma hora.

— É isso que ela diz? — Doris pergunta. Ela está cortando as unhas dos pés de Joan.

— Ela não está dizendo nada. *Sou eu* que estou dizendo. Eu não devia ter jogado as minhas bonecas fora.

— Quanto a isso eu concordo com você — Doris diz. — Mas uma coisa não tem nada a ver com outra.

— Tem sim. Eu só não sei direito o quê.

— Pelo amor de Deus! — (Joan não se mexe. Todos olham para ela para ver.) Doris guarda o cortador de unha na bolsa e cobre os pés de Joan com o cobertor. Ela se levanta, prende rapidamente o cobertor sob o colchão, vai até a mesa e começa a arrumar a bagunça que tem lá. — Você dá a impressão de ter perdido o juízo — ela fala entre dentes para Marcia. Com grande rapidez e destreza ela rearruma dois copos d'água e uma caneca de café. — Fique boa logo.

— Você ainda acha que ela está fazendo isso consigo mesma? — Gordon pergunta a Marcia. Ele dá um tapinha no ombro dela. Ele percebe o quanto Doris feriu os sentimentos dela.

— Eu *sei* que sim — Marcia diz.

Uma enfermeira entra no quarto, mas antes que ela possa falar, Doris diz:

— Eu não quero escutar isso! Eu não quero escutar que ela está fazendo isso consigo mesma! Eu tenho a impressão de estar em *O exorcista*, pelo amor de Deus! Todo mundo tendo ataques e... e... mijando no tapete!

A enfermeira ri. Uma risadinha nervosa. (Não se pode culpá-la por isso, uma vez que Doris, quando está nervosa, dá a impressão de estar excitadíssima, mas já que isto está fora de questão, a enfermeira deve ter achado que ela é uma mãe dedicada tentando elevar o ânimo de todos.)

Aquela risadinha não sai da cabeça de Marcia, torturando o seu cérebro. Durante todo o caminho para casa ela é torturada por ela.

— Isto é terrível — ela diz, apertando a cabeça. Ninguém pergunta o que é terrível. No entanto, Sonja dá o novelo de lã para ela segurar e isto ajuda.

Marcia está provisoriamente de volta em casa. Em sua própria cama, ela se agita a noite inteira. Na cama de Joan, ela entra em estado de coma por oito horas. Acorda bêbada de sono, imaginando onde está, onde Joan está. Antes de se lembrar, ela sente a má notícia do lado de fora do cristal estilhaçado da sua inconsciência, e uma tábua de salvação sendo estendida, como uma voz gritando "Aqui!" ou uma corda balançando, mas ela nunca é rápida o bastante.

O namorado liga para ela no trabalho e se oferece para distraí-la. Ela diz:

— Eu não posso fazer amor quando estou morta de preocupação. — Até aquele momento ela não sabia disto. Ela não sabia que ainda acreditava em Deus, mas devia acreditar porque estava rezando. A família toda está rezando secretamente, e, coincidentemente, usando o mesmo enfoque. — Não permita que Joan sofra por causa dos meus pecados, da minha falta de fé. Castigue a *mim*. — Eles tentam fazer acordos. Eles dizem que darão de bom grado a própria vida, até mesmo a vida amorosa.

Sonja, que não tem vida amorosa, já sacrificou metade da sua renda. Até Joan sair do hospital, ela irá passar as suas tardes e noites tricotando mantas para a maternidade do hospital. Toda noite, assim que chega em casa do hospital, ela inicia outra. Marcia se deita no sofá-cama e segura o novelo de lã branca. O puxão é agradável, ela diz:

— É como pescar.

— E quando foi que você pescou? — Gordon pergunta.

— Nunca.

Uma conversa em que um não olha para o outro. Eles estão concentrados na TV, tornaram-se viciados na TV — ela, porque todo espetáculo é absolutamente incompreensível; ele, porque verdades simples parecem estar chegando a cada minuto e ele sente que durante todos aqueles anos tem menosprezado o meio. Boletins com notícias de Watergate interrompem a programação normal. "Eu sou o único nesta sala que sabe realmente se sou ou não culpado", diz John Ehrlichman, e para Gordon isto soa como o Rei Salomão.

Só Doris se movimenta ali, mas isto é típico de Doris. Ela abre todas as janelas. Ela fecha todas elas. Traz copos de cerveja e de Coca-Cola, atende o telefone. Às vezes senta-se com uma pilha de revistas no colo, procurando cupons, mas isto não dura mais do que quinze minutos. Ela folheia os álbuns de retratos. Exceto por retratos dela quando bebê, não há nenhum retrato em que Joan não esteja cobrindo o rosto ou então de costas. E, no entanto, Doris parece recordar uma foto recente dela olhando para a câmera, então ela examina os álbuns tentando achá-la. Ela faz isso durante cinco minutos e depois corre para fora para pôr comida para o passarinho ou para aparar a sebe. Depois corre de volta para dentro para fazer pipoca. Dá para ter uma idéia. Ninguém diz "relaxa". Ela é a vida continuando, cheia de sobressaltos e fora de forma como seria de esperar da vida sob estas circunstâncias.

Aos sábados e domingos eles visitam Joan duas vezes, uma vez à tarde e outra vez no início da noite. Doris diz que os preços da cafeteria do hospital são um roubo, então depois da primeira visita eles voltam para casa para jantar, e enquanto as sobras do almoço estão esquentando, Gordon desce até o escritório de Joan. De repente, ele se vê lá, abrindo a porta.

Com os ombros curvados, ele espera que seus olhos se acostumem com a luz fraca. Ele vê a faixa prateada fosforescente ao longo da mesa e os livros de lombada branca nas prateleiras. Ele construiu aquelas prateleiras. Há quatro numa parede e cinco na outra, sendo que as mais baixas ficam logo acima do chão e as mais altas são só um pouco mais altas do que ela. Ele passou uma tarde de sábado inteira arrumando os livros por ordem alfabética e por assunto, mas naquela mesma noite Joan os rearrumou por ordem de cor, um espectro que ia do branco ao creme, ao bege, marrom, laranja, vermelho, roxo e assim por diante até chegar no preto. Lombadas brancas e pretas em cantos opostos.

Ele vai mancando até o banquinho e se senta. Bem baixinho. Ele esfrega a coxa da perna ruim. De cada lado da mesa, em duas pilhas bem arrumadinhas, estão o que ele presume que sejam os teipes originais. Sem etiqueta, nem precisa dizer. Como será que ela sabe o que tem em cada um? Ele pensa. E por que tudo tão arrumado, como se ela tivesse terminado ali? Talvez Marcia tenha razão, não necessariamente com relação ao fato de que Joan tenha entrado em estado quase que de coma por vontade própria, mas com relação ao fato de que ela sabia que isso ia acontecer. Jack uma vez contou a ele sobre um paroquiano idoso dele, forte como um cavalo, que disse com toda a naturalidade: "Eu vou passar desta para a melhor na semana que vem, é melhor encontrar outra pessoa para recolher as esmolas", e no sábado seguinte ele morreu dormindo.

"Jesus", Gordon diz, nervoso por ter pensado nisto. E de repente ele está chorando aquele choro convulsivo, sem lágrimas, como vem fazendo a semana inteira. Um súbito ataque de falta de ar seguido por longas expirações, como se ele estivesse enchendo um balão.

Quando passa, ele não sente nada, nem mesmo cansaço. Ele olha em volta. O visor está em cima dos teipes, e ele o apanha e liga a lanterna para checar as pilhas. Ele passeia com a luz sobre a mesa, sobre as anotações de David Rayne, sobre seu próprio rosto, preocupado e aturdido, refletido no espelho, sobre um pote com lápis e canetas, um vidro de cola e, bem diante dele, mais dois teipes ainda em suas caixas.

Espera aí. Esses teipes *estão* etiquetados — "teipe 1" e "teipe 2", datilografado num pedaço de papel e colados nas caixas. Na parte de baixo da caixa do teipe 1 está escrito "composição finalizada", e debaixo disto, "pronta para tocar". Ele vira as caixas e na caixa do teipe 1 um parágrafo datilografado diz: "Em dois toca-fitas diferentes (é claro!), coloque para tocar os lados A do teipe 1 e do teipe 2 em baixa rotação e simultaneamente, certificando-se de que haja uma perfeita sincronização entre um e outro. Quando terminar o lado A, vire os teipes e toque os lados B do mesmo modo."

O coração dele começa a dar saltos. Ele ilumina as anotações de Rayne, volta a iluminar a caixa do teipe 1, comparando os caracteres. Ele folheia as anotações, e lá está — o lugar de onde ela recortou as palavras "teipe 1" e "teipe 2". Ele continua a virar as páginas e encontra o lugar de onde vieram as palavras "composição finalizada". Algumas páginas depois está o buraco correspondente a todo o parágrafo ensinando a tocar os teipes.

Não é escrito à mão, não é nem mesmo datilografado por *ela*, mas ela selecionou as palavras nas anotações de Rayne e cortou-as e colou-as nas caixas, e isso configura uma comunicação escrita. Sua primeira comunicação escrita. Não importa o que ela tenha produzido nos próprios teipes, *isto* já é uma ruptura.

Ele fica ali sentado por alguns instantes, esperando o coração se acalmar. "Portanto, fique alerta: pois você não sabe quando o chefe da casa irá chegar", ele pensa. Não. "Nós assistimos a coisas estranhas hoje." Ele está tentando encontrar o trecho certo para combinar com a ruptura ou pelo menos com a sua descoberta da ruptura. Houve um tempo em que ele fazia isso para impressionar Jack. Desde que Joan foi para o hospital, ele se vê fazendo isso como uma penitência por apelar a um Deus em que ele nem mesmo acredita. E, também, para agradá-Lo. Quantos ateus guardam na algibeira mais de cem versículos do Novo Testamento?

"Que eles possam ver suas boas obras..." Não. Ele pega os teipes. Apaga a lanterna. "Eles estão enlouquecidos..." Não.

VINTE E DOIS

OS TOCA-FITAS ESTÃO NO CHÃO, em frente da TV, com seus marcadores virando de um para dois. Passaram-se quatro horas.

— Nós encontramos os teipes — Marcia disse a Joan quando foram visitá-la depois do jantar. — Vamos ouvi-los assim que voltarmos para casa. Vamos ter um concerto. — Marcia afirma que Joan estalou a língua ao ouvir isto. Ninguém mais ouviu, mas estão todos sentindo-se animados.

Gordon acabou de sentar-se. Ao lado dele, na cadeira dela, Sonja faz tricô. Marcia está deitada no sofá com as pernas no colo de Doris para prendê-la lá, para mantê-la quieta. Doris já se levantou uma vez, porque achou que a torneira da cozinha pingando era um grilo.

— Agora chega de conversa — Gordon diz.

Do toca-fitas mais perto dele, uma voz diz o que soa como *tone, tone, tone*, mas que após várias repetições fica óbvio que se trata de *Joan. Joan, Joan, Joan...* Não cantado e no entanto descrevendo uma melodia conhecida.

— Mister Sandman! — Marcia diz.

— Shh — Gordon diz.

Mais uma vez, no mesmo compasso lento, outra série de *Joans* no lugar dos *bums* com que começa "Mister Sandman".

— De quem *é* essa voz? — Doris diz.

— Sua — Marcia diz, identificando-a.

— Shh — Gordon torna a dizer.

— Eu nunca disse Joan dessa forma.

— Não! — Marcia diz. — Eu sei o que foi que ela fez! Ela gravou você dizendo isso uma vez, depois copiou, depois acelerou e desacelerou...

— Silêncio! — Gordon diz.

Agora a canção propriamente dita começa, ainda naquele compasso lento, e não exatamente cantada e sim falada de forma afinada. Só que aquelas não são as palavras certas. É difícil compreender *quais* são as palavras por causa de um zumbido abafado no fundo e porque, como Marcia disse, metade delas soa mecanicamente alterada. Nem duas palavras parecem ditas pela mesma voz

— Essa sou eu? — Marcia murmura, ao ouvir uma garota dizer *murcha* num tom normal. — Sou eu! — ela murmura ao ouvir *chuck*. Ela ouve *droga* e cutuca Doris, que balança a cabeça.

— Nós estamos todos aí — Doris murmura, espantada. Ela pegou Gordon dizendo *laranja* e *amendoim*, Sonja dizendo *narinas, pai* e *minha nossa.*

Gordon ouviu *narinas* e *minha nossa. Peanuts* [amendoim] para ele pareceu ser *pênis*, mas ele mudou instantaneamente para *Vênus*. Ele está se concentrando no teipe 2, que está transmitindo um pequeno trecho de palavras murmuradas cujo ritmo está sincopado ao ritmo de "Mister Sandman". Esta voz não é formada de vozes diferentes misturadas, é uma única voz, de mulher, e tem de ser ou de Doris ou de Sonja ou de Marcia. Ele compreendeu até aí que Joan estava gravando a voz deles, e se sente um tanto apreensivo. O que é que a voz está dizendo? Ele já vai se levantar para mexer nos botões quando a voz diz claramente e num volume tão alto que parece um grito: "VOCÊ É CAPAZ DE GUARDAR UM SEGREDO, NÃO É?"

Sonja pára de tricotar.

— Essa era eu?

— Parece que sim — Doris diz.

— Ela nos gravou — Marcia diz, excitada. — Quando será que ela fez isso?

— Bem, ela tem montes de fitas — Doris diz. — Ela pode estar fazendo isso há anos.

— Mas eu pensei que fosse ela tocando piano — Sonja diz.

— Shh — Gordon diz delicadamente.

No primeiro teipe, a melodia de "Mister Sandman" começou de novo como antes, com todas as vozes deles falando uma palavra de cada vez. As palavras parecem ter sido escolhidas apenas por terem o número certo de sílabas e o tom adequado, embora, como no primeiro verso, muitas palavras (e em alguns casos apenas partes de palavras) soassem aceleradas ou desaceleradas. Apesar do zumbido, essas palavras são mais fáceis de entender do que as do primeiro verso. *Tibby retardada mosca seio shebang cenoura topo negro albino vermes droga.* Uma mixórdia sem sentido. E, no entanto, algumas delas são surpreendentes. *Tibby. Seio.*

Enquanto isso, no teipe 2, uma voz (de Gordon) está murmurando outra frase de cerca de sete ou oito palavras. Você sabe o comprimento da frase porque é um compasso rítmico repetido diversas vezes. Mais uma vez as palavras são ininteligíveis até o final do verso, quando de repente elas berram, perfeitamente claras: "EU PENSO NELE O TEMPO TODO!"

Doris olha para Gordon.

— Em *quem* você pensa o tempo todo?

Ele sacode a cabeça.

— No meu pai — ele diz após alguns instantes.

— Silêncio — Marcia diz.

Um terceiro verso da mesma canção, "Mister Sandman", começa no teipe 1. No teipe 2, tem uma voz incoerente — feminina e, desde o início, facilmente identificável como sendo de Marcia. Marcia cobre a boca com as mãos enquanto espera para descobrir o que está dizendo. Ela espera que não seja muito pessoal. *Sem queixo negligenciou língua Bill Cullen tipo sanguíneo...*

— Tipo sanguíneo? — Doris diz.

— Bill Cullen — Sonja diz com um sorriso. Ela voltou a tricotar.

... pediátrico manga pop língua ereção...

— Ereção! — Doris diz.

— Silêncio! — Marcia diz e olha para o pai.

Mas Gordon mal está ouvindo. O coração dele está batendo desordenadamente. Ele não consegue pensar. Ele não consegue lembrar. Será que ele alguma vez mencionou Al Yothers para Joan? Será que ele disse que o amava? Meu Deus, ele acha que pode ter dito. Com a mão trêmula, ele tira o lenço do bolso da calça e enxuga a testa. *Okey-dokey bean virgin* vem do teipe 1. Será que *bean* é Jack Bean? *Virgem?* Quem foi que disse *virgem*?

— Acho que talvez devêssemos desligar isso agora — ele diz.

— O quê? — Doris diz. — Por quê?

— Ouçam! — Marcia grita, e um segundo depois a voz dela diz no teipe 2: "ESTA NOITE NÓS FOMOS ATÉ O FIM!"

Ela dá um gritinho, envergonhada.

Doris subtrai o número de anos atrás em que, presumivelmente, Joan parou de gravar todo mundo (foi quando ela começou a fazer a edição no porão) da idade de Marcia.

— Ei, você não tinha nem dezessete anos!

Marcia ri.

— E daí?

— Eu não sei se esta é a hora certa de estar ouvindo isto — Gordon diz.

— Se você não quiser ouvir, não ouça — Doris responde. — Vai dar uma volta. Eu vou ficar aqui mesmo.

— Será que a gente pode ouvir? — Marcia berra.

... seu canário Ziggy queijo cremoso ponto fraco...

A voz seguinte no teipe 2 é de Sonja. "A VERDADE É AVERSÃO!", ela grita. Depois passa para o próximo verso e continua do mesmo jeito: do teipe 1 vem uma lista de palavras ao acaso — *peito bobagem gaita coroa banha* — ditas na melodia de "Mister Sandman" e do teipe 2 uma frase inaudível, repetida, fornecendo um contraponto jazzístico.

Em que verso eles estão agora? A voz é de Doris. Quando grita: "ORA, MAS ISTO NÃO É O CÚMULO!", ela diz.

— Eu digo muito isso?

— Você não pára nunca — Gordon diz para implicar com ela. O coração dele está se aquietando. O murmúrio seguinte é feminino, e as duas últimas declarações foram suficientemente inócuas. Cada verso dura no máximo dois minutos, portanto, se a peça continuar assim até o fim, estão faltando uns vinte e quatro ou vinte e cinco versos, dos quais talvez seis sejam com ele. E qual a porcentagem de tudo o que ele disse na porta daquele *closet* pode ter sido uma indiscrição? Menos de um por cento de um por cento. — Eu suponho que ela quisesse que nós ouvíssemos isto — ele diz. — Ela não teria deixado instruções...

— Shh — diz Marcia. A voz no teipe 2 é dela. O esclarecimento da frase murmurada é tudo o que eles querem realmente ouvir agora, embora não possam deixar de ouvir aquela lista de palavras estranhamente perturbadora do teipe 1, *acolchoado ding-dong martelo cantada*, como se um lunático estivesse berrando nos ouvidos deles enquanto eles estão se esforçando para captar um importante pronunciamento. — Rapazes — Marcia diz. — Acho que é alguma coisa sobre rapazes.

— Oh, fantástico — Doris diz sombriamente.

É sobre rapazes sim. "É: EU JÁ DORMI COM TANTOS RAPAZES QUE ATÉ PERDI A CONTA!"

— O quê? — Doris grita.

Marcia se endireita no sofá.

— Eu nunca disse isso! — Será que disse? Ela pode ter pensado isso, mas será que disse?

— Antes dos dezessete anos? — Doris grita.

— Eu já falei que nunca disse isso!

— Nós ouvimos você dizer!

— Talvez você tenha querido dizer que "tirou uma soneca com eles" — Sonja sugere.

— Eu espero que você esteja tomando pílula! — Doris diz.

— Eu estou tomando — Marcia diz. — Não que alguém tenha alguma coisa a ver com isso.

— Olhem — Gordon diz —, vamos lembrar que estes são teipes editados, e que há pausas forçadas entre as palavras. Eu acho que o que ela fez foi extrair uma palavra de uma conversa e uma palavra de outra para formar sua própria frase.

— Por que ela faria uma coisa dessas? — Doris grita.

— Eu não sei — Gordon diz. Ele nem acredita mesmo nisso. Ele está pensando nele mesmo. Antecipadamente, encontrando-se num estado de terror eficiente, ele está construindo a sua desculpa.

— Bem, isso é uma grande... — Marcia diz e engasga. Ela não consegue dizer "mentira". Ela pode negar que tenha dito isso, mas não que tenha feito, porque estaria chamando Joan de men-tirosa. Mas por que Joan estava contando para todo mundo? Ela encolhe as pernas na altura do peito e encosta a testa nos joelhos. *Robin rainha grasna nu vaselina...* a canção continua. O fim do verso está chegando.

Desta vez é a voz de Sonja. "NA OUTRA VIDA EU FUI A DAMA DO TRAPÉZIO!", ela berra.

— Bem, agora vocês sabem — Sonja diz com um risinho. — Mas eu aposto qualquer coisa como fui mesmo.

A voz seguinte é de Gordon. Ele agarra o braço da cadeira. Ele acha que ouviu *amor*, e seu crânio parece irradiar ondas de calor. "QUANDO VOCÊ SE APAIXONA, OUTROS MILAGRES TENDEM A ACONTECER!", sua voz finalmente proclama.

Ele solta o ar. Isso não foi tão mau. Ele sorri para Doris, que olha fixamente para ele.

— Eu devo ter lido isto para ela de algum livro — ele diz. Certo! É isso! Se aparecer alguma coisa perigosa, ele vai dizer que deve ter lido alto.

Mas durante os quinze minutos seguintes, as declarações são inocentes. A voz de Gordon dizendo: "EU ME SINTO COMO BUCK ROGERS NESTE MOMENTO!" A de Doris dizendo: "O QUE VOCÊ ACHA, EU DEVO PERDER CINCO QUILOS? EU QUASE FUREI O CHÃO", Sonja diz e Doris "ME DÁ UM PÉ DE PORCO E UMA GARRAFA DE CERVEJA!" Marcia ri ao ouvir isso. "É uma canção", Doris diz empertigada. A voz de Marcia diz: "EU SEI MESMO ESCOLHER, NÃO SEI?", e nos mesmos moldes, "POR QUE EU ME SINTO ATRAÍDA POR PROTETORES

DE LEPROSOS?" ("Protetores de leopardos?", Sonja diz. "Protetores de *leprosos*", Marcia diz.) Quando a voz de Marcia diz: "EU SOU UM MURO E MEUS SEIOS SÃO COMO TORRES!" Doris olha para ela.

— Isso é da Bíblia — Marcia murmura.

— O Cântico de Salomão! — Gordon diz entusiasticamente.

Doris suspira. Talvez Gordon tivesse razão ao dizer que Joan fabricava as frases. Aquilo tudo parece uma loucura. Ela puxa os pés de Marcia para o seu colo e começa a puxar bolinhas de suas meias e a atirá-las fora. (Como se, Marcia pensa, sem se sentir ofendida, elas fossem os inúmeros rapazes com quem ela dormiu.)

Os dois teipes terminam ao mesmo tempo.

— Terminou o lado um — Gordon diz, dando uma palmada nos joelhos e se levantando. Ele agora está se sentindo muito bem. Mais do que isso, estimulado. Na opinião dele, as variações rítmicas de Joan são tão sofisticadas quanto as que ele ouviu nas gravações de David Rayne. — Isto é extraordinário — ele diz enquanto vira as fitas. — Em alguns momentos é inquietante, sem dúvida. Mas a partir do momento em que se aceita que a intenção dela é provocar, que há vários níveis de significados...

— Eu acho muito esquisito — Marcia o interrompe. Os sentimentos dela ainda estão feridos. Por que Joan foi escolher logo *ela*? — E acho ainda mais esquisito o fato de ela ter gravado as nossas conversas secretamente, como se fosse uma espiã russa.

— Aqueles versos, ou seja lá o que forem, são mesmo muito esquisitos — Doris diz. — Quando se pensa nos milhares de palavras que nós devemos ter dito. E ela se detém em palavras como *orgasmo* e *peito*! Aliás, quem foi que disse *esburacado*? — Ela se vira. — Ih, vejam, está chovendo.

— Eu desconfio que ela as escolheu em parte pelo som — Gordon diz. — E para alternar palavras brandas e chocantes. OK. — Ele aperta os dois botões ao mesmo tempo. — Lá vamos nós.

— Espero que não tenhamos mais de escutar Mister Sandman — Marcia diz.

— É, acho que não — Doris diz, surpresa.

— Vamos escutar sim — Sonja diz quando as primeiras palavras começam a surgir, *soprar rosquinha sacudindo garota...*

Deste lado, as vozes do teipe 2 parecem estar declamando chavões. "BEM. NÃO SE PODE GANHAR TODAS!" "COMO EU DISSE, UMA ANDORINHA SÓ NÃO FAZ VERÃO!" "VOCÊ DÁ A MÃO PARA UM CARA DESSES E ELE QUER O BRAÇO!" "EU ACHO QUE JÁ CAIU NA BOCA DO POVO!" "EU NÃO VOU CONTAR COM O OVO NO CU DA GALINHA!" (Esta última de Sonja.)

Gordon ri, uma série de gargalhadas extremamente aliviadas e ligeiramente histéricas.

— Isso é fantástico — ele diz, enxugando os olhos.

Outro ditado errado dito por Sonja ("UM PÁSSARO NA MÃO VALE O SEU PESO EM OURO") faz todos caírem na gargalhada, e Sonja ri também, sem saber bem por quê. Nessa altura os teipes estão quase no fim. Só faltam mais algumas frases.

— Essa parece eu — Doris diz, quando começam os murmúrios seguintes. — Fiquem atentos — ela diz, rindo. E do gravador vem a sua voz estridente: "EU ADORO FAZER SEXO COM MULHERES INTEIRAMENTE NUAS!"

Sonja dá uma gargalhada, imaginando que se trata de outra piada (uma que ela acha que consegue entender).

— Meu Deus — Marcia diz.

— Eu nunca disse isso — Doris diz calmamente. O rosto dela começa a enrubescer.

— É claro que não — Gordon diz. Ele força uma risada.

— Eu nunca disse isso — Doris repete.

— Era isso que eu estava dizendo antes! — Gordon diz. — Ela pegou uma palavra aqui, outra ali e juntou-as.

Doris junta as mãos no colo. Sua postura é nobre.

— Eu nunca teria dito uma coisa dessas — ela diz no mesmo tom de voz calmo e perplexo.

— Nós sabemos, mamãe — Sonja diz. É claro que sabem! Por que sua mãe está tão nervosa?

— Eu não... — Doris diz. E é verdade, ela não disse. Ela tem certeza que não. E no entanto é como se as roupas dela tivessem sido arrancadas e ela estivesse protestando, dizendo que aqueles seios não eram dela, que aquele pêlo pubiano não era dela. "Uma palavra tirada daqui, outra dali e depois juntadas" é o disfarce perfeito. Não é nem mesmo uma mentira. As mentiras que estão se atropelando em sua garganta ela pode engolir e simplesmente concordar com o que Gordon está dizendo. Então, por que ela não faz isso? Ela abre a boca. Não sai nada.

... suculenta cócega morta Cedric fenda halteres clímax...

Enquanto isso, Marcia tornou a encostar os joelhos no peito. Ela nunca entrou numa viagem ruim com ácido, mas aquilo está parecendo uma. O rosto da mãe dela está com um tom de vermelho que não se encontra na natureza. Nas mãos juntas de sua mãe há uma pequenina mulher nua. Sua mão esquerda, a mão da aliança, escorregou para dentro do maiô de Angela e desceu demais. Isso aconteceu. Há um embaralhamento, uma aglomeração dentro da cabeça de Marcia, mas de todas as direções vem a voz de seu pai, como se fosse um trombone, e ela não consegue concentrar-se.

— Cala a boca! — ela diz.

Gordon ouve, ignora e continua a falar sobre Brad Wagner.

— Você se lembra dele, Doris! Um cara enorme, um jogador de futebol que se tornou escritor. Em *Poker Face* ele tinha aquele personagem que era a imagem escrita e escarrada da mãe dele, ele chegou até a usar o nome verdadeiro dela, Thelma, ou Velma! Eu a conheci. Uma velhinha simpática. E o que é que a personagem Velma faz no livro de Brad? Esquarteja o leiteiro!

— Minha nossa! — Sonja diz.

— Isso é licença poética — Gordon diz. A pulsação em seus pulmões parece ter entrado em sintonia com o ritmo de sua voz no teipe 2. Continue falando, ele pensa. Neutralize-o. Ele não consegue. De repente fica vazio de palavras. E lá vêm as palavras no teipe 1, *mudo grosso Greenville casa de cômodos*, marchando diante dele até chegar na frase final. O barulho da chuva lá fora se confunde com o barulho de Sonja (que está mais perto da janela) amassando papel celofane. Ele olha para ela e seu rosto está tão sereno que ele experimenta um doce momento de segurança antes de sua voz gritar no teipe 2: "EU TENHO ORGASMOS COM BICHAS!"

Ele se levanta.

— Mas que diabo? — Junto com uma risada nervosa.

— Meu Deus — Marcia murmura.

— Vocês ouviram *orgasmos*? — Gordon diz com uma voz estranhamente aguda. — Aquela não era a minha voz! Estão vendo só? Ela colou a voz de uma de vocês dizendo *orgasmos*. Era você, Marcia? — Uma investida cega na direção dela. — O que é que ela está pretendendo? Um choque de valores, eu acho. Chegar ao clímax do trabalho. — Ele puxa o lenço e enxuga o rosto. — Vejam... — Ele se dirige para o gravador. — Eu vou repetir isso. Vocês vão ver que não era a minha voz.

— Não! — Marcia grita. Ela dá um pulo do sofá e segura o braço dele. — Não mexe!

— Eu só vou demonstrar...

— Não mexe!

Eles se encaram.

— Essa sou eu — ela diz quando surge outra voz no teipe 2.

Ele presta atenção. Sim.

— Eu quero ouvir que coisa horrível ela me fará dizer.

— Bem — ele diz, abalado.

Eles ficam ali parados diante do segundo gravador, ouvindo *berreiro fuma nazista bala bexiga* e assim por diante no teipe 1. Atrás deles (nenhum dos dois consegue acreditar no que está ouvindo) Sonja cantarola junto com a melodia. Um segundo antes de o murmúrio ficar nítido, Marcia compreende que a voz não é dela e sim de Sonja.

"LEMBRE-SE SEMPRE DISTO, COELHINHA, EU SOU A SUA MÃE VERDADEIRA!"

— Uh-oh — Sonja diz.

Marcia e Gordon ficam imóveis.

— Eu e minha boca grande demais — Sonja diz, e enrola rapidamente o tricô que está fazendo.

Marcia vira-se para ela. Um movimento em transe durante o qual Gordon sente uma calma sobrenatural.

— *Você é* que é a mãe de Joanie? — Marcia diz num fio de voz.

— Vamos manter a calma — Gordon diz com um movimento lento das mãos.

— Glub — Sonja diz. Ela olha furtivamente ao redor.

— *É* você?

— Sim, ela é a mãe de Joanie — Doris diz com uma voz cansada. — Ela lhe deu à luz.

— Quem é o pai dela?

Os teipes acabam e ficam batendo nos carretéis.

— Nós não sabemos — Gordon diz. Ele desliga os gravadores. — Nós nunca soubemos o nome verdadeiro dele.

— Foi... acho que você chamaria de aventura de uma noite — Sonja diz. Agora é *ela* que está vermelha e não Doris.

Marcia se deixa cair na poltrona do pai.

— Por que ninguém me contou?

— Nós devíamos ter contado — Doris diz. — Há dez anos.

— Então a viagem para Vancouver foi porque você estava grávida — Marcia diz, mais para si mesma. Ela olha em volta para todos. — Então Joanie é minha sobrinha — ela diz.

— Eu sinto muito, benzinho — Doris diz. Seus olhos estão cansados e tristes e afetuosos. — Cara, que noite esta, hein?

— Eu queria que vocês tivessem me contado. Eu não entendo por que ninguém me contou. — Ao dizer "ninguém", ela está se referindo principalmente a Joan. Ela quer dizer antes daquele dia.

Gordon se senta ao lado de Doris.

— Eu acho que nós ficamos com medo que você contasse para Joan, do jeito que vocês duas são unidas, e ela já tinha problemas suficientes.

— Mas *ela* sabia!

— Conforme estamos sabendo agora — Doris diz. Ela se vira no sofá para olhar para Sonja.

— Eu e a minha boca grande demais — Sonja torna a dizer e cobre a boca com as duas mãos.

— Ela não é minha irmã — Marcia diz. Seus olhos enchem-se de lágrimas. — Ela é minha sobrinha.

— Ela continua sendo a Joanie — Sonja diz, com a voz abafada pelos dedos.

— É isso mesmo — Gordon diz serenamente. — Ela não é quem você, aliás, quem nós todos pensamos que ela é.

Ele está tão calmo! Será que ele enlouqueceu? *Eu tenho orgasmos com bichas!* ecoa em seu crânio, mas como que vindo de trás de um vidro. *Eu tenho orgasmos com bichas!* Parece uma tradução malfeita. É claro que ele não disse isso. Ele jamais se expressaria desta forma. Então o que foi que ele disse para ela poder saber a verdade sobre ele? E por que ela quis que todo mundo soubesse?

— Eu tenho orgasmos com bichas — ele diz em voz alta. — Como será que ela inventou essa? — Seu tom de inocência e perplexidade soou perfeito para ele.

Ninguém parece estar ouvindo. Doris está contando a Marcia sobre o estigma de ser mãe solteira nos anos 50.

— Sua vida estava acabada — ela diz. — Destruída. — Gordon olha para Doris. Será que ela gosta mesmo de fazer sexo com mulheres inteiramente nuas? Já que a declaração dele era verdadeira, ele supunha que a dela também fosse. Ele olha para Marcia. Ela já perdeu a conta dos rapazes com quem dormiu. Como é que ele consegue tomar conhecimento disso tudo sem ficar horrorizado? Bem, o fato é que consegue. "Portanto, o que quer que tenha falado no escuro", ele pensa, "será ouvido na luz. E o que..." Como é mesmo que continua? "E o que você tiver cochichado dentro de *closets* será proclamado por toda a casa."

"Minha nossa", ele pensa. "Bem na mosca."

VINTE E TRÊS

ELE DIRIGE DEBAIXO DO aguaceiro como se fosse um fugitivo da prisão. Derrapando nas curvas, ultrapassando pela direita e espalhando água por cima das calçadas. Ao lado dele, no banco da frente, Doris se agarra na maçaneta da porta. No banco de trás, Sonja e Marcia batem uma na outra toda vez que ele faz uma curva. Ninguém diz nada, exceto quando Marcia diz:

— Eu queria que você tivesse perguntado a ela por quê — e Doris responde.

— Ela desligou na minha cara.

Foi Carol, a enfermeira simpática. "É melhor vocês virem para cá agora mesmo", ela disse. Isso foi uns quinze minutos depois que os teipes terminaram. Antes de ela telefonar, enquanto todo mundo estava dizendo que Joan era a mesma Joan, Marcia percebeu uma pequena fissura se abrindo entre ela e Joan, uma abertura que não existia antes. Agora, no carro, esta abertura desapareceu. Os ossos dela chacoalham. Sua cabeça explode. Seus pais são homossexuais. Ela não duvida que os teipes tenham sido fabricados. Ela tem certeza de que eles jamais diriam uma coisa dessas na frente de Joan. Mas isto não altera o fato de que eles são homossexuais. Mesmo que Marcia acreditasse que Joan era capaz de inventar aquelas tremendas mentiras, é tarde demais. Agora ela sabe. Ela sabe porque já sabia, não perguntem como. Ouvir aquilo ser declarado foi como ouvir falar de sexo pela primeira vez. Os detalhes suspeitados, o fato incontestável e no entanto impossível de imaginar. Ela olha para as mãos do pai agarradas no volante. Ele é gay, ela pensa, e não sente nada. Ele vai continuar fingindo que não é, ela pensa, e isto penetra, faz correr um pouco de sangue.

Eles chegam no hospital em menos de vinte minutos. Quando estão subindo pelo elevador, o alto-falante berra "Código azul! Sete norte! Quarto 259!"

Marcia diz:

— É Joanie!

— O que é código azul? — Sonja pergunta.

— Nós vamos saber logo — Gordon diz. Quando o elevador pára, ele enfia os ombros entre as portas para forçar a passagem. Médicos e enfermeiras correm pelo corredor.

— Meu Deus — Doris diz. Ela começa a correr. Todos fazem o mesmo. Na frente deles, duas enfermeiras entram no quarto de Joan. Uma enfermeira que está ao lado da porta diz:

— Vocês não podem entrar aqui! — Doris força a passagem por ela e Gordon, Sonja e Marcia vão atrás. Alguém grita: "Abram caminho!" É uma enfermeira empurrando um carrinho com monitores em cima. Eles se afastam. A cama está rangendo, mas tem tantas enfermeiras e tantos médicos em volta dela que eles não conseguem ver Joan. Uma enfermeira está colocando outro I.V. No pé da cama, Carol está escrevendo numa prancheta. Ela se vira e diz, com uma certa surpresa:

— Oh, Doris — como se não tivesse sido ela quem telefonou. Ela entrega a prancheta para a enfermeira que está ao lado dela, depois faz sinal para a família se afastar, e também recua, e então eles vêem o médico fazendo ressuscitação boca a boca em Joan. Doris agarra o braço de Carol.

— Ela parou de respirar — Carol diz em voz baixa.

— Quando? — Gordon diz.

— Há três minutos. Quatro.

O médico agora está fazendo massagem no peito de Joan com as duas mãos, uma em cima da outra. A cama range. Um som como o de um casal fazendo amor, Marcia pensa.

— Ela tem pulso? — Gordon diz.

Carol sacode a cabeça. Ela diz que telefonou porque Joan estava tendo dificuldades para respirar.

— Ela está morta? — Marcia murmura.

Nenhuma resposta. O médico volta a fazer massagem no peito de Joan. A perna ruim de Gordon cede. Sonja agarra o cotovelo dele, mas ela está se sentindo zonza desde a subida no elevador e agora ela desfalece, agarrando o braço dele e arrastando-o junto com ela. Quando eles batem no chão, o quarto inteiro estremece e Joan tosse.

— Ela voltou! — o médico diz.

Seis horas depois, na Unidade de Terapia Intensiva, Joan está recostada na cama, bebendo água em pequenos goles. Fios estão presos no peito dela e correm por baixo de sua camisola azul até um monitor na parede, mas este é um procedimento padrão depois de uma parada cardíaca, não significa que ela ainda está em perigo. Obviamente ela não está. Ela está fazendo seus ruídos animais e correndo os olhos alertas pelo quarto. Ela está de óculos escuros. Poucos minutos depois de ter tossido ela já estava imitando os soluços e o choro de todo mundo. Ela fez "whoosh" quando puxaram a válvula. Quando os médicos e enfermeiras saíram do quarto e Marcia se deitou na cama e pensou "O que aconteceu", ela obteve uma resposta. Nós estávamos muito cansadas.

— Eu me refiro ao que aconteceu *esta noite* — Marcia insistiu.

Nós estávamos exaustas.

— Mas por que nós ficamos doentes?

Nós estávamos tão exaustas. Foi tão exaustivo.

— Por que nós não ajudamos a nós mesmas? Por que nos recusamos a comer?

Estávamos cansadas demais.

E assim por diante, sem sair disso. Mas pelo menos era uma forma de comunicação.

A Dra. Shack, que apareceu quando Joan estava começando a cochilar, disse:

— Bem, *pode* mesmo ter sido fadiga. — Ela nem mesmo fez cara de espanto quando Marcia disse que Joan tinha se comunicado telepaticamente com ela. — Com toda a honestidade — ela disse depois de tomar a pressão de Joan —, eu tenho de confessar a vocês que ela me deixa inteiramente no ar.

— Entre para o clube — Doris disse.

No carro, Marcia diz que perguntou a Joan por que havia gravado as conversas deles em segredo, e a resposta de Joan foi:

— Vocês são tão interessantes.

— Eu acho que, no início, ela nos gravou para se divertir — Gordon diz. — Sem nenhuma razão em particular, só para ter o que escutar quando estivesse sozinha. E então ela leu o artigo sobre David Rayne e isso deu a ela a idéia de decompor o que nós dizíamos, tirando...

— Uma palavra daqui, outra dali e juntando-as para nos fazer dizer coisas que nós nunca dissemos — Doris termina por ele. Ela está exausta, só isso, e ele já disse isso várias vezes.

— Nós fomos o instrumento dela — Gordon diz. Ele acredita mesmo nisto e se sente maravilhado.

— Nós fomos a *platéia* dela — Marcia diz.

Quando eles chegam, o sol já nasceu, uma luz avermelhada surgindo no meio das casas. A chuva cai com força, mas quem é que tem energia suficiente para correr até a porta? Sonja arrasta os pés como uma sonâmbula, com uma das mãos no ombro de Marcia. Lá dentro, Sonja sobe as escadas se arrastando e arrasta os pés até o quarto, onde cai na cama sem tirar o vestido molhado nem afastar a colcha estampada de poodles.

Doris se oferece para fazer ovos mexidos. Marcia recusa e diz:

— Vejo vocês daqui a oito horas. — Ela tem um encontro com uma centena de pistas. Na cama de Joan, ela fica deitada nua, de costas, chorando e deixando que as pistas se derramem sobre ela. A frente da blusa de Sonja estava molhada quando ela chegou de Vancouver, e aquele cheiro de leite azedo que ela tinha na época. Um homem com quem seu pai costumava trabalhar, um homem efeminado chamado Elvis, se aproximando dela num restaurante e dizendo apressadamente:

— Diga alô ao seu pai por mim, está bem? Nós éramos *muito* íntimos. — E seu recuo, sabendo que jamais daria o recado dele. Seis ou sete anos antes, num dos almoços literários do seu pai, um homem abraçou seu pai pela cintura e cochichou alguma coisa na orelha dele e os dois riram, confidencialmente, flertando, é o que ela compreende agora, e então o homem a viu e retirou a mão, rápido como um batedor de carteiras. Aquela vez em que ela entrou na cozinha inesperadamente e Angela estava parada atrás da mãe dela com os braços em volta da cintura dela...

Na mesa da cozinha, Gordon esfrega os olhos por baixo dos óculos e diz:

— Uma noite para entrar na história.

— Nós devíamos ter contado a Marcia sobre Joanie — Doris diz. Ela quebra ovos dentro de uma tigela, um atrás do outro, num delírio implacável. — Não entendo por que não contamos. Por que foi?

— Era mais fácil não contar.

— Oh, *mais fácil* — ela diz sarcasticamente. Ela derrama leite dentro da tigela. — Oh, tudo bem. *Nós* não somos uns pais fantásticos?

— Ela vai ficar bem.

— Claro, por que não? Com seu harém masculino para consolá-la. — Ela abre e fecha gavetas, procurando o batedor de ovos. — Mais namorados do que consegue contar é quanto? Cem? Quatrocentos? Bem, isso é da conta dela, é o que *ela diria*. — Ela se contenta com um garfo. — De qualquer maneira, *Joanie* vai ficar boa, isto é tudo que me importa agora.

— Foi por pouco. Mais um minuto...

Ela estremece.

— Nem fala.

— Bem, nós tivemos sorte.

— Mais sorte do que merecemos. Um par de sortudos homo... — Ela começa a rir. — Sortudos homossexuais... — É tão engraçado. — Dois antiquados que gostam de... — O garfo escorrega da mão dela e cai no chão. Ela se agarra na bancada, rindo histericamente.

Gordon se levanta e fica em pé atrás dela, segurando seus ombros. Não com muita força, embora ela tenha confessado o que ele vinha tentando negar há oito horas, e quando ela se acalma, espanta-se com a serenidade dele. Ainda tremendo e engolindo o riso, ela se vira para olhar para ele e vê pela expressão paciente e didática do rosto dele que ele vai tornar a dar aquela aula sobre a colagem que Joan fez nos teipes.

Ela se solta e se afasta dele.

— Pára com isso! — ela diz. — Chega! Para cima de mim, não. — Ele lança um olhar preocupado na direção dos quartos e ela baixa o tom de voz. — Benzinho, eu *sei*! — Ela bate no peito. — Já sei há muito tempo! Então vamos parar com esta farsa.

Ele olha para ela espantado.

— Com as meninas, tudo bem — ela diz. — Nós podemos continuar fingindo para elas se você quiser, eu não sei. Mas entre nós dois, pelo amor de Deus... — Ela se deixa cair numa cadeira.

Ele fica olhando para ela mas está prestando atenção em si mesmo. Tudo que estava emaranhado dentro dele de repente foi violentamente esticado. Ele ouve seus longos suspiros. Ele estica as mãos para tocar nos ladrilhos do teto.

— Como você soube? — ele diz. O coração dele bate livremente, relaxado.

— Poderíamos começar com a ausência de sexo.

— Isso não teve nada a ver com você — ele diz, equilibrando um ladrilho na ponta dos dedos.

— Ouça, eu não sabia realmente de nada até dizerem na minha cara. — Uma risada curta. — E, cara, *ela* disse mesmo, com toda a clareza. E o mistério é *como* ela soube. Como ela soube a respeito de *nós* dois.

Ele se senta em frente a ela mas não olha para ela.

— Nós devemos ter sido indiscretos — ele diz.

— Acho que é isso. Mas quem poderia saber que ela tinha ouvidos supersônicos?

— Deixa eu perguntar uma coisa para você. — Ele encosta os dedos nos lábios. — Foi pelo fato de não fazermos sexo que você... que você...

Ela o ajudou.

— Que eu me tornei lésbica?

Um leve aceno de cabeça.

— Eu acho que a coisa estava latente — ela diz —, você sabe, no terreno da fantasia, e fique sabendo que houve vários anos a seco antes que eu enveredasse por esse caminho. Mas quem sabe o que eu teria feito se nós tivéssemos tido uma vida sexual normal? Eu descobri que não sou nenhuma santa. — Ela está se lembrando de seu assédio a Cloris Carter, que acabou não dando em nada.

Gordon balança a cabeça.

— É inacreditável que estejamos *tendo* esta conversa. — *Mama may have* é a música em que ela está pensando. *And Papa may have...* — Tudo muito civilizado na mesa do café. Oh, os ovos!

— Eu não vou querer.

— Que tal café?

— Não.

— Está bem, deixe-*me* perguntar-*lhe* uma coisa. Porque eu tenho me preocupado com isso há anos. Você me acha repugnante?

Ele fica surpreso.

— Não. Nunca achei. — Ele olha diretamente para ela. — Repugnante não.

— Só não me acha sexualmente atraente.

Ele fica de boca fechada.

— Sabe, eu nunca deixei de achar você atraente. Então eu devo ser o que chamam de bissexual. — Ela passa a mão no cabelo. Ainda está úmido. Há muitos anos que ela não se sentia tão próxima dele. Ela gostaria de se sentar no colo dele, mas assim que tem este impulso, ela também compreende qual é a conclusão natural daquela situação, endireita o corpo e pergunta com naturalidade: — Você quer o divórcio?

Ela vê que o assustou e diz rapidamente:

— Eu não estou dizendo que *eu* queira. Eu achei que talvez você quisesse, agora que a verdade foi revelada.

— Não.

— Está bem. Você tem um namorado?

— Eu tenho saído com um homem, sim.

— Você o ama?

— Sim.

— Você me ama?

— Sim.

— Esse cara é casado?

— Não.

— *Ele* não quer que você se separe?

— Não.

— É alguém que eu conheço?

Uma pausa.

— Não.

— Bem, quer saber de uma coisa? Eu estou exatamente no mesmo barco. Eu tenho uma namorada, eu a amo, ela não é casada, ela não quer que eu me separe de você e você não a conhece. — Ele mentiu sobre a última parte, então ela também vai mentir. De volta às mentiras inocentes. Ela não pode dizer que não é um alívio. — O que é que você está olhando?

— O seu cabelo.

— Minhas raízes pretas. — Ela passa os dedos pelo cabelo. — Eu pareço uma prostituta barata.

— Não era isso que eu estava pensando. Eu estava pensando como...

— O quê?

— Como o seu cabelo é exuberante.

— Exuberante! Ha!

Ele estica o braço por cima da mesa e segura na mão esquerda dela.

— Eu não quero que nada mude, Doris. Eu não sou infeliz. Você é?

— Não é infeliz? Bem, esta semana não foi brincadeira, mas desde que Joan fique fora de perigo, claro, eu sou bastante feliz.

— Então vamos continuar como antes. Por que não?

— O que vamos dizer às meninas? Eu aposto que Marcia não acreditou na sua história de colagem de teipes.

— Se ela perguntar... Bem, vamos esperar para ver.

— Mentir desbragadamente. — Ela dá uma risada cansada.

— Não parece uma má idéia.

— Oh, meu Deus! — ela diz de repente. — Ela estava sem pulso!

Enquanto ela chora, ele afaga a mão dela e contempla seu rosto contorcido, vermelho, sentindo-se inteiramente responsável por ele, encontrando um consolo estranhamente resignado nele, como se fosse um rosto criado por sua imaginação.

Quando eles visitam Joan mais tarde naquele mesmo dia, ela está debaixo do cobertor lendo a revista *Time*. Ela ainda está na U.T.I. e presa ao monitor cardíaco, mas não está com medo, e isto é fantástico, levando-se em conta todas aquelas pessoas e aquele barulho. Alguém penteou o cabelo dela e prendeu os pregadores. Talvez tenha sido ela mesma. Com pedaços molhados de lenço de papel ela fez protetores de ouvido para ela. Ela aponta para eles, puxando o cabelo para trás das orelhas, e Marcia diz: "Sabe de uma coisa, eu vou trazer os seus fones de ouvido. Eles vão funcionar melhor."

Joan gargareja como um peru.

Parece uma recuperação completa, mas a Dra. Shack diz que vão ter de deixá-la em observação pelo menos por três ou quatro dias. Então eles ficam parados ao lado da cama durante meia hora, olhando para seu corpo imóvel debaixo do cobertor, ouvindo as páginas serem viradas, e então vão embora.

No carro, Marcia resolve voltar para casa depois do jantar. O motivo não é os seus namorados, embora eles apareçam nus sempre que há uma brecha em seus pensamentos. Eles que esperem. Ela quer ficar sozinha. Quer saber o que sente. Joan é sua sobrinha! Sonja não é virgem! Sua mãe e seu pai são avós, avós homossexuais! Mas... e daí? Será que ela deve falar com eles sobre isso? Será que deve falar sobre isso com Sonja? Ela tem certeza de que Sonja não acreditou nem por um segundo que o que os pais disseram na gravação era verdade. Ela imagina se Sonja sabe o que "bicha" significa. O que Marcia quer é o seguinte: chegar no último sentimento, aquele que vem depois que você se espanta, que você se aborrece, que você não sente nada, depois do sentimento que vem depois disto.

Mas ela não consegue passar do sentir *nada*. Porque assim que fica sozinha em seu apartamento, o fato de Joan ter estado morta por cinco minutos prevalece. Ela não consegue parar de pensar nisso — "Ela estava morta!" — e sente uma vertigem e aí torna a pensar a mesma coisa, como se não pudesse parar de olhar de cima de um precipício de onde quase caiu. Ela imagina onde Joan terá estado durante aqueles cinco minutos, e como ela terá conseguido voltar. Você consegue recordar um sonho inteiro a partir de um fragmento dele, mas isso é tão precário. Quando pergunta a Joan onde ela esteve, o que escuta é: Longe.

— Onde?

Longe.

— No lugar frio e prateado?

Longe.

Isto é na quarta-feira à noite. Na quinta-feira à tarde, a Dra. Shack dá alta para Joan, e Gordon e Doris vão buscá-la. É o dia oito de agosto. Não se pode ligar o rádio sem escutar que o Presidente Nixon renunciou. No carro eles ouvem Nixon dizer que nunca foi de se dar por vencido, o que aborrece Doris, e ela desliga o rádio.

— Ele pode não se dar por vencido, mas é, sem dúvida, um bobalhão — ela diz. — Qualquer pessoa com metade de um cérebro teria queimado as provas assim que a história vazou.

Joan está sentada na cama. Ela está usando seus óculos escuros e seus fones de ouvido e está lendo o regulamento do hospital. O cobertor verde está dobrado em seu colo. Gordon diz:

— Você quer que eu a carregue? — Ela balança a cabeça afirmativamente. No colo dele, ela enterra a cabeça no seu suvaco. No carro, mesmo com os fones de ouvido, não há um som que ela não imite, freios cantando, Doris fechando o porta-luvas, a sirene de uma ambulância, os pneus passando por uma poça.

Quando chegam em casa, Gordon a carrega do carro até a porta. Marcia abre a porta. Ela acabou de chegar do trabalho. Joan fica parada no hall, com os braços caídos ao lado do corpo, enquanto Marcia e Sonja a abraçam e beijam, e Sonja descreve o jantar. Sopa de tomate, bolo de carne, purê de batatas, pudim de tapioca.

— Todos os seus favoritos! — Joan junta as mãos, aparentemente contente, e depois vai para o porão.

— O que você está fazendo? — Marcia diz.

Eles a ouvem abrir a porta do escritório.

— Não me digam que ela vai fazer mais teipes! — Doris diz.

Não, lá vem ela de novo, usando o seu visor e carregando um monte de revistas. Ela sobe a escada e atravessa o corredor até chegar no seu quarto. Um minuto depois eles ouvem a marcha fúnebre "Dum, dum dum dum..." no piano.

— Isso é uma piada? — Marcia diz. Ela vai até o quarto e fica parada ao lado do piano. — Isso é uma piada, certo?

Se é, Joan não está sorrindo. (Ela nunca sorri.)

Ela toca piano até a hora do jantar. Depois do jantar, ela se senta no *closet* e lê velhas revistas *Life* sob a luz da sua lanterna. Eles a deixam sozinha e assistem à televisão, com o Presidente Nixon renunciando em todas as estações (Doris se sobressalta a cada mudança de canal). É o vestido virginal, fora de moda, de Julie Nixon que aborrece Marcia. Ela vai até o quarto para se despedir de Joan. Ela acha que vai dormir na casa dela, mas assim que se deita na cama ela cochila. Joan fica lendo no *closet*.

Passa da meia-noite quando Marcia acorda. Ela está sozinha. Ela desce da cama e vai até o quarto dos pais, onde a mãe está na janela usando (uau!) um baby-doll.

— Eles estão brincando de bobinho — Doris diz quando Marcia chega ao lado dela.

A princípio, Marcia só consegue ver Sonja pulando e sacudindo os braços como uma louca, e então ela vê a bola de praia listrada fazer um arco sobre a cabeça de Sonja como um planeta apressado e seu pai surgir de uma sombra para apanhá-la. Ele a atira fora do alcance de Sonja outra vez, mas não longe o bastante, de modo que Joan tem de correr para apanhá-la antes que Sonja o faça. Sonja está ofegando e rindo. Ela e Joan estão usando camisolas brancas.

— Há quanto tempo *ela* está brincando com eles? — Marcia pergunta. Ela nem mesmo tenta não parecer petulante.

— Eu não sei. Acabei de acordar.

— Não, quer dizer, foi sempre só o papai e Joanie.

— Esta é a primeira vez que *eu vejo* Sonja lá fora. Mas não é toda noite que eu fico olhando.

Elas estão falando baixo, como dois conspiradores. Os grilos parecem pandeiros.

— Eu vou lá fora também — Marcia diz.

— Ora, que diabo — Doris diz, indo atrás dela. — Este é um grande dia.

A imitação que Joan faz da porta batendo é assim-assim. Como se estivesse esperando por elas, ela lança a bola na direção delas e Marcia a agarra e a joga para Gordon. Gordon joga para Doris, que joga para Sonja. Eles formam um círculo e continuam a jogar, atentamente, cuidadosamente. Sem dizer uma palavra. Poderiam ser pessoas passando baldes de água para apagar um incêndio. Poderiam ser uma família passando o dia na praia. Se estivessem numa praia. Se fosse de dia.

Este livro foi composto pela MG Textos Editoriais Ltda.
Av. Venezuela, nº 131/813
e impresso na Editora JPA Ltda. Av. Brasil, 10.600 - Rio de Janeiro - RJ
em outubro de 2001 para a Editora Rocco Ltda.